ミネルヴァ日本評伝選

島崎藤村

「一筋の街道」を進む

十川信介著

ミネルヴァ書房

刊行の趣意

「学問は歴史に極まり候ことに候」とは、先哲荻生徂徠のことばである。歴史のなかにこそ人間の智恵は宿されている。人間の愚かさもそこにはあらわだ。この歴史を探り、歴史に学んでこそ、人間はようやくみずからの正体を知り、いくらかは賢くなることができる。新しい勇気を得て未来に向かうことができる。徂徠はそう言いたかったのだろう。

「ミネルヴァ日本評伝選」は、私たちの直接の先人について、この人間知を学びなおそうという試みである。日本列島の過去に生きた人々の言行を、深く、くわしく探って、そこに現代への批判を聴きとろうとする試みである。日本人ばかりではない。列島の歴史にかかわった多くの異国の人々の声にも耳を傾けよう。

先人たちの書き残した文章をそのひだにまで立ち入って読み、彼らの旅した跡をたどりなおし、彼らのなしとげた事業を広い文脈のなかで注意深く観察しなおす——そのとき、はじめて先人たちはいまの私たちのかたわらによみがえってくる。彼らのなまの声で歴史の智恵を、また人間であることのよろこびと苦しみを、私たちに伝えてくれもするだろう。

この「評伝選」のつらなりのなかから、列島の歴史はおのずからその複雑さと奥ゆきの深さをもって浮かび上がってくるはずだ。これを読むとき、私たちのなかに新たな自信と勇気が湧いてきて、その矜持と勇気をもって「グローバリゼーション」の世紀に立ち向かってゆくことができる——そのような「ミネルヴァ日本評伝選」にしたいと、私たちは願っている。

平成十五年（二〇〇三）九月

上横手雅敬
芳賀　徹

国際ペンクラブ大会アルゼンチンの旅にて（昭和11年）

（藤村記念館提供）

馬籠風景（島崎緑二画，村落と恵那山）

馬籠街道（昭和28年頃）（藤村記念館提供）

本陣隠居所（明治28年の火災をまぬがれた旧本陣時代の建物）

（藤村記念館提供）

マテラン家（鈴木昭一氏提供）

新茶屋の碑
「是より北　木曽路　藤村老人」
（藤村筆，昭和15年揮毫，昭和32年建立）

（藤村記念館提供）

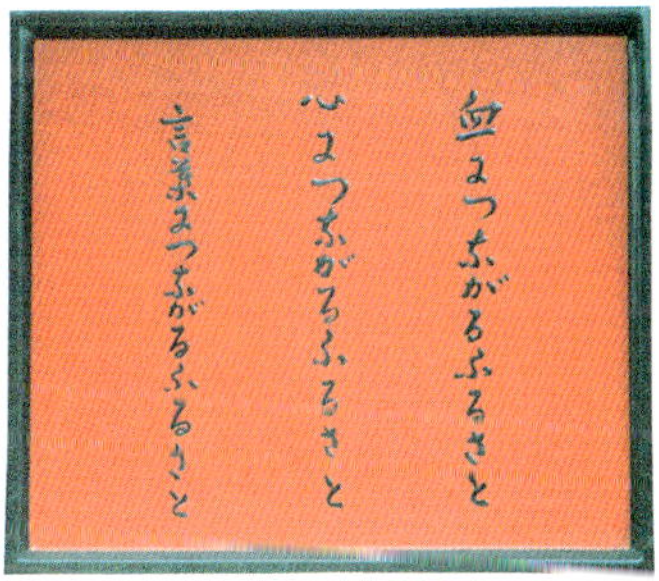

「血につながるふるさと／心につながるふるさと／言葉につながるふるさと」

（藤村記念館提供）

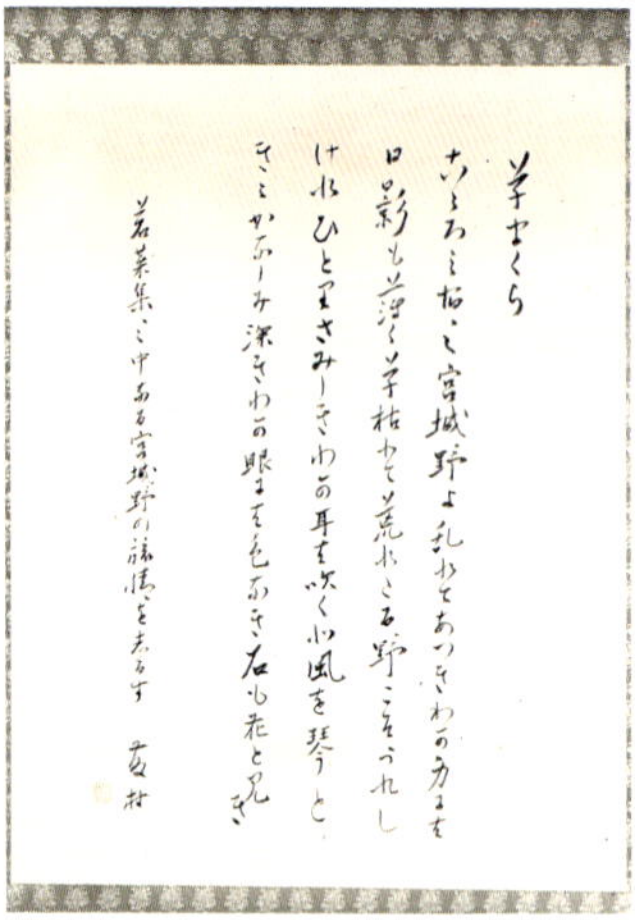

『若菜集』より（川端康成蔵）
（藤田三男編集事務所提供）

『若菜集』（明治30年，春陽堂）
（藤村記念館提供）

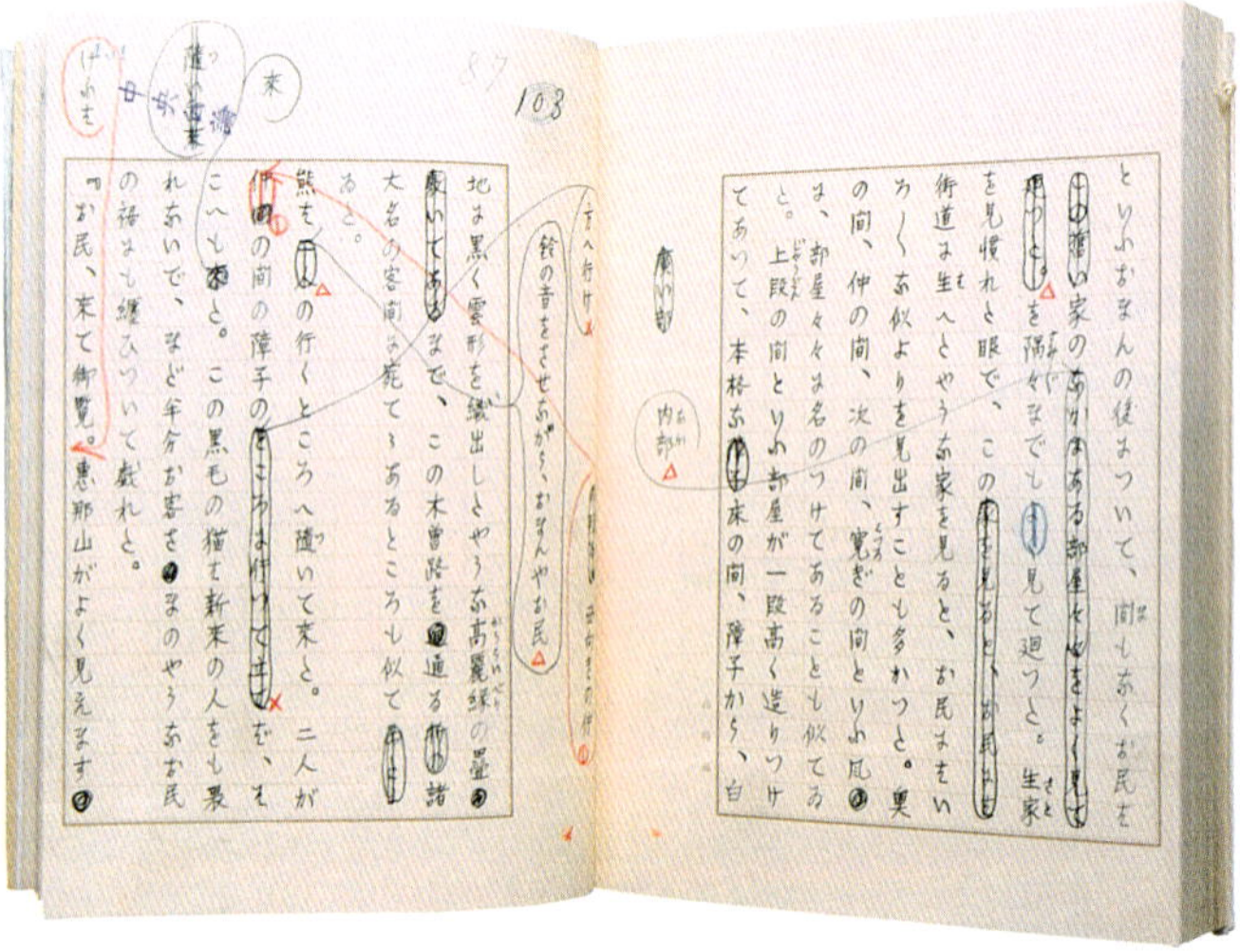

『夜明け前』原稿（第一部第一章の三の部分）（藤村記念館提供）

はじめに

島崎藤村《しまざきとうそん》は好悪の評価がはっきり分かれる作家である。日本近代文学を代表する作家の一人でありながら、彼を敬遠する人は多い。その傾向は彼が文壇の中心にあった明治末期からすでにあり、岩野泡鳴のようにその文体を非難し続けた人物もいるし、広津和郎のように「藤村の態度に感動」しつつ、そこにある「倫理的に抵抗すべからざるもの」に「やり切れない」思いを抱いた人もある。河出書房『島崎藤村読本』（「文芸」臨時増刊、昭二九・七）には、多数の文学関係者がアンケートを寄せているが、その反応は褒貶相半ば、「明治以後の文学者の中でもっとも尊敬する」と答えた円地文子に対して、尾崎一雄は「何となく恰好をつけてゐるやうでイヤだ」と素っ気ない。

その事情は、現在でもほとんど変わっていない。藤村の生家跡にある藤村記念館（中津川市馬籠）発行の「藤村記念館だより」には、何人もの作家の講演記録が掲載されている。たとえば井出孫六や高田宏が『夜明け前』の偉大さを説明し、「文句なく世界屈指の作品」と激賞するのに対して、車谷長吉は『新生』を例に取り、その「リアリズム」に強い違和感を表明、日常の生活を「事実ベッタリ」に描いて「虚」的な面がないと批判する。作家としては冷酷な悪人だというのが車谷の藤村観である。同じく『新生』に嫌悪感を持つ高井有一は、にもかかわらず「一番誰を読んでいるか」と問われれば藤村であり、しかも「好きか」と問われれば「口をつぐまざるを得ない」と複雑な感想を語っている。そう言えば藤村には、田山花袋や有島生馬のように生涯の盟友もいたけれども、柳田国男や河上肇のように、一時期親密な関係を結びながら、後には批判に転じた友人もいた。

もちろん人間には誰しも好き嫌いがあるから、前記文学者たちの評価のどちらが正しいと言う訳ではない。ただ藤村のように自分の生涯をすべて作品化してしまった作家は、作品に対する好悪がそのまま作家に直結しやすい。人間的には礼儀正しく、物静かでありながら、時には思い切った行動に出ることが、本心を表わさないと受け取られる場合もあり、文学者としてはロマンチシズムの詩人から「観察」を武器とする「自然主義」の作家へ、さらには従来の「小説」の枠を越えた『夜明け前』の完成へ、その振幅も大きい。はなはだ捉えにくい生涯である。以下本書ではその点に留意しつつ、彼の人生の基本的な動線を追って行きたい。島崎藤村とは何者だったのか？　その疑問を解くために、彼にとっての「文学」、および「日本の近代」を観測の定点とする。

なお、藤村本文の引用は、原則として筑摩書房『藤村全集』全一七巻・別巻一（昭四一―四六）により、「常用漢字表」に掲げられている漢字は、新字体に改めた。また人物の年齢は、彼らが生きた時代どおり数え年である。（　）内の年号は、明治以降、（明五）、（大二）のように略記した。

島崎藤村——「一筋の街道」を進む　目次

目　次

図版写真一覧

図版写真一覧

島崎家略系図

- (一四代)道《みち》賢《たか》――ゆか(一五代重好=道賢弟の養女。天保2没)
  - ゆか =(一六代)重《しげ》韶《つぐ》(養子。寛政11―明治2)=
    - 実《じつ》(蜂谷源蔵に嫁す)
    - (一七代)正樹(天保2―明19)=
      - 園子(安政3―大9)= 高瀬薫(大3没)
        - 慎夫(兼喜、明8―43)= 操(昭30没)
        - 田鶴子(昭8没)
        - 兼喜(安田文吉。慎夫没後、兼喜襲名、養子)
      - (一八代)秀雄(安政5―大13)= 松江(伊那の城所家から嫁す。昭4没)
        - いさ(明20―昭46)= 西丸哲三(旧水戸藩士西丸亮の子)
        - 周爾
        - 蔦子
      - 広助(明7、妻籠島崎家に養子入籍。文久1―昭3)=
        - 久子(明23―昭52)= 田中文一郎
        - こま子(明26―昭54)

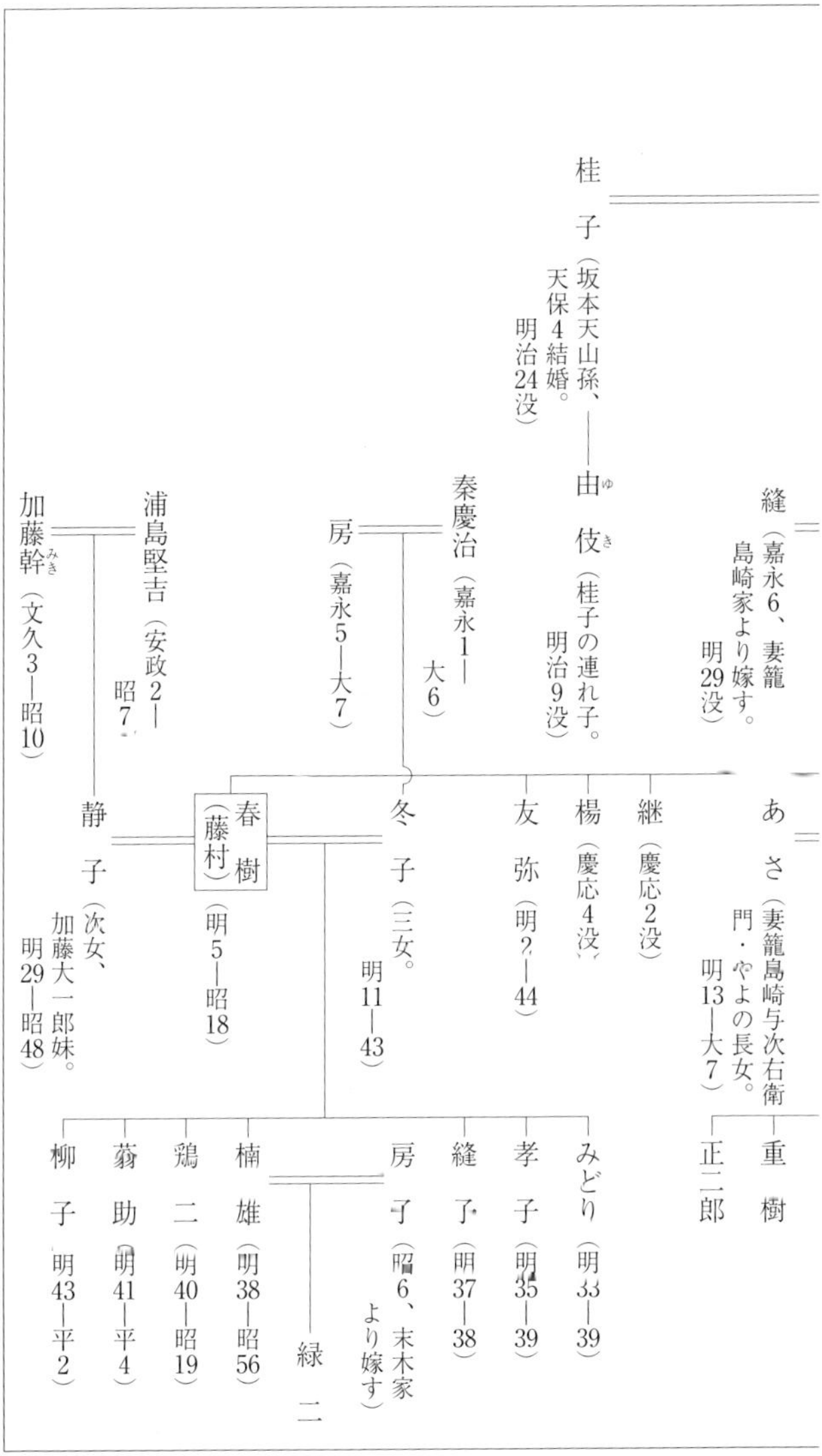

『図録・島崎藤村』（藤村記念館）、『藤村全集』別巻（筑摩書房）、伊東一夫編『島崎藤村――課題と展望』（明治書院）、北小路健『『夜明け前』探究』（芸艸堂）などを基に作成。

島崎家間取図

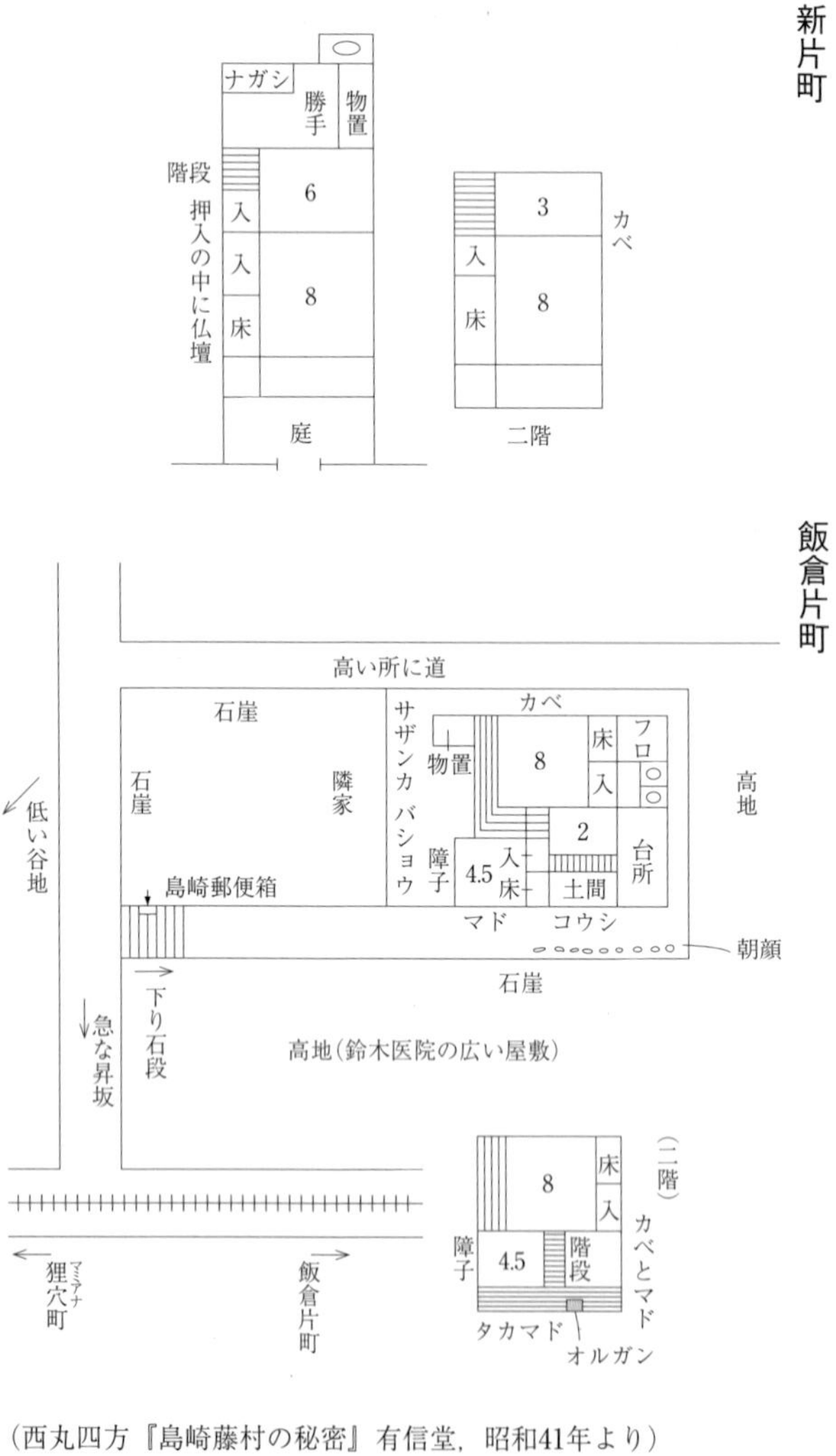

(西丸四方『島崎藤村の秘密』有信堂，昭和41年より)

第一章　詩人誕生まで――生い立ち―上京―明治学院

1　木曽から東京へ

木曽の馬籠

藤村・島崎春樹（明治五年三月二五日―昭和一八年八月二二日、一八七二―一九四三。ただし生年月日は旧暦二月一七日）は、中仙道木曽十一宿の西寄り、馬籠宿の本陣で生まれた。当時の地名では筑摩県第八大区五小区馬籠である。現在は日本の「ふるさと」の代表として、また観光地としても賑っているが、そのころは街道筋ではあるものの、けわしい山道で木曽の材木に頼るしかない寒村にすぎなかった。父の正樹（重寛）は神奈川の三浦半島から移住した先祖から一七代目、幕末・維新の改革までは本陣、庄屋、問屋を兼ねた村一番の名家である。彼は文久二年（一八六二）に父吉左衛門から家督を継ぎ、動乱の時代に翻弄された。若いころから国学思想に心酔し、平田篤胤没後の門人となるほど勤王復古の運動に熱中したが、相継ぐ改革によって家産は傾きつつあった。

母の縫は隣の宿場・妻籠本陣の娘、同族島崎氏の出である。夫婦の間に四男三女が生まれたが二人の女児は早世したので、実質的に長女園子（木曽福島の薬種問屋・高瀬薫と結婚）、長男秀雄、次男広助（母の実家・島崎家と養子縁組）、三男友弥、四男春樹（藤村）の五人兄弟である。これらの人物はすべて作中のモデルとなるので、具体的にはその時点で触れることにしたい。春樹の名は、出生の季節に本陣の椿が満開だったので、その文字に因むという。なお藤村と同年生まれの文学者には樋口一葉がいるが、都会人の彼女と田舎生まれの彼とは、お互いに気が合わなかったようだ。

藤村が幼時を回想した談話に「故郷を思ふ心」（大一一・八）がある。三方を森林に囲まれ、美濃の方角だけが開けた「高い山のはづれ」にある村の地勢が説明された上で、「水といふものに異常な執着」を持つことが述べられている。山の水の貯水場から若者が坂道を天秤棒で担いで登るか、日光も入らない深い井戸を掘るかしか、水を得る方法がなかったというのである。幸い彼の家には井戸があ

父島崎正樹（明治10年頃）
（藤村記念館提供）

母島崎縫と次兄広助の長女久子（明治23年）
（藤村記念館提供）

ったが、子供たちは逆に貯水場の周囲で遊ぶのが楽しみだった。この記憶はいつまでも心の中に残り、川や海への憧れを育てたようだ。

やがて彼は上京して隅田川の河岸に暮らし（日本橋浜町、浅草新片町）、フランスではセーヌ（パリ）、ビエンヌ（リモージュ）など大河のほとりにたたずむことになるが、国内でも木曽川や碓氷《うすい》川の水音に耳を澄ませ、千曲川流域を歩きまわった。いわば閉鎖的な山から開放的な川や海を求めて動くのが、前半生の基本的な軌跡である。

修業

父の正樹は熱心な国学者だったから、末っ子の春樹の学問好きを喜び、神坂《みさか》小学校では素《そ》読《どく》を、家では千字文を習わせた。だが父は維新後の変革、特に木曽山林問題などで多忙であり、山村に有力な師を求めるすべもなかったため、思い切って彼を修学の旅に出した。現在の銀座四丁目には高瀬薫・園子夫婦が事業を拡張すべく住んでいた（今の「和光」裏）。明治一四年九月、彼はすでに家督を相続していた長兄秀雄に連れられ、三兄友弥とともに東京へ出た。草鞋ばきで飛びまわっていた田舎の子が、突然文明開化の中心地で生活することになったわけで

上京時の記念写真（明治14年）
前列右から友弥，高瀬慎夫，春樹，大脇吉次郎，後列右から広助，高瀬薫，秀雄（藤村記念館提供）

ある。

高瀬薫は木曽福島の代官・山村氏の勘定奉行で砲術指南を兼ねた高瀬兼丰《かねのぶ》の子で、秀才の誉れが高かった。家業の薬種問屋は、高瀬奇応丸《きおうがん》の訪問販売で名高かった。彼は愛知師範学校に学んだ後、園子と結婚した。だが鷹揚な旦那気質だった彼は、田舎に埋もれるよりも東京で成功することを夢見て上京していたのである。藤村は、当時流行のラッコの帽子をかぶった彼のみなりを記憶している（「ある女の生涯」）。妻の園子は、父正樹と継祖母桂子に教えこまれた「女徳」を生涯守った女性である。北小路健『木曽路文献の旅』によれば、彼女にはそれ以前に相手の誤解がもとで婚約を解消されると思いこんだ不幸があり、悲観して自殺を図った傷跡が喉に残っていたという。『家』に描かれたように、彼女は兄弟中で春樹ともっとも気の合った仲であり、父の生涯をしばしば彼に語り聞かせた。

文明開化との出会い

春樹が入学した泰明《たいめい》学校（のち泰明小学校）は、現在も「数寄屋橋」近くに残る。最初は文明開化を代表する赤レンガ二階建ての校舎だった。当時の学校制度はたびたび変更され、しかも彼が在籍時の資料は焼失しているので、どの学年に編入したのか、正確には分らない。ただ一四年に出された「小学校教則」（『明治学制沿革史』による）では、小学校は満六歳から満一三歳までの八年間で、初等、中等、高等の三科に分かれていた。年齢どおりならば、この年九月に上京した春樹は満一〇歳だから、郷里で三年間修学したとして、中等科に入ったと考えてよいだろう。彼は一九年三月に同校を卒業する。中等科では日本地理、世界地理、日本歴史などがカリキュラムに入っているから、郷里で漢学・国学の手ほどきを受けていた彼は、はじめて「日本」

や「世界」に目を開き、その実際を学校や銀座の風俗を通じて感じたことになる。

夏目漱石『道草』（大三）に、主人公の健三が過去を振り返って、『泰西勧善訓蒙』（明四、明六）という啓蒙書を思い出す場面がある。この書は慶応三年生まれの漱石の世代には下等小学校第六級で教師が「講述」したそうだが、中村正直『西国立志編』と同様に、個人の自立、個人の総合としての国家を説く倫理書である。もっとも、春樹が上京した一四年は、いわゆる一四年の政変によって参議大隈重信が下野し、自由党結成による官民の対立が激化する年である。政府はその前年から、福沢諭吉『通俗国権論』や『泰西勧善訓蒙』などを含む多数の翻訳倫理教科書を内容に不妥当条項ありとして、学校での使用を禁止していた。それに代わって一四年四月改正の『小学修身訓』（文部省印刷局）や一六年六月発行の文部省編集局『小学修身書』が登場し、その巻之五は、「立身」「勉学」「勤倹」を説き、「分に過ぎたること」を戒めている。こういう大勢が春樹にどう影響したのかは、はっきりとは分らない。だが田舎から出て来たばかりの少年にとっては、東京の新風俗ほど関心がなかっただろう。むしろ立身・勉学・勤倹の訓《おし》えの方が耳に入りやすかったのではないか。「幼き口」（『微風』収録）には、彼がはじめて「オサシミ」を食べ、君・僕という言葉を覚え、義兄・薫に「諸方《はうばう》へ連れられて行つた記憶」や、父から「勉強」「倹約」と記した手紙が来たことが記されている。家には甥にあたる高瀬慎夫《ちかお》もおり、学校友達もすぐに出来た。一緒に来た兄の友弥は、はじめは同じ学校に通ったが、勉強嫌いで、一年ほどで退学して奉公に出た。やがて深い関係を持つことになる北村門太郎（透谷）は、春樹が入学した翌年に同校を卒業して政治運動に身を投じて行ったが、彼はまだ「東京」に溶けこむのに忙しかったのである。

下町の生活

だが高瀬家は翌一五年に郷里へ引き揚げ、その跡には高瀬の親戚の力丸《りきまる》元長が入った。春樹はそのまま力丸家（旧美濃岩村藩士族）で養われたが、翌年にはさらに高瀬と同郷の吉村忠道に預けられた。吉村の家は当時銀座四丁目にあり、高瀬家とは親しい仲だったので、口やかましい力丸の妻と暮らすよりは気が楽だった。吉村は代言人（弁護士）だったが、実業家を志し、まもなく日本橋浜町三丁目、さらに同二丁目に転居し、針問屋「勝新」（秋谷新七商店）の後楯で商売を始めた。談話「吾が生涯の冬」（明四〇）によれば、吉村は春樹を勝新の養子（勝新には主人の姪がいた）とし、語学を学ばせてアメリカに修業に出す計画があったらしいが、彼がその思惑を知ったのは後のことである。島崎家からは、不十分ながら彼の生活費は預けてあったといい、まだ子供のいない同家では、彼の扱いは書生といっても子供同然だった。吉村は「心の親切な人」だったが、病身の妻に代わって家事を取りしきる妻の母の叱責は容赦がなかった。彼が他家で養われる辛さを覚えたのは、力丸・吉村両家を通じてである。吉村家はまだ江戸が色濃く残るこの地にたちまち順応し、成功した。千歳座（現・明治座）に関係したのもこの時代である。

もちろん春樹も、ここにもう一つの「東京」を感じていた。ただ彼の心を支配するのは質実な信州人の血であり、まだこの下町文化に同化するには至らなかった。やがて彼が心酔するのは芭蕉や西鶴・近松など、江戸前半の文芸であり、透谷が「徳川氏時代の平民的理想」で述べたような、「粋」

や「俠」に矮小化された後半期の文学ではなかった。透谷は「幾多の土層の下に流るゝ大江を徹視」する必要を説いたが、藤村は浅草新片町《しんかたまち》に移ったころ、なぜ後半期の江戸文芸が江戸人の全体を写さなかったのか、と疑問を呈したものの、それ以上の穿鑿《せんさく》には進まなかった。彼の心に深く食い入ったのは、「幻住の棲處《すみか》」を求める旅人芭蕉の姿だった。

しかし『若菜集』には多数の近世歌謡から語句を借りた痕跡があり、それはこの土地柄が彼の感性に残した影響かもしれない。ただしそれ以上に浜町界隈が彼に与えたのは、隅田川の開放感である。おそらく彼はここの水練場で、自分の心身が水と一体になることをはじめて覚えたのである。言うまでもなく隅田川は東京湾に注ぎ、太平洋と接続する。彼は以後、仙台の荒浜で「春」を予感し、国府津の海では透谷とともに泳ぎ、フランス渡航に際してはさまざまな海の姿に眺め入った。「流れよ、流れよ、隅田川の水よ」と呼びかける『海へ』（大七）最終章の言葉は、それが世界中の海と繋がっていることの実感から発せられている。

英学の志

彼は明治一九年に泰明小学校を卒業するが、すでに在学中から英語を学び始めていた。辞書編纂に当たっていた英学者島田奚疑《けいぎ》に就き、銀座の十字屋（最初は洋書店）で買ったナショナル読本を学んだという。彼は芝の三田英学校（のち神田錦町の錦城中学と合併）や神田淡路町の共立学校（のち東京開成中学）へも通ったが、両校はともに上級学校へ進む中間的性格があり、春樹の志望がやや固まりつつあったことが分る。その背後には当然吉村の後押しがあった。共立学校では木村熊二《くまじ》にアーヴィングの『スケッチ・ブック』を習った。まもなく深い縁を結ぶ木村との最初の出会いである。

このころ（明治一七年）、春樹が英学に傾きつつあることを心配した父は、彼の様子を見に上京して来た。父はかつて教部省の下級官吏だった時代（明治七年）、浅薄な文明開化の風潮に憤慨して、「かに《（蟹）》のあな《（穴）》ふさぎとめずばたかつつみ《（高堤）》のちにくゆ《（悔）》べきときなからめや」という和歌を明治天皇の行列に献じて罰せられたほどの西洋嫌いだったから、期待する息子が意に背いて英学を学ぶことが我慢できなかったのだろう。結局は父が折れて許可は出たのだが、このときの父との対面は、後になるほど重いしこりとして意識されることとなった。だが若い春樹には、『桜の実の熟する時』などに描かれているように、父の古風な風体が、いかにも時代遅れに見えていた。父は明治一九年に郷里の座敷牢で憤死するから、これが親子の別れとなった。

2　キリスト教と文学

明治学院へ

明治学院は明治一九年九月に設立されたミッション・スクールである（現・明治学院大学）。春樹はその新校舎が完成した二〇年九月に最初の学生として普通学部本科に入学した。三学部のうち、邦語神学部と専門学部はキリスト教神学が専門である。同校創立までの経過はキリスト教各派の主張が絡まって複雑だが、要するに「アメリカ長老教会《（プレスビテリアン）》ならびに改革派の両ミッション」と「スコットランド一致教会ミッション」が協力し、従来あった東京一致神学校、英和予備校などの私塾的性格を発展的に統合したものである。新校舎は現在同様、芝白金台（現・港区）にあったから、浜町の吉村家から徒歩で通学するのは大変な苦労だった。まだ電車もない時代で、春樹は最初は徒歩で通ったが、一時、木村熊二の家に止宿し、さらに翌年には寄宿舎（通称ヘボン館）に入った。卒業は二四年六月である。教師には外国人が多く（当時アメリカ人八名、日本人四名）、多数の授業が英語で行われ、必然的に英語教育は充実していた。学院は校長を設けなかったが、「対外的代表者」が必要となり、総理には在日宣教師の草分けで、医師、『和英語林集成』の編者としても有名なヘボンが、副総理には井深梶之助が就任した。

明治学院ヘボン館（明治20年建設）
普通学部及び寄宿舎として使われた
（明治学院歴史資料館提供）

『桜の実の熟する時』に、岸本捨吉（春樹）が田辺（吉村）のお婆さん（吉村の妻の母）から、「耶蘇《やそ》」の学校は気に入らない、「アーメンは嫌ひだ」と言われ、田辺が「今日英学でも遣らせようと言ふには他に好い学校が無い」「捨吉の行つてるところなぞは先生が皆亜米利加人です。朝から晩まで英語ださうです」と弁護する場面がある。この小説は学院時代、明治女学校教師時代を中心に描かれているが、当時のキリスト教に対する世代的感覚の違い、吉村の商業人としての考え方が示されていておもしろい。

明治女学校は学院と姉妹校の関係にあった女学校だが、学院より先の一八年に開校した。婦人啓蒙誌「女学雑誌」を発行し、やがて雑誌「文学界」の母胎となることで知られている。初代校長は木村熊二だった。熊二は出石《いづし》藩（兵庫県）の儒者の家に生まれ、江戸に出て中村敬宇（正直）や木村琶山《はざん》に学び、琶山の養子となった。昌平黌《しょうへいこう》の恩師・佐藤一斎の曽孫・田口鐙《とう》と結婚。維新後の一家は辛酸をなめたが、熊二は明治三年森有礼に随って渡米、ニューヨーク、ニュージャージー州で苦学の末、神学士となって帰朝したのは明治一五年である。その間家庭を守り続けた鐙も夫に従い、フルベッキによって洗礼を受け、夫妻は布教と教育に邁進した。女子教育の必要を痛感して明治女学校設立に奔走、さらに男子校、学院の設立にも努力したが、鐙はその開校目前に流行のコレラで急逝した（巌本善治編『木村鐙子伝』などによる）。

木村熊二
（林勇『島崎藤村——追憶の小諸義塾』より）

木村鐙
（日本近代文学館提供）

キリスト教受洗

学院二年目の明治二一年六月、春樹は高輪《たかなわ》の台町教会で牧師・木村熊二による洗礼を受けた。今は亡き父の願いはまったく顧みられなかったわけである。そこには一旦決意するとただちに実行してしまう彼の隠れた側面が表われている。彼の一般的なイメージから浮かぶ慎重居士とは正反対の側面である。受洗記念の写真が残っているが、同時に受洗した三人の学友とともに制服着用、そのころの流行に従って下のボタンを三つはずして澄ましている。靴も編上げの革靴で、上京後、靴を穿くと足が痛いと悲鳴をあげた彼とは大違いである。

だが木村の熱心な説得があったとしても、彼は実際にキリスト教の「神」を信じたのだろうか。たしかに彼は学院の行事、「青年会」「文学会」などに積極的に参加し、前者の「キリスト教夏季学校」もしばしば受講した。藤村の三男、島崎蓊助の『初期藤村に関する覚え』や瀬沼茂樹『評伝島崎藤村』（昭三四）の調査によれば、この臨時学校は第一回（明二二・六、京都同志社）、第二回（明二三・七、明治学院）、第三回（明二四、箱根）、第四回（明二五・七、箱根）と毎年開催されているが、第一回を除いて、彼は二回

明治学院の学友たちと
（明治21年 6 月26日，左端が春樹）
（藤村記念館提供）

は出席した可能性がある。第二回、および第三、第四回のどちらかである。『桜の実の熟する時』に描かれているのは第二回、その中で春樹がもっとも感激したのは、哲学者大西操山《そうざん》（祝《はじめ》）の「希臘《ギリシア》道徳より基督教道徳に移りし次第」で、形の調和美を求めるヘレニズムから求心的なヘブライズムへの移行を語ったものである。大西は東大在学中から注目された批評家で（のち東京専門学校＝早稲田大学教員）、その「批評論」（『国民之友』明二一）は、哲学によって思想・文芸の人間に与える価値を診断する原則を説いていた。彼によれば「美」はドイツ観念論のように先験的に存在するのではなく、個人の心理に発して個人を越える「創作」が芸術家の使命だとされる。おそらく春樹は、彼の論に打たれて文学者の価値を知ったのであろう。この夏季講習には、他に徳富蘇峰、植村正久など文学上でも重視されていた著名なジャーナリスト、キリスト者がいた。

「ハイカラ」に染まる

これより先、校内で毎週開かれた「文学会」では、演説や朗読が行われていた。そこには高輪台町教会の頌栄《しょうえい》女学校（明一九創立）の生徒も参加を許されていたから、おのずから華やかな雰囲気がかもし出されていただろう。『桜の実の熟する時』の岸本が関心を寄せた女性「繁子」のモデルは、この女学校の教師だったらしい。

> 学校へ入つた当座、一年半か二年ばかりの間、捨吉は実に浮々と楽しい月日を送つた。（中略）まるで籠から飛出した小鳥のやうに好き勝手に振舞ふことが出来た。高い枝からでも眺めたやうに斯の広々とした世界を眺めた時は、何事も自分の為《し》たいと思ふことで為て出来ないことは無いやうに

見えた。学窓には、東京ばかりでなく地方からの良家の子弟も多勢集つて来て居て、互に学生らしい流行を競ひ合つた。柔い羅紗《ラシャ》の外套の色沢《いろつや》、聞き惚れるやうな軟《しな》やかな編上げの靴の音なぞは奈何《いか》に彼の好奇心をそゝつたらう。何時の間にか彼も良家の子弟の風俗を学んだ。彼は自分の好みによつて造つた軽い帽子を冠り、半ズボンを穿き、長い毛糸の靴下を見せ、輝いた顔付の青年等《ら》と連立つて多勢娘達の集る文学会に招かれて行き、若い女学生達の口唇《くちびる》から英語の暗誦を聞いた時には、殆んど何もかも忘れて居た。（『桜の実の熟する時』 一）

後年の小説の記述だが、春樹の学生生活もこのような気分に浸っていたに違いない。やがて徳富蘇峰は「非恋愛」（「国民之友」明二四）で、学生が「恋愛」を求めて教会や日曜学校へ出入りすることを厳しく批判するが、春樹は学業を忘れてその機会を楽しんでいたわけではない。前半の二年ほどは、彼は教授に嘱目される優秀な学生であり、英語の時間にはいつも指名されたという。友人とも積極的に交際し、目立ちたがりの彼に、友人は「鋳掛屋《いかけや》の天秤棒」（天秤棒が一般の物より長く、普通の平屋の屋根から突き出るので、出過ぎることの比喩）と仇名をつけた。そのころの彼はイギリスの首相になったディズレーリに憧れ、その著書の『コニングズビイ』（関直彦訳『春鶯囀』明一七）や『エンヂミオン』（渡辺治訳『政海之情波』明一九、二〇）の主人公のような政治家を夢見たという。

当時の学友には政治家中島信行と女性民権家中島湘煙（俊子）の子・中島久万吉《くまきち》や、のちに画家となる和田英作、三宅克己らがいた。中島は政治熱が昂じて教師の不興を買って退学したが、在学中に

「菫草《すみれぐさ》」という雑誌を作った。『明治学院百年史』が引く中島の回想「学院時代の和田英作君」には、「創刊号に島崎君は『東洋の形勢を論じて満天下の青年に告ぐ』と題する論文を寄せてきた」とある。しかし同文には「七五調で極めて流麗に郊外晩秋の景物を詠じた」詩作もあったというから、春樹の関心はその双方に揺れていたらしい。のちに「文学界」の同志となる戸川明三（秋骨）が編入学して、同級、同室となるのが明治二一年、同じく馬場勝弥（孤蝶）が編入学するのが二二年である。「菫草」には秋骨も孤蝶も小文を寄せたというから、その発行は二二、三年のことと推察される。その迷いの中で前記大西の美学的講演に出会ったことが彼の進路を決定して行ったのではなかろうか。それは同時に、宗教としてのキリスト教よりも、それが生み出した美的な観念、詩的な幻想に惹きつけられる過程でもあった。「女学雑誌」に発表される初期文章にその痕跡は明らかである（後述）。早く笹淵友一「島崎藤村とプロテスタンティズム」（昭二四）が指摘したように、藤村の「神像が感覚的で神学的でないことは著しい特徴である」。

春樹の変化

秋骨と孤蝶は口を揃えて彼が意志強固であること、内心の狂熱をそれによって抑制する性格を作り上げたことを証言するが（「嶋崎藤村論」、「新潮」明四三・八）、学院の後半、彼はそれまでの「浮々と楽しい」享楽生活から、「仙人」（孤蝶）と評されるような変貌を遂げた。沈黙した彼は図書館に籠り、シェクスピア全集はじめ、ディッケンズ書簡集、ジョン・モーレーの『英国文人伝』（English Men of Letters）などを耽読し、十字屋で買ったワーズワース詩集を愛読した。授業の出席も怠りがちになり、孤蝶の『明治文壇の人々』（昭一七）には、英語のランディス教授の試験で、春樹が答案を出さずに十分ほどで退室したことが回想されている。

遊び仲間の友人たちと離れ、罵倒されたというのもそのころであろう。徳富蘇峰の「インスピレーション」（『国民之友』明二一・五）にも傾倒したが、そこにはその不可思議が「我れ自から我より超越し、人間自から人間より超越し、人間にして天使に類する行」と説明されている。夏季学校が終わった直後、御殿山を散策した岸本捨吉は、天が「焔の海のやうに紅」く染まる光景をはじめて見た。だが田辺の家へ帰った彼を待つのは、彼の悩みを知るよしもない、世俗的で親切な人々だった。彼は「自分の殻を脱ぎ捨てようと思」って、これまで書き溜めてきた英国文人伝の部分訳を焼き捨てたが、それは「田辺のお婆さん」の疑いを誘っただけだった。「吾が生涯の冬」（明四〇）にも焼却の事実は語られているから、これに似た場面は春樹の実生活でも演じられたに違いない。

進むべき方向は自覚しながら、その道を見いだし得ない「狂熱」を抱え、春樹は明治二四年六月に学院を卒業した。彼自身言うところによれば、成績は下から二番目だった。彼が在学した二〇年代初頭は、近代小説がようやく誕生しはじめた時期である。二葉亭四迷『浮雲』（明二〇—二二）、同翻訳「あひゞき」（明二一）、坪内逍遙「細君」（明二二）、森鷗外「舞姫」（明二三）、宮崎湖処子「帰省」（明二三）、幸田露伴「風流仏」（明二二）などによって、彼もその息吹きに触れたはずである。作風はさまざまだが、概して言えば鹿鳴館時代の文明の実態、または学歴重視に批判的傾向が強い。それらを通じて、彼は実生活の立身出世とは異なる「文学」の世界を実感したのではなかろうか。

彼が卒業した二四年ごろは、元禄文学の復活が目立った。逍遙は二三年に近松研究の必要を説き、淡島寒月が発掘した西鶴の魅力は、尾崎紅葉、露伴らに伝わった。春樹もその風潮と無縁ではなかった。

「吾が生涯の冬」に、春樹が西鶴の『好色一代女』を読んでその汚らわしさに破り捨てたが、後でまた買い直したという部分がある。前半はキリスト教に熱心だったころ、後半はそれが変質した時期のことだろう。彼はまもなく二〇歳、「神聖な旧訳全書の中から成るべく猥褻な部分を拾つて読」むほど性的なめざめをも感じていた。一方では西欧文化の美的な側面に感銘しつつ、他方でそれとは合致しない本能とが争い出したと言ってもよい。

春樹が卒業したころ、吉村の商売は発展し、横浜伊勢佐木町に雑貨店マカラズヤを開店した。前途の方針が具体的に定まらないまま、春樹はその店番として手伝いに行った。外国人客もあったから適役と思われたのだろう。だが商売にはまったく身が入らず、テーヌの『英文学史』を隠し読んでいたという。なお次兄広助が国粋主義の「東邦協会」に入会して、朝鮮半島に渡ったのも、この頃のことと思われる。

「女学雑誌」と初期習作

彼は木村を通じて、明治女学校教頭で「女学雑誌」を主宰する巌本善治《いわもとよしはる》に仕事の紹介を依頼していたが、九月に巌本からの来信があり、雑誌編集の補助をすることとなった。月給は九円である。同誌は明治一八年に創刊され、最初は同校生徒やキリスト教関係者が読者の中心だったが、次第に名声を高め、一般にも知られるようになった（『浮雲』のお勢も同誌を読んでいる）。女性の学問がまだ否定的に捉えられていた中で、「女学」は当時の新語である。巌本は木村と同郷の出身。熱烈なキリスト者で、新時代の女性の生き方を示すと同時に、文学にも一見識を持ち、自身でも小説や評論を書き、森鷗外や内田不知庵（魯庵）と論争した。『小公子』の訳で知られる若松賤子《しずこ》は、彼の夫人である。雑誌は当然のように、日本の美徳を尊重しつつも、西洋の長所を取り入れた良妻賢母の育成を目標にしていた。「愛」にもとづく結婚と暖かい「ホーム」の建設が彼の理想であった。

巖本善治（明治29年）
秦冬子の明治女学校卒業記念写真。後列左から３人目が巖本，前列左から２人目が冬子
（伊東一夫・青木正美編『写真と書簡による島崎藤村伝』より）

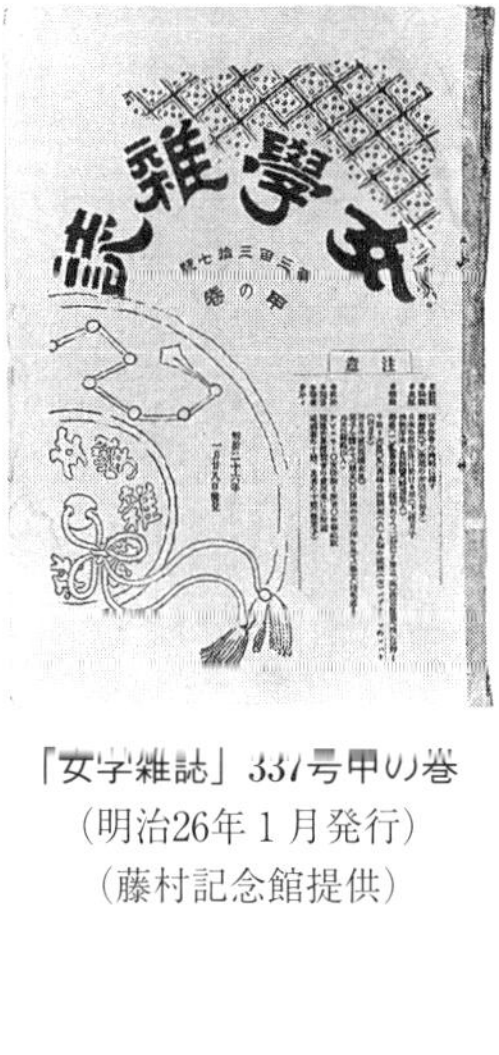

「女学雑誌」337号甲の巻
（明治26年１月発行）
（藤村記念館提供）

春樹は二五年一月からここに翻訳や紹介を発表しはじめた。禁酒運動の中心人物「フランセス・ウィラードを訪《とう》の記」（明二五・一）を筆頭に、それらの文章は多岐にわたるが、大別して外国の偉人の妻（ディズレーリ、ミルトン）、または母（バイロン、ルター、ワシントン）のありかたを示した抄訳、去来、嵐雪ら俳人の言葉や西行の和歌紹介、「人生に寄す」（明二五・一。アジソン原作「ミルザ夢幻の記」）、「ジョーヂ、エリオット小説の女主人公」（明二五・六）、「郭公詞」（明二五・七）のように英文学の紹介を兼ねた感想などに分類できるが、注目すべきものの一つに「小説の実際派を論ず」（明二五・三）がある。この時代の筆名は「島さき」「島の春」のように筆者を想定できるものは僅少で、ほとんどが「無名氏」または「n. n」（no name）である。

「詩神」への憧れ

「小説の実際派を論ず」は「無名氏訳」とあり、冒頭に「サッカーマンが英国散文小説史中の語《ことば》」を引用しているが、同書が原典なのかどうかは未確認である。しかし論旨は芸術を人生の「レプロダクション」と規定し、現今の「実際派」「自然派」を代表するゾラとモーパッサンを否定したものである。「観察」と「実験」を唱える彼らの「詞法」は、「審美的の快感」を与える芸術の本道に反して、「識」を与えようとしていると言うのである。彼らの称する「天地の真」とか「人生の象」はその「偏見」が作ったもので、その「想像と創作の業」は「科学」とともに「ハイポセシス（仮定説）の壺中に縮ま」っているにすぎない、云々。当時の彼がゾラやモーパッサンをどれだけ読んでいたかは不明だが、すくなくともここでは、彼が大いなる「自然」の「レプロダクション」を通じて「詩神」を呼び出そうと考えていたことは疑えない。この時期は逍遙と鷗外のいわゆる没理想論争がたけなわだったが、彼が「詩神」という語で念頭に置いていたのは、「風雅のまこと」と言い換えてもいるように、また「一夢のうちに枯野をかけめぐ」る例（芭蕉）を引くように、西洋文学と日本文学とに共通する美的な幽玄の世界の存在だったのではなかろうか。

その意味では彼が鴨長明や芭蕉に傾倒する一方で、ワーズワースを愛唱したのも納得させられるのである。「郭公詞」はワーズワースの「To the Cukoo」の幽玄を賛美した批評だが、そこには「『ライダル』の隠者」として「今の世の風雅に志あるものが師表となすに足りぬべし」という言葉がある。さらに「鴨長明とウォイヅヲルス」（明二五・一。無署名だが筑摩書房『藤村全集』第一六巻解題で藤村筆と認定）では、「長明とウォイヅウォースとは共に厭世の詩人なり　其物外《てのぶつぐわい》に逍遙して山水風煙に嘯《うそぶ》くのところ相肖《あひに》たり其洛外大原の里に退隠せしと「ライダル」山頭に門を閉せしところ相肖たり其《その》たのしみを自然の学びに捜《さぐ》りて無常迅速の世をあはれみしところ相肖たり」と記されている。ディクソン教授の演説の大意であるとの前書きがあるものの、和洋の文人の共通点を探ろうとする春樹の意に大いに叶ったのであろう。

「永遠の中の『時』」

ワーズワースに関しては徳富蘇峰「新日本の詩人」（『国民之友』明二二・八）が早い紹介で、山田美妙が「山の翁」（『国民之友』明二四・五）を抄訳、植村正久「自然界の予言者ウォルズウォルス」（『日本評論』明二五・二）や、大西祝「香川景樹の歌論」（明二五・八）などが相次いでいた。もっとも、春樹の場合は前者が指摘する「美妙慰藉希望」よりも「無常」を強調しており、青木範夫「森林の逍遙」（『比較文学研究・島崎藤村』昭五三）が言うようにワーズワースの汎神論的要素よりも、隠者として「自然」を観照する姿勢に共鳴しているようだ。その意味ではこのころの彼の嗜好は、「人生に寄す」（矢野峰人『文学界と西洋文学』（昭二六）によれば、原文はテーヌ『英文学史』の記述だという）によく表われていると言うべきだろう。——ミルザがバグダット山上の翁から「永遠の中の『時』」と呼ぶ人生を教えられ、「人は空《あだ》にぞ作られけるかな」と嘆息するが、翁にたしなめられ、「不老長生の門」を入った美しい「島嶼《しまじま》」で人々が楽しく暮らす光景を見せられる。彼はそこに到りたいと願うが、翁が言うには、そこは「善者死後の楽苑」であり、そこへ行くにはまず「死の門」を通過しなければならない。しかし「かく楽しき境」に入るのに、死を怖れ、人生は空《くう》だと思ってはならない。彼はしばらくその島々を眺めていたが、ふとはるかな海水に横たわる黒雲に気づき、あの下には「如何なる秘密」があるか、と問いかけると、翁の答えはなく、翁も美しい光景も消え失せてしまった。——ミルザが「夢幻」のうちに教えられた生と死の問題は、漠然とではあるが苦しい生の意味と、死後も「永遠」に続く「時」の観念を示唆したであろう。

「イーヴを懐《おも》ふ」は、言うまでもなくミルトンの『失楽園』に対する批評。イヴの堕落を「みづから誇りみづから驕《たかぶ》るの情《こころ》」に求め、アダムは「愛着の羈絆《きづな》」に引かれて、「無二の上帝を措て愛の涙に眼も眩《くら》」んだのだという。「かの魔の『時』は一瞬の間にして上帝の『時』は無限なり　魔の色はうつろひ易き花の影にして『今』なる時の眼《まなこ》にぞ宿る　之をかの万世不易なる大道に比べていかにぞや」とする批評は、「今」よりも「無限」を評価する点で「人生に寄す」の翁と同様だが、まだ観念的にすぎ、「恋」や「万世不易の大道」が具体的に理解されているとは言えない。しかし彼の生涯をふり返れば、このような「恋」への憧れは、永くその心に残ったようだ。

3　恋愛は人世の秘鑰《ひやく》なり

北村透谷の「恋愛」観

明治二五年五月、彼は終生語ってやまなかった北村透谷（門太郎）と出会い、九月には明治女学校の英語教師となり、佐藤輔子《すけこ》という教え子と出会った。ともに彼の人生を左右した二人である。

透谷の経歴はここで記すに及ばないが、彼は「女学雑誌」の寄稿家として尖鋭な論陣を張っていた。この年二月に掲載された「厭世詩家と女性」に感激した春樹が、巌本の紹介で京橋弥左衛門町（現・中央区）の家に透谷を訪ねたのである。「恋愛」の意義を高らかに唱えたこの評論は、今も広く知られているが、それは現在の「恋愛」の源流となる恋愛神聖論者たちの考えとはかなり異質である。彼らは両性がそれぞれの職分を尽して、楽しい「ホーム」を築くことを望んでいたからである。

「恋愛は人世の秘鑰《ひやく》（秘密を解く鍵）なり、恋愛ありて後人世あり」という規定で始まるこの論は、基本的に厭世詩人として現実世界の醜さと戦う姿勢に貫かれている。

北村透谷
（伊東一夫・青木正美編『写真と書簡による島崎藤村伝』より）

彼にとって「恋愛」は単なる両性の「思慕」や「春情」ではなく、「想世界と実世界との争戦」で敗れた詩人が立て籠る最後の砦であるとされる。「実世界」を支配するのは「力」であり、「想世界」に生きる詩人は、それと戦って敗れざるを得ない。そのときこの世にあるべき美しい理想を再認させるのが「恋愛」だという。彼は「奇異なる恋愛の魔力」に囚われ、愛する女性だけがただ一人の「身方」であり「慰労者」であると、「根もなき希望」を抱くわけである。

だが二人の関係は当然のように、人格も性も異なる他者を自覚させるから、彼は彼女に繋がる「社界」の一分子としての自己を認識し、その結果として「想世界の不羈を失ふて実世界の束縛」を受けてしまう。結婚によって妻子の「忌しき愛縛」に悩み、経済的にも圧迫される彼は、ふたたび新たな「恋愛」の夢を追うことになる。それは彼にとって両刃の剱であり、希望と失望とを交互に与えるものだと言えよう。この恋愛観が男女関係における従来の「春情」を否定し、「想世界」の理念を確立した価値は疑えないが、それを実生活で行うことの困難は、彼自身の生活が傷ましくも証明している。

透谷は八王子、多摩地方で自由民権運動に加わっていたが、大井憲太郎を中心とする自由党左派が朝鮮革命を計画して参加を求められたとき、懊悩の末、同志と訣別、その一人石坂公歴《きみつぐ》の実家で姉の石坂ミナと出会った。明治一八年のことである。大井らは大阪・長崎で逮捕された。いわゆる大阪事件である。

ミナは横浜共立女学校の生徒でクリスチャンだった。二人は次第に親交を深め「ラブ」を感じるようになったが、ミナに許婚の男性がいたこと、透谷が経済的自立を果していないことや、クリスチャンではないことも障壁となって、激しい恋愛に進んでからも苦悩を繰り返したあげく、透谷が二〇年に「神に帰依す可きを発悟」し、二一年入信、同年一一月に結婚した。しかし二人の生活は「艱難の連続」（藤村『春』）だった。透谷自身が妻に宛てた手紙で、「多涙多恨なる貧詩人の世に容れられず、世に容れられざるの産物を出さんとし、終生刻苦して世と戦はんと欲するもの、妻として、内に不足怨言を擅《ほしいまま》にするものを聞かず」と戒めている（明二六・八、書簡草稿）。

佐藤輔子への恋

　春樹と佐藤輔子との関係も、外形はきわめて似通っている。彼女は一歳年長（明治四年生まれ）で、高等科一年の生徒。父は旧南部藩士族の佐藤昌蔵、茨城県東茨城郡郡長などを務めた後、第一回総選挙で花巻から当選、衆議院議員になった。以後大正二年の死まで数回当選。一番町教会で植村正久により受洗したクリスチャンでもあった。母は中島氏キヨ、昌蔵の前妻・鹿討《ししうち》きんが死去した後結婚、輔子は夫婦の五女として盛岡で生まれた。後に札幌農学校（現・北海道大学）教授、北大総長となる佐藤昌介は異母兄で嫡男である。

佐藤輔子
（藤村記念館提供）

　輔子は父に従って水戸に移住し、明治二一年に明治女学校の寄宿舎に入った。先輩の松井まんは、教員の星野天知《てんち》が指導する薙刀に優れていた。彼女もまんに従って天知から薙刀を習い、二人は親密な仲となった。輔子は明治二五年七月に卒業して高等科に進み、九月の新学期から着任する春樹の授業に出席するわけである。彼女はそのかたわら、「女学雑誌」の仮名付けなども手伝った。彼女はこの新学期から日記を付けはじめていた（佐藤家の記述に関しては、及川和男翻刻・編『明治女学校生徒・佐藤輔子の日記』藤村記念館、平一五、に教えられる点が多い）。

春樹は通勤の便を考えて牛込区（現・新宿区）赤城元町に下宿し、登校した。そのころ発表したのが、シェークスピアの『ヴィーナスとアドニス』を浄瑠璃風に訳した「夏草」（「女学雑誌」明二五・七―九）である。「読者もし誤《あやまっ》てこの篇をしりぞくることなくば、おそらくは恋の情に得ることあらむ」と最初に記したように、それが彼の「まことの恋」と信じたものなのだろう。「ビナス」はそれを知らずに「アドニス」の美貌に惹かれるが、「アドニス」は「真正《まこと》の恋を味ひ得たる」がゆえに、女神の挑発を退ける。篇中に彼の牡馬が牝馬に欲情してそれを追って姿を消す場面があり、それは「ビナス」に転位して「恋には底のないものを」と言う口説きになるが、「アドニス」は「恋は真正《しんしょう》いつはりなし。色は虚欺《うそ》のかたまりじや」と言い放って帰ってしまう。やがて「文学界」時代に繰返される色欲の恐ろしさと、「まことの恋」の違いがここに現われる。だが春樹は「まことの恋」を貫くことができたのだろうか。

輔子との恋は後に『春』や『桜の実の熟する時』に作品化されるが、今一つ事情が分りにくい。春樹がいつごろから恋を感じたのかは、その関係が主として教場、それもわずか四カ月の間なので、はっきりとは分らない。輔子日記には、彼に関する記述は少数だが、「島さき先生の話し給ふ事よく我が考と同しき処ありて不思議にも思ひぬ」（一〇月三一日）、「早くより仕度して来校す　島さき先生の科ありといふ故なり益する事多かりき　我れ此の先生の科の時には多く考ふる様に感しぬ」（一二月二一日）とあり、島崎先生の言葉に共感している様子が窺える。この日記は一二月二六日で終わっているが、その結びは、姉の家族が上京して多忙だった故か、「凡てに怠りかちになりぬ　その故にや何事もせじに此のとしを過す」である。勤勉で、校務にも友人関係にも精一杯尽していた彼女に似合わぬぼんやりした態度である。

これが春樹の辞任と関わりがあるかどうかは不明だが、すくなくとも一〇月の末には、彼女は卒業後は盛岡に帰って西洋人に英語を習いつつ伝道にいそしむか、「或るは北海道なり或るは茨城なり何れなりとも御心のまゝにせむ」と考えていた。もっとも、「我か心は一人の教育受けし人間となる迄は何事をもなすまじ」という決心も書き添えられている。透谷の場合と同様に、彼女にはすでに親の決めた許婚があり、しかも相手は父の先妻きんの実家・鹿討家の長男・豊太郎だった。彼は札幌農学校の学生で、二七年には同校講師となった（及川編「佐藤輔子関連年譜」）。

星野天知の援助

当時の春樹・輔子両者をもっともよく知っていたのは星野天知《てんち》である。彼は輔子が敬愛する上級生、松井まんと苦しい恋愛中だったので（函館にいたまんの父が、本人に無断で吉本某なる男性の願いを叶えて結婚入籍してしまった。彼女はそれを嫌って上京、明治女学校で就学し、天知と知り合ったが、籍はなかなか抜けなかった）、春樹の様子から輔子への愛情を察し、告白を受けたという。春樹が告白したのは『星野天知自叙伝』（平一一）によれば、冬休みに入ったころである。『自「久しく煩悶して来た」が、「迚《とて》も教授など思ひも寄らぬ」から辞職したいと告げたそうである。

「文学界」同人
前列右から星野夕影，戸川秋骨，星野天知，上田敏，後列右から平田禿木，馬場孤蝶，春樹（伊東一夫・青木正美編『写真と書簡による島崎藤村伝』より）

叙伝』は先に刊行された『黙歩七十年』（昭一三）が抜き書きした元の稿本で、どちらも晩年の執筆なので思い違いもしばしば見受けられるが、彼の日記を引用した箇所に、二六年一月三日、「午后嶋崎君来る」とあるのがその日なのか、不詳である。天知宛書簡（明二六・一・一六）に従えば、春樹は一月一五日にも天知を訪ね、「深更迄」胸中を語ったようである。彼はその当時、郷里の資産を始末して上京して来た長兄秀雄に、「風雅」の旅に出る決意を話したところ、女学校との「関係断絶」は穏当でないから、「しらべもの、為に鎌倉へなり何処へなり行く」ので勤務できないことにしてはどうかと諭されたと記している。吉村にもその旨を告げ穏便に出発したいとの主旨である。兄には輔子の件は話すわけにはいかないから、それは宛名の天知と弟の夕影《せきえい》、平田禿木《とくぼく》（天知の妹勇子と相愛の仲だった）だけが知る秘密だったのだろう。いずれにせよ輔子は、春樹の辞任の原因が自分にあるとは思ってもいなかった。ただ、先生はなぜ自分を強い目で見るのだろうと気にしていたと、天知は伝えている。

「文学界」創刊と関西放浪

明治二六年一月は、天知にとって多忙な時期だった。「女学雑誌」は三二〇号（明二五・六）から甲（白表）、乙（赤表）を交互に出すことになっていた。前者は主として文芸面を中心に、若い世代に向けた記事を掲載し、後者は家庭面を中心に、卒業生や家庭に入った読者を対象にした。前者の編集は星野天知が、後者は主に巌本が担当した。巌本は熱烈なキリスト者で、その道徳を第一としていたから、「最高の美」は「最高の善」と一致すると主張し（「文学と自然」）、鷗外から批判されていた。天知を中心とする透谷や春樹、その友人の秋骨、孤蝶、禿木《とくぼく》らは、巌本の「実利的」文学観に飽き足りない感じを持ち始めていた。雑誌の二部性はその弥縫策である。

天知の家は江戸時代から続く豪商（砂糖問屋）で、日本橋本町四丁目に店があった。彼は義侠心に富み、率直な人物だったので周囲に友人たちが集まった。「女学雑誌」社は別に夏期号外として「女学生」を出していたが、これが好評で大いに文学熱を高めたので、二五年末に巌本から相談があり、白表紙を「女学雑誌」から分離して、号外のメンバーらで新雑誌を発足させることになった。すなわち明治のロマンチシズム雑誌「文学界」である。わずか一カ月ほどで新雑誌を発足させる慌しさで、天知には時間の余裕がなかったが、その中で彼は快く春樹の志を励まし、旅費も用立てた。春樹は予定どおり、二一日に辞表を出し、三〇日に天知の鎌倉雪の

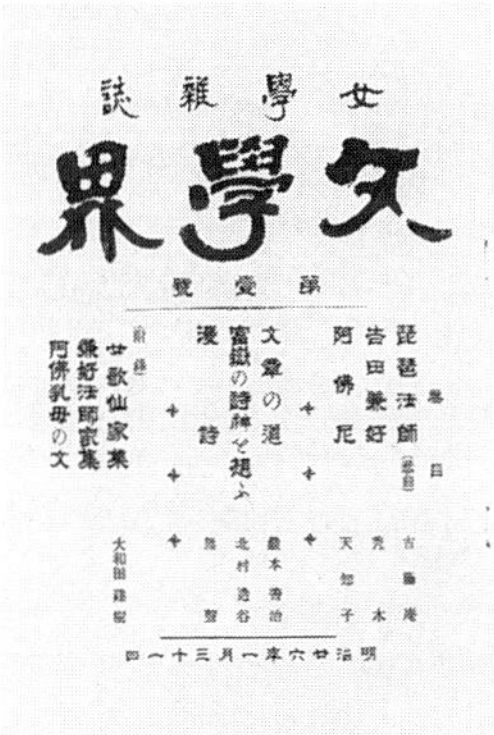

「文学界」創刊号
（明治26年1月発行）
（藤村記念館提供）

下の草庵に行き、天知兄弟と徹夜で「懇話清談」、三一日に刷り上がった「文学界」創刊号を携えて、翌二月一日に関西へ出発した。この間の事情を実証した勝本清一郎『近代文学ノート2』（昭五九）が指摘するように、『春』（明四〇）はあくまでも小説であり、故意の省略、後年の記憶違いもあり、事実そのものではない。

旅先での執筆活動

「文学界」第一号、第二号にはまだ「女学雑誌」の肩書がついていた。それが取れるのは第三号（明二六・三）からである。春樹はこのころから古藤庵無声と名乗っていたが、第一号には「悲曲琵琶法師」などを載せた。第五号まで分載、以後旅先から続々と戯曲や随筆を送った。

「琵琶法師」は、「死ンでも天の風流をいやしい銭にかへはしないぞ」と言う孤高の琵琶法師、一鴻《いっこう》の悲劇。節を曲げない夫に失望した妻は、夫の旧友で世故に長けた同業の五山の許に走り、一鴻は乞食同然に落ちぶれる。彼の弟子清三郎は、一鴻の娘おつゆと恋仲だったが、父は二人の仲を許さず、病死した娘は、亡霊として二人の前に現われ、恋に迷う苦しさを訴える。名人一鴻の噂を聞いた宮中から、彼を召し出す勅使が来るが、彼は、大蛇（亡霊）に巻きつかれたかに見えた師匠を助けようとした清三郎に斬られ、すでに死んでいた。――恋の妄執と芸術一途の信念が対立し、一鴻の芸術は死んで名を残す。旅立ち前に発想されたこの戯曲は、観念的ながら春樹の二律背反的な苦悩と、あくまでも芸術のために死ぬ決意を表わしたのであろう。

第一号には、他に禿木「吉田兼好」、天知「阿佛尼」など、古典に取材した批評が優勢である。天知は前年からキリスト教に物足りなさを覚え、建長寺に参禅して修業に励んでいたから、急遽編集されたこの号は、天知好みとも言えるだろう。透谷の「富嶽の詩神を想ふ」だけが異彩を放ち、人生の「不朽」を疑い、「憂国家」の「盲目の執着」を批判している。その俗世の中で、富嶽のみが「詩神」の存在を示して「不朽」を感じさせるという。第二号に発表する「人生に相渉《(あいわた)》るとは何の謂《(いい)》ぞ」の先触れであろう。

無声が第三号に投じたのは「かたつむり」である。「古藤庵が旅より我に寄せられたる日記中の一文」と註記されているが、吉原、島田あたりで富士を仰ぎ、「透谷子が富嶽の詩神を思《ママ》ふといへる一文を味」い、「ウォルヅオースの一句を吟」じたと記されている。旅程は熱田から船で四日市へ、亀山まわりで瀬田大橋から琵琶湖を越え、石山寺に「ハムレット」を納めた。紫式部が源氏物語を執筆した故事にあやかろうとしたのである。義仲寺では芭蕉の面影を偲び、神戸では「一友」（広瀬恒子、後述）に会った。須磨で在原行平《ゆきひら》や平家一門の跡を訪ねた後、神戸から高知にわたり、同地の共立学校に務めていた馬場孤蝶と旧交を暖め、ふたたび神戸に戻った。二月二八日のことである。出発より一カ月、彼はまさに「馬車馬」のように史蹟を歩きまわったのである。

以後は広瀬恒子の実家である滋賀県蒲生郡市《いち》ノ辺《べ》村（現・八日市《ようかいち》市市辺町）や吉野山西行庵に滞在、石山寺門前では自炊生活に堪え、夏に京都へ出て、帰東の旅に就き、七月二二日に東海道鈴川の宿で、透谷、秋骨、禿木の出迎えを受けた。この間の特筆すべき事件は吉野山で天知と確執を生じたこと、京都で刀工・堀井来助《らいすけ》老人と知りあったことである。

吉野山での軋轢《あつれき》

天知は松井まんが高等科を卒業し、親許へ帰省するので焦っていた。彼は四月八日に彼女が上野駅を発った後、淋しさに堪えず、吉野山で春樹と悲哀をともにしようと思い立ったのである。四月一一日新橋を出発、一三日神戸着。恒子と一緒に須磨を訪ねた後、一八日に高野山、一九日に吉野山に登り、春樹と会見した。春樹との会談は四日間に及ぶが、初日に秋《しゅう》蘿《ら》女《じょ》（恒子のこと）に関して「大微笑の悟り在りし」と語った春樹に対して「古藤庵の談稍々《やや》解し難し」しと天知は記している。翌日西行庵に到った夜、春樹は「煩悶」から「激語」を発し、「秋蘿の話なりといふもの」を伝えた。天知は「彼女を識らずして苦しめたるもの」（彼女の性格を教えなかったことが春樹を苦しめる結果となった）と悟り、「懺悔身を切る如く」感じたという。彼は鬱々として、花の吉野も「涙の山」と思われたが、二二日朝になって入浴後突然帰心を起こし、春樹は先に下山、大阪駅で一緒になり、東西に別れた。旅費の残りをすべて春樹に与えた彼は、車中では食を絶ち、坐禅して飢えをしのいで帰京した。

天恋　「大微笑界」の語は「枇杷坊《びわぼう》」の名で発表した「人生の風流を懐ふ」（「文学界」明二六・四・二九）にある。透谷の「実世界」「想世界」や、没理想論争における「個想」「小天地想」などをも取り入れた形而上的人生観を述べたものだが、おそらく吉野山へ行く直前に入稿したこの論が、天知に「解し難し」と思われたのも無理はない。春樹に従えば、天地の間には「塵」と「精」の二個の怪物があり、人の心中で常に戦っている。この戦いは「見えざる戟」による見えざる戦いであり、両者の武器が火花を散らしたときに生まれるのが「詩」である。「風流」の中でもっとも本質的、普遍的なのは「恋」であるが、多くの俗人は恋人の形骸を尊んで、「まことの恋」を知らない。古今の有名詩人は形骸を脱して霊界に進んだが、「まなこを幽玄天地に視開」いたわけではない。特定の時間や場所に限定された「恋」は、「小微笑界の妙致」であって、そこを通過して「大微笑界」に入ったとき、「まことの恋」が生ずる。前者では両者が肝胆相照らすとは言えぬ五〇年の恋に止まっていて、そこから派生するのは無常観である。これに対して後者は「天恋」であり、そこには「形骸の趣」を脱した「無限天地の霊趣」がある。前者は恋人を現世に求め、後者は「古往今来天地の間」に求める。ここでは時間による断絶も、彼我の別もない。「形骸は花を抱かんとするに、天恋は美を抱かんと欲す。形骸は髑髏を抱かんとするに、天恋は無限を抱かんと欲す」。前者の「恋人は老荘の如く孔孟の如く西行の如く芭蕉の如く如来の如く基督《キリスト》の如く」、後者の「恋人は虚無の如く仁善の如く風雅の如く詩神の如く真如の如く造化の如し」と結論づけるのである。

随分思い切った気焔をあげたものだが、春樹としては、輔子への現世での恋を「天恋」に昇華させ、文学に精進するためには、「詩神」に出会うと広言せざるを得なかったのだろう。他の同人たちと同様、世俗を徹底的に排除したところに、彼の「詩人」としての出発があった。老荘、孔孟やキリストなどの思想家、宗教家、芭蕉・西行、ワーズワースさえいまだし、とした点には青年の客気があるものの、キリストをも乗りこえようとした大望には、現実的な要因も隠されているようだ。彼は辞職とともに、一番町教会の植村正久にも離籍届を出したが（木村熊二が信州へ隠退したので、高輪台教会から移籍していた）、そこには宗教の持つ限定性と同時に、植村によって受洗した輔子の父や、父を中心に結ばれた信者一家の堅い絆との別れも含まれていたのではなかろうか。

隠微な三角関係

吉野山中での「激語」は、広瀬恒子をめぐる対立に因があるらしい。勝本の「『春』を解く鍵」(前掲書)に、この間の三者の事情がくわしく説明されている。それによれば、恒子は当時二四歳、天知は三二歳、春樹は二一歳である。恒子は明治女学校を卒業して神戸の垂水《たるみ》で幼稚園の教師をめざしていたが、在学時代天知に憧れ、鎌倉の草庵に押しかけて「乾坤一擲の勝負」(天知)に出たことがあるという。しかしその後はお互いに素知らぬふりで、親密な交際を続け、春樹を紹介したのも彼の好意だった。ところが春樹は親切な彼女に好感を持ち、彼女の目も「妖しく光」り出して、天知や「M」(まん)を譏《そし》ったらしい。「激語」とはこれに由来する藤村の天知批判を指し、天知は「秋蘿の胸奥の情けなきに泣」いた。天知は激情家であり、発言も歯に衣《きぬ》着せない。天知は後年勝本に、「島崎のその際の様子は実にただならぬもの」だったと語ったという。勝本によればその天知が怪訝《けげん》に思うほど、春樹は異常を示し、嫉妬に駆られていたようだ。しかしこれまでも天知に引き立てられ、旅費から生活費まで貰っている彼は、もはや天知との同行に居たたまれず、早々に下山したのである。

戸川秋骨が勝本に、天知は義侠心の強い人間だったが、「江戸ッ子に似ず、いわば妙にあくの強い人だった」と語ったそうだが、その「世話ずき」は、やがて春樹の心を輔子に伝える同情として表われ、二人をともに苦しめることになる。春樹は下山後、恒子の実家(醤油醸造業)にしばらく厄介になるが、天知の不快感を知りつつ、両者の心はますます接近した。『春』には「西京」(恒子がモデル)

から懐剣を贈られたとあり、勝本は、春樹が女の魂を贈られたと思いこんだのではないかと推測している。五月末には石山寺門前の古ぼけた茶丈に移り、一カ月二円という極貧の自炊生活を始めるが、直前の天知宛書簡では「大微笑」と称した前引「人生の風流を懐ふ」を反省しつつ、恒子との交情は止めていない。六月には「常にミューズに近づかんとして、常にミューズに遠《とおざ》かり候事」を歎き、彼女との「文通は一切やめに可致決心」を報知しながら、平気で文通は続け、衣類などの世話を受ける強情さを見せている。黙しがちで、いつも下手に出ながら、突如心中の「狂気」を爆発させたり、自分の意志を貫き通す強気の一面は、この漂泊によって表面化した。一方の天知も、自分の財産を狙って接近して来たと書く恒子と、従来どおり「妹」としての関係を続け、春樹にも送金を絶やしていない。三者の気持がいびつなままに辛うじて平衡を保つ、奇妙な関係である。平然としていられなかったのは、春樹の心を知り、さらに旅中で彼が「西京」（恒子）にも気があると聞かされた「盛岡」（輔子を指す）だけであろう。「天恋」とはまさに苦しまぎれに夢想した観念だが、実生活上では都合のよい言葉でもあった。

来助老人と会う

七〇歳を越えた来助老人との出会いは、これとは対照的に清々しいものだった。

維新の廃刀令以来、新刀は流行らず、多くの刀匠が沈黙する中で、米助胤吉《たねよし》は石山寺近辺の鳥居川村に隠棲して研鑽に打ちこんでいた。その一道に徹する姿勢が春樹には美しく見えたのであろう。来助は書にも堪能で和歌をもよくした。「詩神」に近づこうとする春樹は、「その人に対して談笑すれば凡そ詩神のかゝるところに身をあらはして風雲の順礼にひとしさものをいましめたまふにや」と最大の敬意を払っている（「刀鍛冶、堀井来助」明二六・六）。なお来助は日清間の風雲が強まるにつれ軍刀が大量に必要となり、ふたたび世に出たが、春樹はこの出会いを繰り返し書き続けた（『春』『眼鏡』など）。

帰京と屈服

一月二円の生活にはさすがの春樹も堪え切れなかったのか、透谷・禿木・秋骨らの帰東を促す声に従ったのか、彼はこの茶丈生活を切りあげ、七月二二日に東海道鈴川の宿で出迎える彼らと落ち合った。勝本によれば、これは次第に天知と相容れなくなった彼らが、春樹を加えて反星野派の「共同謀議」を策した側面があるという。天知の「義侠心」と独断には、それぞれが辟易していた点があるから、可能性としてはありうる説だが、詳細は不明である。だが、三人が箱根を越えてわざわざ鈴川まで行ったのは不自然で、『春』に描かれているような青春の哀歓だけが、この会合のすべてであったとは思われない。天知はまんの不在で気もそぞろであり、巌本の「偽善」性に気づきはじめてもいたので、雑誌の方針に関して西洋文学の知識に依拠する彼らと対立することはあっただろう。『春』は岸本（春樹）と青木（透谷）の二点を中心とした楕円形の構図から出発しており、岡見（天知）の出番は漂泊時代の恩人ではあっても、それほど重視されていない点がぎこちない。

彼ら四人は数日後、元箱根に泊り、透谷だけは次の日に帰京して岩手県一関に伝道に出かけた。代わりに高知から帰京した孤蝶が合流して来た。しかし友人がそれぞれ自分の家に帰っても、春樹には帰るべきところがなかった。「何時か、そんなら、旅の終であるか」（『春』）、強情な彼は鎌倉の円覚寺帰源院に泊めて貰い、透谷の紹介で一関の醸造業・熊谷文之助家の家庭教師になり、一〇月初めには帰京して秋骨宅や帰源院を転々とする。『春』では僧体となって宛もなく海岸を歩くうちに入水自殺を企てるが、思い直して国府津の前川村に住んでいた青木宅に辿り着き、そこで労られ、万策尽きて田辺家（吉村）に詫びを入れて戻ったことになっている。放浪は一年足らずで終わった。

漂泊中に発表した劇詩には、前記「琵琶法師」のほか、「悲曲茶のけぶり」（明二八・六—一〇）、「悲曲朱門のうれひ」（明二六・八）の二作があるが、どちらも習作の域を出ない。前者は序文に二六年三月とあり、吉野行直前の作。親友で妹がそれぞれの妻、恋人である新之助と彦九郎が佐幕・勤王に別れて戦うが、政治色はほとんどなく、恋と義理のしがらみが中心である。

後者は城主が毒殺されて柱を失った五蘭城を舞台に展開する、参政・朱門と家老大宮の苦衷の物語である。『ハムレット』に着想を得ていることは明らかだが、落城の際に明かされる毒殺犯、城主の妹・三笠姫の素性は、あまりにも古めかしすぎよう。ただ三作を通じて注意しておきたいのは、人物の科白が文語とも口語ともつかぬ五七五、または七七を基調として連ねられており「茶のけぶり」に、「世の中のその恋人にいざ問はん。わが恋と、恋する人のその恋と、いづれか長き、いづれか深き」という笛歌があることである。これらはやがて『若菜集』に繋がって行くことになろう。

輔子の苦悩

天知が伝えるところによれば、春樹の心を知った輔子は、卒業まで苦悩の日記を綴った。彼はその二、三冊を借り出して春樹に見せたが、そこには「此心は藤村に捧げ此肉体は父の命に服して許嫁の男に捧ぐる」という意の文があった。『春』では二人が文通を交わし、菅（秋骨）の好意で彼の部屋で出会ったこと、岡見（天知）の言う文章が手紙で送られてきたことが記されている。彼女は二七年四月に高等科を卒業、総代として答辞を読み、しばらく残って代教を務めたが、九月ごろ花巻に帰り、翌年五月に、札幌農学校講師の鹿討豊太郎と結婚した。しかし彼女は妊娠後つわりに悩み、心臓病を発して八月一三日に死去した。

一方、春樹の生活も惨憺たるものだった。『春』には「世に盲目と言はれて居るものが、あべこべに捨吉の眼を開けて呉れたとは」とあるが、放浪中こそ威勢のいい文章を書いたものの、実生活はまたしても屈服の連続だった。長兄秀雄が母や家族とともに郷里を引き揚げて来たので、彼は吉村家を出て二六年末から兄一家の住む三輪（現・台東区）で暮らした。兄は島崎家の頽勢を挽回すべく、吉村とその後楯の秋谷新七商店に頼り、実業に転身しようとしたのである。三輪の家は秋谷の持家で大きな邸だったので、鎌倉に居を移した天知宅に代わって、しばらくここが「文学界」の発行所となった。天知はまんを追って北海道まで行き、首尾よく成功した結果、鎌倉の新居に引き籠ったからである。

それにしても、春樹の放浪とは何だったのだろうか。それが彼の「文学」を進歩させたことは疑いないが、この捨身の家出は、彼の中に住む猛烈な「獣」を感じさせる。特に女性関係では、『新生』における「芸術の都パリ」への旅も、「第二の青春」と称する加藤静子への異様な態度も、芸術的願望と性的な衝動とが共棲し、繰り返されている。

藤村を名乗る

春樹は二七年二月発表の「野末ものがたり」から藤村を名乗るので、以後、この雅号で呼ぶことにしたい。「雅号由来記」（明三〇・八）には「たゞ藤の花の声無きを愛し風雲の定めなきにすがりて」とあり、芭蕉の句「くたびれて宿借るころや藤の花」と輔子の姓の一字を重ねたとするのが通説である。「風雅のまこと」を尋ねて生涯を「旅」に暮らすのは彼の信条だが、「風雅」の質はその前後から「天恋」を離れて変質しはじめていた。「なりひさご」（明二六・九―一〇）は近松『五十年忌歌念仏』の現代版浄瑠璃だが、中に「恋を殺せば己が死ぬ」とか「恋といふ字は地獄へ通る」の句があることは注目されてよい。またミルトン『失楽園』にもとづく劇詩「草枕」（明二七・二）には、アダムとイヴの言葉として、「二人で添ふて暮すならあのおそろしい地獄も極楽」「あゝ生きらるゝだけは生きても見たい」とあり、官能の炎に身を任せる姿が描かれている。「天恋」から愛欲への急激な変化である。これらはそのまま『若菜集』に直結することになる。

明治二七年四月に、藤村は巌本に頼んで明治女学校に復職した。巌本の経済的ルーズさに不信感を抱いていた天知は、それを聞いて不快だった。だが藤村の復職はやむを得ぬ生活の手段のためで、授業には生気がなく、生徒たちは彼を「石炭ガラ」（相馬黒光『黙移』）と呼んだ。兄の事業は思わしくなく、東京市の水道鉄管不正事件に連座して未決監に入れられた。

透谷の死と遺著『エマルソン』

その直前、五月一六日には先導者と頼む透谷が自殺した。透谷はその前年にも、現実社会の厚い壁に理想が受け入れられぬ苦しみから自殺を試みて未遂に終わったが、四月に『エマルソン』を刊行、教会や宗教活動にも気が向かなくなり、高輪の自宅で縊死した。

『エマルソン』（民友社『十二文豪』6）は衰弱した透谷の手助けを藤村がしたらしい。もっとも、勝本が『透谷全集』解題で言うように、それは原稿の整理、校正の段階であろう。コンコルドの哲人として知られ、俗世間から離れて自然と調和し、その美を称えたエマーソンの「内部」の研究である。「厭世詩家」としてこの世と戦った透谷は、最終的に彼の「楽天主義」に賛同し、「『自然』の人間に対する善意」を尊重する方向に向かった。もちろん彼は、「人生に相渉るとは何の謂ぞ」や「内部生命論」において「美妙なる自然」の存在を認識していた。だが「『力《フォース》』としての自然」と戦い続けて来た彼には、エマーソンのように政治や宗教と関わらず、わが「心霊」を「生命の中心」として、その「一《ワンネッス》」を「万物の心霊」、「全《ホール》」の原因・結果とすることはまだなかった。その意味で彼は、エマーソンを論じることを通じて自論をさらに進歩させていたのである。

　勝本が言うように、藤村が「補筆」したことはあり得ないとしても、彼がこの論から多くのものを学んだことは疑えない。たとえば「精神と現象との間に成立する奥妙なる関係」「新しき美の創造」「能く運命に従ふの人は、即ち能く自らを信ずる人なり」「汝の心の成全の外に神聖なるものあらず。……我が本性の法の外に、一の重んずべき法のあることなし」などの部分には、大きな勇気を与えられたと思われる。

風流とはこゝなり、忍耐とはこゝなり、（中略）あきらめられぬことまであきらめて、人を罵る百枚無用の舌、別にみづからを嘲ける千枚の具とならざらんや、おのれ今日までの願ひは是なりしも、かくては心の星明らかにきらめかじ、心の水長くは流れじ、心の花あざやかには開かじ。空の星と共にきらめき、水と共に流れ、花と共に開かんには、よろしく情を奮ふべし、性を起すべし。

（「山家ものがたり」明二十・六・二〇）

従来の行動原理の基本を一変し、「情」の赴くままに生きようとする宣言に近い。この小品は花の吉野山を訪ねた「藤村」が、夢幻のうちに「西行」が泥酔して美女たちと戯れる醜態を見てしまう物語で、「これも大方髑髏風情のわざくれか」と思うように、露伴「対髑髏」（明二三）の影響もあろう。だが「露伴」が髑髏の語りに「風流」を悟ったのに対して、「藤村」は「西行」の酔態を「不風流」と感じたのである。

「心猿」の自覚　この「不風流」でも「情」に従う決意は、「村居謾筆」（明二八・二）で明瞭になる。「容儀・礼節」などの優美な外面の裏にある「蕃野なる性情」を肯定したものである。「wildness なる性情は古来人心に彫まれたる最も深き刀痕なり」と規定し、人心の内部に潜む「あやしき心猿」の動向、傲慢・執着・偏執・狂妄の働きに従おうとするのである。『エマルソン』には、悪魔の子ならば悪魔の道を進むのが正しいという激語があり、「欧洲のポジチーブの思想」は「能く機械を運転するの民」を生んだが「幽寂の味」は知らなかったとする批判も、「新しき美の創造」を説く言葉もあった。「心猿」の以下の働きは、それに呼応するところが大きい。

（心猿は）文明が吾等に贈れる花の如き容儀と礼節とを奪ひ、夢に彼等に人生の沈鬱なる悲劇を示し、過去に服従するの卑劣なるを笑ひ、更に今日の味ふべきを教へ、自由不羈を激賞して、昔人は昔人の自然を駕御せり、よろしく今人は今人の眼前に横はれる自然を握り、今を用ゐ、今に駕し、新人となつて新衣をまとふべし、（下略）

藤村はすでに前年にドストエフスキー『罪と罰』、およびJ・J・ルソー『告白録』を読んでいた。「ルウソオの『懺悔』中に見出したる自己」（『新片町より』明四二・九）には、透谷の『エマルソン』の名が挙げられていないが、前年一〇月、最初の『透谷集』を編集・出版した彼が、心血を注いだ透谷の最後の著書を読み返さなかったはずはない。それが故意でないとすれば、彼はあまりに近い存在と感じていた透谷の文章を下敷にして、『告白録』によって「自己」を確立し、恐れることなく告白する勇気を得たのである。

しかし「新しい自然」への道はまだ遠かった。『若菜集』未収の、「ことしの夏」と題する新体詩連作がある。その中の「新しき星」には「星あり星あり空にあり前にあり」の句がある。だが次の詩「青草」には「星はあれども攀《よ》ぢがたし／花はあれども摘みがたし」とあり、「美」に手が届かぬ嘆きが唱われている。方向は定まっても一歩を踏み出す力は備わっていなかったのが実状だろう。

取り残される藤村

実生活では兄が予審で有罪となり、控訴して名古屋の裁判所に送られた。家財は失われ家も本郷（現・文京区）湯島の小さな借家に移った。兄一家と母、放蕩の末、身体不自由となって帰って来た三兄友弥の生活は、次兄の広助と藤村の肩にかかっていた。母は乳癌を病み、輔子は札幌で死んだ。明治女学校の乏しい収入では生きて行くのが精一杯だったが、その復職も、天知からは「藤村は魔法を遣はんとするか」と嫌味を言われた（孤蝶「花径散歩」、「文芸倶楽部」明三〇・四）。吉野山の一件だけでなく、天知と別れた巌本にすがって復職したことが許せなかったのであろう。二八年四月一四日の花見の際の発言である。「文学界」には、一高時代から秀才で名高い上田敏（柳村）が、透谷の死の直前に参加していた。彼はルネッサンスからギリシア芸術の研究を中心に、ひろく西洋芸術に関する発言を繰りひろげていたが、それは透谷没後の「文学界」メンバーたちを惹きつけた。

柳村「美術の翫賞」（「文学界」明二八・五）の主張が、大方の同人に賛同され、透谷を追って「人間《ヒューマニティ》」の文学を考える藤村は、取り残された。「人生は短く、芸術は長し」をモットーとする柳村は、今の芸術批評が「理議」に傾く弊を指摘し、「視る人が官覚」によって芸術を愛する方が、「はかなき恋」にやつれるよりも重要だと記した。『春』に描かれる「文学界」の転回点である。作中には引用されなかったが、「世には思をかけたる人の余所へとつぎたりとて、心狂はしきまで悲しむもあれど、果敢《はか》なき女などの為におひさきの望みをすて、学芸の荒ぶやうの事ありてよからんや」の文があった。小説では「ラブ」の話を持ち出す岸本が、市川（禿木）に「静かに学問でもして、傍ら芸術を楽しまう」と言われて沈黙している。そこには「気運已むべからず」（明二六・八）や「変調論」（明二七・一）で新潮流到来の必然性を唱えた、禿木や秋骨はもういない。彼らはともに恋の悲哀を味わったが、「飯を喰ふ」ようにそこから脱出していた。雑誌では一葉の「たけくらべ」(明二八・一)が始まっていた。

窮乏をバネとして

柳村の論と並んで、藤村の「聊か思ひを述べて今日の批評家に望む」(改題して『一葉舟』収録)も掲載された。批評家は詩想の不足を批判し、東西の「想」の調和を説くが、何が「純粋なる日本想」かを示してはくれない。「想」は国や時代によって異なるから、それを調和することは容易でない。自分にとって、「誇るべきものは今日のみ。これありて万象味ひあり」、「今に生きる」者として自分は自分の眼で万象を探って行きたい、というのが彼の主張である。これは『エマルソン』の教示の応用であり、東西詩想の調和を否定した(瀬沼『評伝島崎藤村』)わけではない。頭を下げて教えを乞いながら、結末では「新人」であることを誇る姿勢は、藤村の生の特徴の一つであり、それが彼の人生を曖昧、晦渋なものに見せている。藤村が入水自殺を図ったとき、透谷は「一度破つて出た所を復《ま》た破つて出るんだね……畢竟《つまり》破り〳〵して進んで行くのが大切だよ」と教えたらしい(『春』明四二)。「延びやうとする生命の芽」が「冬」に閉じこめられる間、彼は身を屈して寒さに堪えた。だが彼の中の「心猿」は、つねに「破り破りする」爆発の機会を窺っていたのである。

　彼は二八年の暮に明治女学校を退職した。金のために教壇に立つことを潔しとしなかったのだろう。だが生計がたちまち行き詰まることは目に見えていた。この年の九月には故郷の旧本陣が焼失した。故郷に残る何物もない島崎家を支えるために、彼は必死に働かなければならなかった。その一方、執筆では「韻文に就て」(「太陽」明二八・一二) がはじめて大雑誌に掲載された。詩の不振の原因を日本語の音韻と五七・七五調の弱さや雅言の使用に求めつつ、それらを俗語の使用や俳調、漢詩、俗曲の援用でカバーしようと論じている。それらは衣服にすぎず「醇粋なる情緒は必ずしも之を装ふべき衣服を要」しないからである。「見よや見よや一輪の菊の花にも新しき秋の色は宿れり」という結論には、「想」の確立によって表現上の困難を克服しようとする希望に満ちている。当時は下級の画工とされた絵皿書きになったり、養子の誘いに乗ろうとも考えた生活苦の中で、「新しい自然」への欲求はますます燃えていた。日清戦争は勝利に終り、諸文芸雑誌の創刊に表われるように、文壇には新しい気運が漲りはじめていた。

第二章 『若菜集』の青春

1 生の曙

仙台の東北学院

明治二九年の夏、藤村は蔵書を売りに行く途中、駿河台で明治女学校の同僚だった小此木《おこのぎ》忠七郎と出会い、彼の斡旋で仙台の東北学院（現・東北学院大学）に赴任することになった。院長の押川方義《まさよし》と巌本とは、横浜英学校でバラ、ブラウンの感化を受けた同門であり、藤村が感銘を受けた夏期講習会の校長は押川だったから、藤村としては渡りに舟の思いだっただろう。押川については川合道雄『武士のなったキリスト者 押川方義 管見』（平三）がくわしく、それによれば熱誠に溢れた行動の人であり、演説はつねに聞く者を感動させたという。その一面で政界・実業界に関係し、誤解を招くこともあったようだ。藤村が赴任したころは、W・E・ホーイと協力して開校した仙台神学校が、東北学院として軌道に乗った時期である。

「文学界」同人は藤村と彦根中学へ帰任する孤蝶のために、八月二三日に不忍池畔で送別の宴を張り、明治学院同窓の孤蝶、藤村、秋骨は、九月五日から七日にかけて箱根・小田原で再度別れを惜しんだ（孤蝶「秋の旅」、「文芸倶楽部」明二九・一一）。そこから計算して彼の出発は九月八日、到着は九月九日と推定される（旧制二高へ赴任する高山樗牛《ちょぎゅう》は、九日に出発したため途中列車不通となり、一一日に仙台に着いた）。彼は運よく災難を免かれ、一一日の始業式に間に合った。

押川方義
（川合道雄『武士のなったキリスト者押川方義　管見（明治編）』より）

1891年完成の東北学院校舎（東北学院資料室所蔵）

孤蝶文によれば、この旅で藤村はあまり語らなかったそうだが、箱根の宿と言い、透谷の生地・小田原と言い、彼には青春の記憶が詰まった場所である。小田原の海辺で、彼は波浪に飛びこんで泳いで見せたのだが、その脳裏には、かつて死の誘惑から逃れて、透谷とともに国府津の海を泳いだ思い出が蘇っていたはずだ。事実、詩集未収録の短歌ながら、「小田原海浜に遊ぶ」と「友のうへをいたむ」（「草影虫語」、「文学界」明二九・九）は、この小旅行から生まれたものである。その意味では、『若菜集』の春は、すでに始まりつつあったと言ってよい。仙台における開放感は、むしろわずらわしい家族関係や生活苦から離れることの方に原因があったのではないだろうか。まさに「詩歌は静かなるところにて想ひ起したる感動」である（合本『藤村詩集』序、明三七）。

仙台での活動

彼は最初は仙台駅前の旅館「針久」に泊り、やがて広瀬川に近い家を借りて、同僚の画家・布施淡《あわし》との共同生活に入った。学院には「女学雑誌」で知り合った川合信水（山月）が舎監をしながら学んでいて、彼らを通じて知人も増えた。一〇月には母がコレラで死去したので、埋骨のため帰郷した。父の葬儀には出席できなかったので、明治二四年、継祖母桂子の葬儀以来の帰郷である（「木曽《きそ》谿《だに》日記」）。仙台に帰ってからは宿屋兼下宿の三浦屋に移り、詩作と読書に没頭した。「草影虫語」以下、「一葉舟」、「秋の夢」、「うすごほり」、年を越えて「若菜」、「さわらび」、「うたゝね」の総題の下に、まもなく『若菜集』にまとめられる詩篇が続々と「文学界」誌上を飾った。前年藤村と対照的な発言をした上田敏は、「落想奇抜にして詩風既に凡ならず、特に其情熱の熾にして、幽婉の裡、燃ゆるが如き感慨の籠れるを多とす」（「清新の詩想声調」、「帝国文学」明二九・

一二）と賞讃した。これはまだ「一葉舟」「秋の夢」を読んだ段階の評だが、藤村の名声は一度に上り、辛酸はようやく酬われようとしていた。

仙台在住の文学者、土井晩翠、高山樗牛、佐藤紅緑、佐々醒雪《さっさせいせつ》らとも交わるようになり、身辺も賑やかになった。学院には二五年以来、「労働会」という押川が創立した後援組織があり（のち「文学会」）、そこから雑誌「芙蓉峰」が刊行されていた。藤村はこの雑誌をはじめとして、四編の随筆を地元のために残している。

「芙蓉峰を読みて」（明二九・一二）は、雑誌の性格を考えてか、トルストイやバーンズに触れ、「労働」が「愛」や「希望」から生まれると説く一方、「東北の山河に遊びて擅《ほしいまま》に宮城野の秋」を楽しむと記している。また「欧洲古代の山水画を論ず」（「東北文学」明二九・一二）ではJ・ラスキンの『近代画家論』に拠って、ヨーロッパ「近世の書家は無情のものを一の有情と想像して之を表顕せんと勉め」た点が、古代のホーマーらとの相違であると紹介した。「近世」で例示されているのは、キーツとポープである。藤村が読んだかどうかは不明だが、夏目金之助（漱石）はすでに「英国詩人の天地山川に対する観念」（「哲学雑誌」明二六・三—六）を発表し、ポープやアジソンを退け、バーンズとワーズワースの「自然主義」を称揚していた。「一は「バーンス」の如く外界の死物を個々別々に活動せしめ、一は凡百の死物と活物を貫くに無形の霊気を以てす。後者は玄の玄なるもの、万化と冥合し宇宙を包含して余りあり。「ウォーヅウォース」の自然主義是なり」。先述したように、藤村も早くからワーズワースに心酔していたし、『エマルソン』の考えに親炙していたはずだ。この時期、彼はなぜワーズワースの自然に浮かび上がる「神霊」に言及しなくなったのだろう。バーンズの自然は、漱石に従えば外界の個物が個々に活動する姿であって、「万化を冥合」する「自然」ではない。藤村の言葉で言えば「小微笑界」ではあっても「大微笑界」ではない。その意味では、彼はまず自己を確立することに専念し、自己が感得した「自然」から段階的に出発したとおぼしい。透谷の『エマルソン』に学んだ「全《ホール》」から見れば戦線縮小である。

なお早くからエマーソンに熱中した人物に岩野泡鳴《ほうめい》がいる。彼は明治学院で藤村の一級下だったが、押川に魅力を感じて東北学院に転じた。藤村が赴任した時期には、すでに帰京して詩人として知られるようになっていたが、『神秘的半獣主義』（明三九）には、仙台でエマーソンを読み耽ったと記されている。彼がやがて藤村の文章を酷評することを思えば、不思議な縁である。泡鳴は押川に似てすべてに大局的に関わろうとする性向があり（粗放）、藤村には何事も慎重に考えすぎる一面（曖昧）があったから、両者が仙台で出会わなかったのは、ある意味では藤村の詩業のために幸いだった。屈服と爆発を繰り返して来た藤村の過程は、『若菜集』の「春」にもその具体的な痕跡を止めている。

『若菜集』の春

『若菜集』は先述した総題の下に発表された五〇編余の詩を、大部分編成し直し、序詩をつけて春陽堂から刊行された（明三〇・八）。原型を止めているのは「うすごほり」、のち「六人の処女」と呼ばれる六篇であり、それ以外は初出の構成が解体され、おおよそ「冬」から「春」への転回が軸になっている。それを典型的に示すのが「草枕」である。

『若菜集』を出版した頃
（明治30年11月）
（藤村記念館提供）

夕波くらく鳴く千鳥
われは千鳥にあらねども
心の羽をうちふりて
さみしきかたに飛べるかな

と唱い出されるこの詩は、三〇節から成り、仙台時代の心持を詩的に創造したものと見られるが、二五節までが荒涼とした宮城野の冬と、それに呼応する「道なき今の身」の侘しさが続き、最後の五節で、荒磯の潮の音に交る鶯の初音に、「春きにけらし」と歓喜する構成である。藤村は晩年にいたるまで仙台における生の曙を語ったが、その伝説の最初の位置づけがなされた詩である。だが注意深く読めば、この春は「春きにけらし」「きたるらしとや思へばか」「春やきぬらん」と推定に終始している。それは詩人の期待が生んだ心理的なものかもしれないのである。野暮なことを言えば、この詩の発表は三〇年二月、暦の上では春でも、彼は季節の春をまだ体感してはいない。

もちろん集中には「潮音」「新暁」「若水」「春の歌」のように、春の讃歌もたくさんある。だがそれと反対に、春の陰影を唱った詩も多い。恋を人生の春とすれば、それはいつもその裏に別れや迷い、「地獄」を含んでいる。「六人の処女」の一人「おえふ」は、若くしてこの世の栄枯盛衰を知り、「若き命に堪へかねて」「微笑みて泣く」女性であり、「おきぬ」は心は人、姿は猛鷲《あらわし》の身で、「天と地《つち》とに迷ひゐる」宿命を嘆く。「おさよ」は世人から「をかしくものに狂へり」と指さされながら、ひたすら笛に鬱屈した思いを託している。孤児の身の「おつた」は、「若き聖《ひじり》」に救われて成長し、聖をさまざまな欲望に誘うが、「智恵の石」を拾って以来は、その美しさに打たれてそれを秘蔵する、「智恵」と「美」の間に迷う女性である。「智恵の石」は、彼女をどこに導くのだろうか。

激情のままに恋に身を捧げる女性は、濁流を泳いで恋人の許に行く「おつた」一人であり、「おきく」に至っては、「男の恋のたはぶれ」を悟り、「こひするなかれ／をとめごよ」と呼びかける。要するに彼女たちのほとんどは、両極に引き裂かれた苦しみがあり、それが「若い命」をもだえさせているわけである。

讃美歌の換骨奪胎として有名な「逃げ水」は、「こひこそつみなれ」と自覚しつつ「くらき冥府《よみ》までも／かけりゆかん」と暗い情熱を燃やし、破戒僧を唱った「望郷」は、「心の油濁《にご》るとも／ともしびたかくかきおこし／なさけは熱くもゆる火の／こひしき塵にわれは焼けなむ」と決意する。これらは「恋といふ字は地獄へ通る」とした習作のリフレインであり、禿木が紹介したダンテ『神曲』中のパオロとフランチェスカのようには（「地獄の巻の一節」、「うらわか草」明二九・五）、彼らの恋は天国では結ばれない。禿木文の「されどフランチェスカが恋は罪なりき。地にてのろはれ、天にてゆるさるべき清き罪なりき」という結論は、笹淵友一『「文学界」とその時代』上（昭三四）が指摘するように、兄嫁との不倫よりも恋の哀切さを重視しすぎている面がある。「文学界」同人たちの恋愛観には、恋の盲目性をアダムとイヴ以来の「天然寧ろ自然」（秋骨「活動論」明二七・二）とする傾向が強かった。

後に『新生』において、藤村は恋と道徳の問題に苦しむことになるが、この時点での「地獄」は、まだ実感に裏打ちされてはいない。しかし彼の恋愛詩が、しばしば暗い情熱を燃やす点に、十分に留意して置きたい。

暮春の怨み

「春」は到来したとしてもたちまち暮れる。その認識が一夜の歓楽を尽そうとする詩を呼び出している。「若き命は春の夜の／花にうつろふ夢の間」（「春の歌」）とか、「若き命も過ぎぬ間に／楽しき春は老いやすし」（「酔歌」）などがその代表的例である。先述した「韻文に就て」で、彼は「調は七五と五七を離る能はず」とし、雅語は「衣服」にすぎないと強調した。だが「調」や「雅語」は決して単なる表面の装いではなかった。それらはたしかに流麗な流れを形成したが、それと同時に身体たる新しい「想」を締めつけ、それが十分に解放されることを許さなかった。その結果、詩篇の半ばは「一種の外的形式に嵌束《かんそく》せられて」、「古語の復活」をめざしたという極端な攻撃（高山樗牛「朦朧派の詩人に与ふ」、「太陽」明三〇・七、「朦朧体の末路」三〇・九）を招く一因ともなった。この詩集が和歌や近世歌謡から多くの語を取り入れていることは、かつて指摘したことがあるが（『明治文学・言葉の位相』）、藤村はわざと古語を復活させようとしたわけではない。当時の詩的言語の状況と、その物語的発想が、多くの詩篇を純粋な抒情詩として「自己」をストレートに唱うことを阻んだのである。

彼が東北にあったのは九月から翌年六月まで、自然の季節は秋から冬、さらに春へとめぐっている。しかし詩集に採録された詩は三〇年三月の総題「うたゝね」が最終だから、ここでは遅い東北の春を未体験のままに、春の盛りや晩春の恨みが聞き及んだ知識から想像されていることになる。その限りで言えば、それが現在の実感によらず一種古典的な世界に依拠せざるを得なかった原因と言えよう。今でも愛唱される「初恋」や、「新暁」、シェリー「西風の賦」にヒントを得たという「秋風の歌」、「潮音」などが彼自身の体験を通じて、より広く懐しさや新生の喜びや、天地の姿を与えるのに対して、春の讃歌は既成の観念にやや近すぎる感を否めない。お夏清十郎や梅川忠兵衛を唱った「四つの袖」「傘のうち」には官能的な恋の炎が唱われているものの、これらにはむしろ演劇上の所作が入りこんでいるようだ。

「おきく」の系譜

「六人の処女」は女性の種々相を描き分けたと思われるが（瀬沼前掲書）、中でも注目したいのが「おきく」である。きくという女性はそれまで戯曲「藍染川」（明二八・一〇）、文語書簡体小説「月光」（明二九・四）に登場するが、前者は許婚を失くして憂いに沈み、後者は恋に破れて仏門に入った智光尼と同様に、恋人を失って美しい花も鶯の声も「空しき夢のごとくに消えうするぞかなしき」と記す女性である。『若菜集』のおきくが「恋するなかれ」と呼びかけるのは、この流れを引いてのことである。集中には、これ以外にも姉と妹の対話形式の「暗香」が「こぞのこよひは／わがともの／なみだをうつす／よのなごり／かげもかなしや／木下川《きね》に／うれひしづみし／よなりけり」と唱い、「葡萄の樹のかげ」には、「いつまでわかき／をとめごの／たのしきゆめの／われらぞや」という嘆きがある。姉と妹の別れの詩「高樓」（とほきわかれに／たえかねて）や、「白日《まひる》の夢」を見て、その名残に泣く「昼の夢」などを加えれば、この詩集は喜びと哀しみ、期待と幻滅の二面性が織りなす、鬱屈した青春が特徴的だと言っても過言ではない。
そこに詩集の複雑な性格を見るか、未統一な段階とするかは論の別れるところだが、藤村自身は詩集編纂の際、収録詩最後の連作「うたゝね」の序詩を詩集全体の序詞に昇格させ、一種の統一を図った。

こゝろなきうたのしらべは
ひとふさのぶだうのごとし
なさけあるてにもつまれて
あたゝかきさけとなるらむ

ぶだうだなふかくかゝれる
むらさきのそれにあらねど
こゝろあるひとのなさけに
かげにおくふさのみつよつ

そはうたのわかきゆゑなり
あぢはひもいろもあさくて

おほかたはかみてすつべき
うたゝねのゆめのそらごと

「若菜集」という題は、「このふみの世にいづべき日は青葉のかげ深きころになりぬとも、そは自然のうへにこそあれ、吾歌はまだ萌出しまゝの若菜なるをや」という序文にもとづいている。

2 小説と詩の間で

小説「うたゝね」

藤村は一年で東北学院を辞し、三〇年七月に東京に帰った。帰京の理由は明らかでないが、おそらくは『若菜集』に先立つ与謝野鉄幹『天地玄黄』（明三〇・一）や国木田独歩・松岡（柳田）国男らの『抒情詩』（明三〇・四）などの詩集、および「太陽」編集主幹となった樗牛らの活躍に刺激されたのであろう。すでに「明治の文芸と美術とはこゝより湧き出で、高尚なる精神と優雅なる趣味とはこゝより伝はれり」（「河北新報を祝す」明三〇・一）と、東京を慕っていた彼が、「文学界」誌上の詩の好評に帰心を起こしたのは当然だった。まだ未決監にいた兄の留守宅も気がかりだったであろう。

帰京直後の彼は吉村の子・樹《しげる》を連れて千葉県小久保（現・富津《ふっつ》市小久保）に行き、そこで小説「うたゝね」（「新小説」明三〇・一一）を書いた。学校をやめた彼には収入が必要だったし、「うたゝねのゆめのそらごと」がなかば本心ならば、元来劇詩や浄瑠璃風小説を書いて来た彼が、自分の詩の物語性を自覚したときに、「小説」というジャンルに挑戦してみようと思い立ったことは十分に考えられる。だがこの小説には「かみな月二十二日」付の奇妙な序文が付いている。人物画を学びに露都に留学した画工に自分を譬え、「かりそめに自分が試みてゐる歌」から小説に転じるのは、ライン河の風景に魅せられて風景画に転向する画工と同様だと言うのである。従来不可解とされて来た序文だが、あえて解釈すれば、「抒情詩」は人物の心を中心とする点で人物画であり、風景画はそこに「自然の美」を写すことによって成り立つということになろうか。その意味では、『若菜集』の人物の心が、「うた、ねの夢」のように終わったことへの反省が、むしろ実際の景色を写し取ること、小説への瀬踏みを試みさせた可能性はある。この序文は小説執筆から二カ月後に書かれている。その間に湧き起こった詩集への賞讃と未熟な小説作品への失望が、このようにあいまいな序文を書かせたのではないか。たとえば、「曽つてドラマに失敗したる藤村は、新躰詩に於て異常の成功をなせり。今日詩人を数へて彼を第一指に屈する、誰か異を挟むものあらん」(「新声」明三〇・一〇)と賞められては、彼の心の振子は、また詩の方に傾いたであろう。

小説「うた、ね」は、姉川中佐(養子)、お国夫婦に一人子である小一《こいち》を中心として読まれることが多い。——勉強嫌い、心身虚弱な彼は許婚で孤児となったお菊の介抱で元気を回復し、日清戦争に際しては父の命で志願兵として出征するが、斥候に出されたとき急に恐怖に襲われて、脱走。捕らえられて父の手で銃殺される。夫が財産を狙ってわが子を殺したと邪推したお国は、愛児を失った絶望から、姉川凱旋の祝宴で夫を毒殺し、自分も毒を仰いで死ぬ。

この小説には、従来『タラス・ブーリバ』（徳冨蘆花訳「老武者」）や歌舞伎「一谷《いちのたにふたば》嫩軍記」などの影響が指摘されており、さらには当時流行の悲惨小説、観念小説の反映（鏡花「琵琶伝」、一葉「にごりえ」、柳浪「河内屋」など）を考えることもできよう。だが作中を貫く主題は「愛欲への恐れ」（三好前掲書）というよりも、藤村がこれまでさまざまな姿で描いて来た「春」に対する総括であり、従来の「春」からの転換であった。主人公とされる小一は毎日を「夢のやうに送る」青年だが、彼の中にも「村居謾筆」の「心猿」は生きており、「明日は、明日は」と思い暮らしている。許婚お菊に看護され、健康を取り戻した彼の青春の喜びは、父によって暗黒に変わる。一方のお菊は前記「月光」の「おきく」や「暗香」の「わがとも」の嘆きを受け継ぐが、彼女を視点として考えると、そこには悲嘆を乗り越える生への意志が芽生えはじめるようである。小一とともにあったとき、彼女は恋の喜びに浸りつつ、「あわたゞしく暮れて行く春の恨」にすすりないた。

小一の死を知った彼女は、戦地の姉川に手紙を書く。「行く水に数かくよりもはかなさとは是か。春の花の夕にちるよりもはかなきとは是か。」「ましてさま〴〵語らひまゐらせしむかしを思ひめぐらせば、春の夜のゆめのごとし。たれかこのみてうたゝねの夢の枕にはやつるゝ」。

しかし彼女は青春の無残な断絶を単に嘆くだけではない。御所に出入する姉川の妹の世話で、一人で生きる決意を固めた彼女は、姉川凱旋の祝宴でもかいがいしく働き、楽しそうに笑う。それがたとえ人前の仮の姿であるとしても、彼女が健気に生きて行くことはたしかである。人生が「うたゝねの夢」のようなものだとすれば、そのはかなさを夢として切りすて、ふたたび新しい夢の楽しさを望むことは可能である。藤村のねばり強い再生の論理がここではじめて現われた。鷗外らからの酷評（「めさまし草」明三〇・一一、「雲中語」）は彼を傷つけたに違いないが、彼はふたたび沈潜して詩の研究に励んだ。

『一葉舟』――「春」の喪失

第二詩集の『一葉舟』（明三一・六、春陽堂）は、『若菜集』刊行以前の詩や文章を含んでいて、いわば落穂拾いの感もあるが、この詩集で目立つのは連作「巳」の「春」喪失の嘆きである。「銀河」では、星の力が衰え、「遠きむかしのゆめのあと」となり、「天の河原はかれはて」たこと、「春やいづこに」では、夏草が茂り、木下闇《こしたやみ》に閉ざされて「春」の姿が消えてしまったことが詠嘆されている。特に「きりぎりす」の「自然のうたの／かくまでに／旧きしらべと／なりたるか」の一節は、『若菜集』の詩篇がすでに同じ詩想の繰り返しとなり、新しい想が浮かばないことへの嘆息であろう。

中には老若の鷲が戦う「鷲の歌」や、透谷を悼んだと思われる「白磁花瓶賦《はくじかへいのふ》」もあるが、旧調を越えたものではない。全体に詩は少なく、随筆や評論が多い。「西花余香」（「うらわか草」明二九・五）は、『若菜集』の「白壁」や「おくめ」を生む母胎となったサイモンズ「以太利紀行」やマーローの「ヒーローとレアンダー」などについて記したもの、「亡友反古帖」（「女学雑誌」明二八・一〇）は、透谷の遺稿を整理した紹介と感想である。

なお雑誌「文学界」は『一葉舟』に先立って、三一年一月に第五八号で終刊となった。藤村はそこに「告別の辞」を書き、これまでの支援者、読者に別れを告げた。透谷と社友の一葉が亡くなり、同人たちはそれぞれの道を進みはじめたための終刊であろう。星野天知はすでに雑誌に興味を失い鎌倉で武道、書道に励み、女学校経営にも乗り出していた。藤村は「文学界」が蒔いた「ロオマンチシズム」の種子を回顧しつつ、あらためて詩想を磨き、韻律を研究する必要に迫られていた。

これに先立ち、長兄は出獄後、本郷（現・文京区）の湯島新花町九三に転居し、藤村も同居した。彼は上野の東京音楽学校（現・東京芸術大学）の選科に入り、ピアノを橘糸重《いとえ》に学んだ。彼女は佐佐木信綱門下で、「心の花」などに短歌を発表していたから、三兄友弥に紹介されたと思われる。後に「水彩画家」や『家』のモデルとして登場する女性である。この音楽修業は、詩のリズムに役立てようと狙ったのだろうが、結論は後に第四詩集『落梅集』に収録される「七曜のすさび」（「読売新聞」月曜附録、明三一・四・一八―五・三〇）と「雅言と詩歌」（「帝国文学」明三一・四）に表われている。

「七曜のすさび」の多くは芸術談義で、「土曜日の音楽」では翻訳に頼らざるを得ない文学に対して、音楽が「直《たゞち》に聴衆の心」に訴える有利さを指摘、「日曜日の談話」では、「すべて空しき夢の如く」消えたと嘆く画家を、彫刻家が「空しき夢にそゝぐの涙」があればそれを「活きて湧きいづるまことの泉」に変えよ、と励ましている。また「火曜日の新茶」は芸術家の生活をめぐる二人の対立。一方は芸術家も幸福な家庭を築くべきだと主張し、他方は芸術家を「精神《こゝろ》の自由を慕ひて世の擒《とりこ》となるを甘んぜざる」ものと規定し、製作上の不満が家庭生活に反映して生活が面白くなくなると、それが製作に表われて不振を招くと、芸術重視を説く。もちろんこの二人が実在の人物だったかどうかは不明だが、藤村はこのころから田山花袋や柳田国男と親しみ、利根川のほとりに柳田を訪問しているから（「利根川だより」明三一・六）、彼らの間でこのような家庭論があったのかもしれない。「七曜のすさび」は、最終的にこれらの迷いや対立を払拭するかのように、「水曜日の送別」における洋行する画家への言葉で締めくくられている。

げに情は煙を含む柳のごとく、思は花に迷ふ蝶のごとく、よろづうつろひやすきかたにのみ心をなやまして、あわたゞしくて暮す春の夜の夢は既に過ぎたり。譬へば緑の蔭深くして智慧の葉の生ひ茂り、実行の虫は巣を出で、活動の潮は岸に溢れ、数ふれば想像の星の光すゞしく明らかなる朝ぼらけのさまは、君がこのごろの心の夏なり。

『夏草』――活動の潮

この言葉で自身を鼓舞するかのように、藤村は七月に木曽福島の高瀬家で一夏を過ごし、第三詩集『夏草』（明三一・一二、春陽堂）に収録される詩篇を執筆した。集中もっとも注目されるのは、日清戦争時代を背景に、利根川河畔に住む農夫の心を唱った長編劇詩「農夫」である。

序詩では「魔界《ふるさと》」からやって来た三人の魔女が青年を恋に迷わせ、世の掟に従って出征を促す父を怒らせる。多彩な登場人物たちに魔女が扮して、青年の心を試す設定は、ゲーテの『ファウスト』や透谷の『蓬莱曲』に学んだのだろうが、恋愛詩の比重が高かった彼としては新境地をめざしている。

――青年は父の怒りに対して、「剣《つるぎ》をとるも畠《はた》うつも／深き差別《けぢめ》はあらざらむ」と思うものの、母の説得に負けて「あだなる夢」を諦め、戦地へ旅立った。だが二年後に帰って来たとき、娘は死んでおり、彼は絶望のあまり故郷を捨てようとするが、娘の父の鍛冶が、哀しみに堪えて「労働《つとめ》」に励む姿を見て、自分の誤ちを悟る。「雄々しき心かき起し／うれひに勝ちて戦はむ」と決意した彼には、過去は「春の夜」の「一時の夢」であり、今は樹々に「智慧の葉」が茂り、「活ける潮」が流れ、「動ける虫」が巣から出て活動する「夏」であった。――先に引いた「水曜日の送別」と同じ結びである。

集中には、他に琵琶湖畔に行くらしい孤蝶に似た人物の旅立ちを送る「晩春の別離」や、漂流した漁師が荒波と戦い、「世に勝つ道は前にあり」と信じ、「命運《さだめ》を追ふて活きて帰らん」とする「新潮《にひじほ》」などの長詩もあるが、藤村の決意は理解できるとしても、「農夫」を含めて特に傑出した詩とは言えない。ここでもまた雅言と七五調の枠が、強い決意の流れを堰きとめているようである。

その反省に立ってか、「雅言と詩歌」には雅語が新しい詩歌に不利な点、六箇条が示されている。

第一、母音の性質円満ならず、第二、発音の高低抑揚明かならず。第三、言語の連接単調なり。第四、語義精密ならず。第五、語彙豊かならず。第六、音域広潤ならず。

つまり一は母音に長短が乏しく、喜怒哀楽を表わすには平板で、脚韻の妙味がなく韻律が作りにくい。二はアクセントが薄弱、三は言語の連結が単調で滑らかすぎることを言う。第四・第五は、語義に分析的性質がなく、たとえば「あはれ」が多義的に用いられること、第六は特に語頭における濁音の少なさを指している。結局「かのひたすらに清みて美しきはあれども深く重きを避けたるは、遂に人をして優麗の描くべく、壮美の写し難きを嘆ずるに至らしむ」ということになる。これらの難点に『落梅集』がどのように対処するかについては後述したい。

第三章　小諸義塾赴任と結婚

1　最初の結婚とその家庭

小諸へ

藤村は明治三二年（一八九九）四月に、かつての師・木村熊二が創立した小諸義塾に赴任した。旧小諸城址（現・懐古園）の麓にあった中学校である。奈良の学校への就職口もあったそうだが、小諸を選んだのは恩師の縁と、田舎で「簡素」な生活を始めようとする意志の表われだろう。彼はここで結婚し、『落梅集』で詩に別れを告げ、小説家に変身する。三児を儲け、『破戒』の草稿を抱いて東京に帰るのは三八年四月のことである。

小諸義塾は明治二六年一一月に、旧大手門を仮校舎として開塾、三二年二月末に長野県知事の正式な認可を得て、小諸町・北佐久郡からの補助で教室を新築、三三年には面目を一新した。藤村赴任の一年後である（小山周次編『小諸義塾と木村熊二先生』昭一一）。木村は最初の夫人・鐙と死別後、二五年

小諸義塾（林勇『島崎藤村——追憶の小諸義塾』より）

から引退を考え、再婚した伊藤華子と北佐久郡野沢町に住んだが、華子は田舎暮らしに不満で離婚、二九年には雅楽の家柄で新劇俳優・東儀鉄笛の妹・隆子と結婚した（藤村「旧主人」のモデルは二度目の妻である）。林勇「木村熊二と小諸義塾」（「巌本」別冊二）に義塾の生徒募集広告が掲載されているが、学資不足で中等教育を受けられない者のため社会で活動するに必要な教育を授け、学者よりも「人物養成」をめざすのが、この学校の目的だった。当然経営はたえず困難で、藤村の月給も三〇円から二五円程度だったという。生徒は百人前後、彼は英語と国語を担当し、フランクリンの『自叙伝』や『枕草子』『徒然草』『奥の細道』などを教えた。教員には他に理学士・鮫島晋、画家・三宅克己（その後任の丸山晩霞）などが在任し、藤村と親しく交際した。貧しくはあったが、高名な詩人として尊敬され、教員生活と、山国の自然と人情の「スタディ」に明け暮れた七年間だった。

秦冬子との結婚

小諸に赴任した彼はすぐ東京に引き返し、五月三日に秦フユ（冬子、明一一—四三）と結婚、小諸町馬場裏に新居を構えた。冬子は函館市末広町の網問屋・秦慶治の三女で、明治女学校では佐藤輔子の下級生。媒酌は巌本善治、挙式は神田明神脇、男坂の高級料亭・開花楼で行われた。

父・慶治は、先代利四郎が興した網問屋を妻お房とともに大いに発展させた、進取の気象に富む商人であり、夫婦ともに養子である。森本貞子『冬の家』（昭六二）は、秦家と姻戚関係がある著者が、冬子にまつわる新事実をいくつも提供しているが、以下主としてそれによると、長男の仁兵衛は怠け者で、やがて放蕩がすぎて勘当され、両親の期待は美人三姉妹と評判の娘たちにかけられていた。函館は幕末の開港以来、荒く気風《きっぷ》のいい漁師気質とエキゾチックな異国情緒が同居している街だが、冬子は子供のころから活発に育つ一方、読書好きで、日曜学校に通って西洋画や刺繍を学んだという（冬子の死後、藤村に「刺繍」明四四、の作がある）。彼女は「女学雑誌」を通じて明治女学校に憧れ、念願叶って明治二六年夏に上京した。二人の姉、お浅とお春はそれぞれ婿養子（のちに出版業を経営する貞三郎と、家業の網問屋の分家、清八）を迎え、冬子の下にはさらに三人の妹が生まれた。秦の両親は冬子にも婿を取って養子にしたいと考えていたのかもしれないが、彼女が藤村詩を愛読し、藤村との結婚を望んだため、やむを得ず手離したのだろう。結果的にその役割は、四女の

小諸の家にて（明治33年）
前列右から秦タキ，冬子，後列右から藤村，秦慶治，書生（藤村記念館提供）

タキ（瀧）に廻って来た。タキは手代の末太郎と結婚（養子）して家業を助けた。末太郎は冬子が函館時代に淡い思慕の情を抱いていた奉公人であり、両親もその働きぶりを見込んでいたようだ。やがて『家』に描かれることになる、面倒な夫婦仲を生む原因はここから発生した。

森本が言うように、港町の新興商人と没落した山間の旧家とは考え方に相違があるが、秦家が娘婿を養子としたのは、たとえ分家であっても、「家」の拡大、繁栄を願っての処置であろう。その限りでは、小泉三吉（藤村）の結婚に家長の実《みのる》（秀雄）が、「生め、殖《ふや》せ、小泉の家と共に栄えよ」（『家』四）と願った胸中と大差ないのである。

明治女学校時代の冬子

話を明治女学校の冬子に戻す。彼女をまず惹きつけたのは、校長巌本の熱誠溢れる言葉と態度だった。相馬黒光《こっこう》（当時星良《りょう》）も、仙台の宮城女学校のアメリカ式校風に反発して明治女学校に憧れていたと記しているが、彼女が宮城女学校を退学となり、フェリス女学校を経て明治女学校に移ったのは明治二七年、一年先に入学していた冬子と寄宿舎で同室になった。「秦お冬さんなども大和田（建樹）先生の時間にはいつもよい歌を発表された」とか、「まづ尋常な人柄」だった、と回想している（『黙移』昭一一）。彼女は「例の長屋のやうになつてゐる寄宿舎で、十畳の室に四人」で暮らしたのだという。また二人の先輩になる羽仁もと子の「半生を語る」（『羽仁もと子著作集』第一三巻）によれば、寄宿舎、学校生活はきわめて厳格で、洗面も手早く済まし、「食事も入浴も、のろくさくしてゐる田舎もの（羽仁は青森県八戸出身）には容易なことではなかった」とある。風呂は水曜・土曜の二回、間食は週一度、土曜のみ、一人分三銭のきまりだったという。貧しい家庭の子女ならともかく、富裕な家で自由に育った冬子には、かなりきびしい生活だっただろう。「女学雑誌」が発信する明治女学校は華やかに見えたが、女学生が特別な色眼で見られた時代なので、学校としては、ことさら質実な生活規律を課したようだ。しかしそれは、冬子が貧乏詩人の家で労働に堪える素地を養ったとも言える。

もう一つ冬子が戸惑ったのは武道の時間である。星野天知は自分でも一派を開くほどの達人だから、女学校でも薙刀教育に熱心だった。佐藤輔子は上達して、集会で技を披露するまでになったが、冬子は学問とは逆に、こちらの方面は不得手だったようである。先述したように、藤村は二八年一二月に再度女学校を退職しているから、冬子と一緒だった期間は一年半ほどにすぎない。それも精彩のない授業では、冬子の注目を惹くに足りなかったに違いない。彼女は二九年四月の卒業だが、校舎はその二カ月前に焼失し、学校の経営も苦しくなっていた。巌本夫人・若松賤子は結核で病臥中だったが、この火事で病勢が進み、死去した。黒光によると、賤子は「巌本を信じてはいけない」と言い聞かせたそうだが、しかし父兄・女子生徒の巌本に対する信頼は絶大で、冬子も卒業後学校に止まり、巌本を助けて再建のため努力した。

募金活動に奔走した巌本は、函館では秦家に宿泊、大歓迎を受けた。秦慶治の募金は、函館では群を抜いて五〇円である。冬子の妹のタキ（『家』の勝子）は、姉の上京後末太郎と親しんでいたから、慶治はこの時に冬子の結婚相手を巌本に相談したらしい（森本前掲書）。明治女学校が巣鴨の庚申塚に新校舎を建築し、そこで授業を再開したのは明治三〇年四月である。そのころ藤村は『文学界』に続々とロマンチックな詩を発表していた。冬子はそれらの世界に夢を抱き、藤村を意識しはじめたらしい。先述のとおり、藤村はこの夏に房州小久保で小説「うたゝね」を書いたが、この時に冬子も同地の女学校定宿に滞在していた。藤村は女生徒の一人として思い出しただけだったが、冬子はかつての「石炭ガラ」の変貌に目を瞠ったのではないか。

星野天知は冬子が藤村との結婚を望んでやまなかったと記しているが、彼はすでに藤村や文学仲間と離れていたから、くわしい事情を知っていたとは思われない。間に立って尽力したのは巌本であろう。彼にとって、函館の有力者と親しくしておくことは学校経営上の利点があり、『若菜集』で一躍新進詩人の筆頭となった藤村は、その恰好の人物として浮上したはずである。書簡の往復によって巌本は藤村の人物と将来性を保証し、文学とは無縁の両親を説得した。両親は見知らぬ藤村よりも、旧知の巌本の言葉を信じたと思われる。慶治は四女タキを冬子と同じ明治女学校へ入れるため、三一年三月末に上京、巌本と会見した。森本が言うように、縁談はそのときから具体化したのだろう。だが藤村にはまだ定職がなかった。翌年、彼の小諸赴任が決まってから、話は急速に進行した、と冬子の姉お春は語ったという。慶治は嫁ぐ娘に一〇〇〇円を「資本金」として持たせた。

浅間の麓

小諸は牧野氏一万五千石の旧城下町。浅間山麓の高原地帯に位置し、藤村が「岩石の間」と形容したように、火山灰で地味悪く、農産には適していない。現在では新幹線が軽井沢から佐久へ直行してしまうが、当時は北国街道沿いの交通の要所であり、信越線も開通していた。藤村夫婦が住んだ借家跡には、親友・有島生馬の揮毫になる「藤村旧栖地」の石碑があるが、本来は士族屋敷で草葺の二軒家の一つ、一軒が七五坪だった（瀬沼前掲書）。現在の感覚なら庭を含めて二四五m^2だから、結構広い。

ここで彼は通勤のかたわら「自然」を観察し、苛酷な労働に従う人々の「人情」を知ろうと努めた。彼のいわゆる「スタディ」である。これまでの生活を一変しようと「簡素」をモットーに、みずから鍬を取って畑を耕し、土に親しもうとした。『家』には、「彼は小泉の家から離れやうとした。別に彼は彼だけの新しい粗末な家を作らうと思ひ立つた」とあるが、それは兄弟、一族から精神的・経済的に自立し、妻と二人で築くはずのものだった。だが藤村の強すぎる意志は、新妻の気持を察するだけの余裕を持たなかったのである。

透谷の場合も夫婦間の不満が高まった時期があり、漱石は結婚初夜に、俺は学問をしなければならないから、お前なんかに構っていられない、と放言したそうである（夏目鏡子『漱石の思ひ出』）。だが藤村は旧家の旦那気質から離れるべく、まず質素な生活を妻に押しつけ、派手な着物をやめさせて自分と同様の労働を望んだ。それは冬子も覚悟の上だったろうが、漁師相手の賑やかな生家と、東京生活から一変した田舎暮らしは、堪えがたい淋しさを生んだに違いない。まして夫は、夕食後は執筆や研究に没頭した。小諸時代の弟子たちが賞讃するように、彼女は夫に従ってよく働いた。だがふとした感傷から、彼女はかつて心を許した実家の手代、末太郎（『家』では勉）に淋しい心境を報ずる手紙を書いてしまった。それを藤村が発見して、離婚のうえ末太郎と結婚させてやろうとしたのが、『家』や「水彩画家」に描かれる事件である。

小説であるから実際どおりに書く必要はない。だがこの処置を決断した三吉（藤村）の気持は分りにくい。夏休みでお雪（冬子）の妹のお勝も遊びに来ていたのだから、彼は勉とお勝が婚約することを知っていたはずだ。そうすると彼はこの義妹の将来をも破壊して、自分の意志を実行しようとしたことになる。たしかに藤村は佐藤輔子の件で傷ついただろう。だが彼は数え二八歳、冬子は明治一一年生まれの二二歳である。当時の男女としては立派な一人前である。それにしてはこの夫婦は、互いに自分の夢を追いすぎていたのではないか。夫は「自分だけの粗末な新しい家」を、妻は夫が作った詩のようなロマンチックな関係を。苦労して育っただけに、藤村は女性に対して期待が強過ぎる点がある。自分とともに歩む女性は自分と一心同体で、志をともにすべきだと思いこみ、女性をそこへ導こうとする点である。『新生』の節子に対しても、後述、加藤静子に対してもそうである。それは、心は先生に、身体は許婚に、と言い残した輔子に対する一種の「復讐」（『新生』）だったのかもしれない。

「不思議な顔」　『家』（五）に、注目すべき記述がある。手紙事件がいちおう落着した直後である。

夫婦は不思議な顔を合せた。――今まで合せたことのない顔を合せた――結婚する前には、互に遠くの方でばかり眺めて居たやうな顔を…

結婚前には他人だった男女が、夫婦という関係の下で顔を近づける。近づけば近づくほど、それが別人格の顔であることが明らかになる顔とは、まさに「不思議な顔」というより外ない。冬子との夫婦関係は、最後まで藤村が妻の「心の顔」を覗きこむ努力に終始した。

だがその一方で、翌年、彼は軽井沢に暑さを避けていた橘糸重と「芸術」を通じてしばしば出会い、冬子の気持を沈ませた。関西放浪時の広瀬恒子のケースの繰り返しである。彼は「家の解散」を言い出し、滞在していた吉村樹になだめられるが、俺は「旅人」で、お前は衣食の世話をしてくれる宿屋のお内儀だ、というような会話を日常に交わす夫婦関係は、表面的に穏やかでも、憂鬱そのものである。しかしそれにもかかわらず、子供は次々に生まれて来る。三二年五月、長女みどり、三五年三月、次女孝子、三七年四月、三女縫子。小諸時代に藤村は三人の子の父となった。このような夫婦仲については、『家』の項目であらためて考えたい。

冬子の父・慶治は、夫婦仲を心配し、手紙事件の後、柱時計を手土産にやって来た。「強い烈しい気象、実際的な性質、正直な心」（『家』（五））という観察は、「亡くなった忠寛（島崎正樹）が手本を残して置いた家の外《ほか》に、全く別の技師が全く別の意匠で作った家もある」ことを教えた。彼は「兄弟孝行」の言葉で、兄たちのために金を送る藤村の生き方を暗に批判していた。もっとも、藤村は好んで送金を続けたわけではない。島崎家の再興を焦る長兄は儲け話に乗せられては失敗し、壮士肌の次兄は木曽山林事件の補償に借金をしてまで奔走し、三兄は放蕩の酬いで身体不自由だった。特に三兄友弥に関しては、結婚式直後に、長兄から、一緒に小諸に連れて行ってくれと頼まれて断わったいきさつがあるが、おそらく毎月送金することで話をつけたに違いない（友弥は維新当時の父が長く家を空けたときに母の不倫で生まれた子だと信じられていた）。

藤村は経済的独立をめざしても、兄たちは彼に寄りかかった。『家』に長兄の妻が亡き父の鷹揚な態度を話し聞かせる場面があるが、それに聞き惚れる三男と四男（藤村）の心には、子供のころ上京しただけに、父に対する畏敬の念が尾を引いていたのである。兄弟が助け合うのは、もちろん結構なことである。だが島崎兄弟の場合はその度がすぎ、旧家の誇りだけがその結束を堅めていたと言うべきだろう。「新しい家」をめざす藤村にも、その連帯感は生きていた。

2　詩から小説へ

「スタディ」と『落梅集』

この悪条件の中で、「スタディ」はたゆまず続けられた。それを代表するのは、『落梅集』収録の「雲」と、明治四四年に「中学世界」に連載され、大正元年に刊行される『千曲川のスケッチ』である。彼はラスキンに学んで自然観察を始めたが、最初は「刀を振りて床上の人体に対するの感」に戸惑った。だが「経験と観察」を重ね、対象を雲に定めて朝夕の空を眺めるうちに、地上の変化同様、「天のかなたも亦同じさまにうつりゆくこと」に気づいた。三三年の夏から、小諸、長野、筑摩川沿いと観察を進めるにつれ、雲の性質、色、形が季節の移行と関連するのは、「光線と空気」の違いにあると考えた。若葉の季節はやわらかな緑が「清《すゞ》しく新しき思を送」り、盛夏の直射日光は、地上の「生殖と活動の舞台」と呼応していた。この発見は、「空を開くに欠くべからざる秘鑰《ひやく》」だった。

学校にはその研究に恰好の同僚がいた。フランスでミレーやコローらを学んで帰朝した三宅克己と、その後任として三四年から勤務した丸山晩霞である。丸山はすでに近在の禰津村に住んでいた。『千曲川のスケッチ』の「烏帽子山麓の牧場」などに登場するM君とB君とが三宅と丸山である。彼ら画家との交際を通じて、藤村の「物を見る眼」はますます深くなった。

三三年には、同年『自然と人生』を刊行した徳冨蘆花が、翌年には農政官僚となっていた柳田国男が、三七年には田山花袋が次々に小諸にやって来た。彼らの刺激やヨーロッパの新文学、イプセン、ハウプトマン、トルストイ、モーパッサンらの耽読は、彼を次第に散文の方向へ進ませつつあった。元来彼の「抒情詩」には物語的要素が強かったが、モノを正確に写す修業が、自分にもっともふさわしいジャンルとして、小説を選ばせたのである。『千曲川のスケッチ』の原文は、まさにその習練であった。

それが発表された文章の基となったことは確実だが、原文は公刊文とはやや違ったものだったらしい。定稿は吉村樹に土地の事情を知らせる形式だが、樹は小諸の夏は知っているので、できるだけ彼の知らない季節と場所を選んだと思われる。集中には、た

『落梅集』
（明治34年，春陽堂）
（藤村記念館提供）

とえば「高原の上」(『藁草履』)、「屠牛」、「収穫」、「小作人の家」(『破戒』)、「若芽売り」、「巡礼の歌」(『家』)のように、小説の一部として使われたものもある。季節はだいたい、新緑から早春への一年間として構成されているが、文体は発表の時期もあって、小説と『スケッチ』では多少変わっている。先行する前者では空の変化を刻一刻細かに記し、詠嘆的である。これに対して後者は、視点が風景全体の中を移動し、「秋」の姿を伝えようとすることが特色である。たとえば次の例。

晴れて行く高原の霧のながめは、どんなに美しいものでせう。すこし裾の見えた八つが嶽が、次第に嶮しい山骨を顕はして来て、終《しまひ》に紅色の光を帯びた巓《いたゞき》まで見られる頃は、影が山から山へ映《さ》して居りました。甲州に跨《またが》る山脈の色は幾度《いくたび》変つたか知れません。今、紫がゝつた黄。今、灰がゝつた黄。急に日があたつて、夫婦の行く道を照し始める。見上げれば、ちぎれ〳〵の綿のやうな雲も浮んで、いつの間にか青空になりました。

あゝ朝です。

(「藁草履」)

高原の秋は今です。見渡せば木立もところ〴〵。枝といふ枝は南向に生延《はえの》びて、冬季に吹く風の勁《つよ》さも思ひやられる。白樺は多く落葉して高く空に突立ち、細葉の楊樹《やなぎ》は踞るやうに低く隠れて居る。秋の光を送る風が騒しく吹渡ると、草は黄な波を打つて、動き靡いて、柏の葉もうらがへりました。

(「高原の上」『千曲川のスケッチ』)

「落葉の一」という短文がある。山国の霜の威力を記したものだが、「私」は一〇月末の朝、裏口へ出て「色づいた柿の葉が面白いやうに地へ下《くだ》るのを見た」。そして肉厚な葉が霜自体ではなく、朝日で霜がゆるみ、重さで落ちることを知る。柿の葉の落下を茫然と見る彼は、それによって烈しい霜が来たことを自覚するのである。「毒消売の女」にしても、「鋭い越後訛」で呼ばわる女たちは、黒い衣装で勢ぞろいし、燕と同じようにめぐって来る。山国の春の序曲が、燕に似た衣装と鋭角的な動作によって奏でられるわけである。このようにモノによって何かを暗示する方法は、やがて藤村の小説文体の特色の一つとなった。あまりにモノを列挙しすぎて、批判を受けた例もある。ただし『千曲川のスケッチ』は、後年の改訂を受け、原文は散佚しているので、その先後については未詳と言う外はない。

詩との別れ

この間にも「労働雑詠」をはじめ、『落梅集』（明三四・八、春陽堂）に収録される詩篇は続々と発表されていた。「明星」の与謝野鉄幹、伊良子清白《いらこすずしろ》らは「『落梅集』を読む」（明三四・一〇）で、「大人らしき情熱の潜めるあり」「藤村の詩が『大』を成すの途に上れるもの」と激賞したが、藤村には「情人」と別れるように詩と別れようとする決意があった。

所収の詩想は大別して四種。第一は「小諸なる古城のほとり」（のち「一小吟」を加えて「千曲川旅情の歌」となる）や「椰子の実」に代表される「遊子」の流離の憂い。「寂蓼」や連作「壮年の歌」などがこれに属する。第二は「労働雑詠」に唱われる労働の讃歌。第三は連作「胸より胸に」で復活した恋愛詩。第四はそれらに属さない「常磐樹」のような風雪に堪える姿勢を称えた詩や、「藪入」のように生活の哀感を唱った詩、さらに「鼠をあはれむ」のように小動物に思いを寄せた詩などである。藤村詩には「初恋」や「高樓」（とほきわかれに／たえかねて）のように曲がついて愛唱されるものが多いが、ここでも「椰子の実」はじめ「小諸なる古城のほとり」は現在でも歌われている。「労働雑詠」は第二次大戦中「国民歌謡」として流行したが、最近はほとんど聞かない。

第一の「小諸なる古城のほとり」は、「旅人」としての彼の実感であり、実際に丘に登って見た早春の光景であろう。藤村は芭蕉や西行に倣って、生涯を旅人と規定していたが、ここには「新しい家」をめざし、妻を迎えた喜びはどこにもない。「あさま山のふもとまで流れこし身」（谷活東《かつとう》宛書簡、明三二・八・二三）とか、「未だ小諸へ参りて半歳も経ざるに早や土臭くなりたる心地馬鹿々々しき境涯に御座候」（戸川秋骨宛書簡、明三二・一〇・八）と報ずる藤村は、「新しい家」の最初の挫折を経て、前途への為すなき愁をこのように表現したのであろう。「昨日またかくてありけり／今日もまたかくてありなむ」（「一小吟」）。柳田国男から、伊良湖岬に漂着した椰子の実のことを聞いた彼が、「海の日の沈むを見れば／激《たぎ》り落つ異郷の涙」と我身になぞらえたことは有名だが、「いづれの日にか国へ帰らん」と言う「国」とは、文芸の都たる東京以外になかったであろう。「故《むかし》の園を捨てゝ」行く「告別」や「故里《ふるさと》遠き草枕」の「草枕」、「思ひを閉す白雲《しらくも》の／浮かべるかたを望めども／都は見えず」と嘆く「寂寥」などにその思いは著しい。中には「響りん〳〵音りん〳〵」のように、変わり果てた故郷に失望して放浪の旅へ出る詩もあるものの、全体としてこれらには重い旅の愁が漂っている。多くは荘重な五七調。

「労働雑詠」は言うまでもなく、秋の田の稲刈の労働を朝・昼・暮の三部に分けて唱った詩。ほとんどは七五調だが、時に七七や五五の句も交じる。恋の詩の連作「胸より胸に」は六首すべてが五七調で、『若菜集』が七五調だったのと対照的に、多くは青春を過ぎた「大人」の恋に近い。特に「吾胸の底のこゝには／言ひがたき秘密《ひめごと》住めり」と唱い出される「其五」や、「あな哀し恋の暗《やみ》には／君もまた同じ盲目《めしひ》か」と唱う「其六」には、どこか人には語れない暗い陰がある。先述した橘糸重との関係の投影であろうか。

だが集中でもっとも注目すべき詩は「常磐樹」である。冒頭と結びに、

あら雄々しきかな傷ましきかな
かの常磐樹の落ちず枯れざる
常磐樹の枯れざるは
百千《もゝち》の草の落つるより
傷ましきかな

というフレーズを繰り返し、「友なき野辺の帝王《すめらぎ》」が風雪を凌ぎ、一人堂々と立つ姿に憧れている。そこには藤村がこれから進むべき境地が示されており、また先に触れた「雅言と詩歌」の悪条件を乗り越えようとする努力の跡が見える。五音と七音の句を自在に使い、「大力《だいりき》」「坤軸《こんぢく》」などの漢語によ

って音調に変化を持たせたことである。他の詩にも、「椰子の実」の「流離《りうり》」や「寂寥」の「毘藍《びらん》」「梵音声《ぼんおんじやう》」のような例がある。早くには鷗外ら新声社の「於母影《おもかげ》」（明二二）に七五・五七調を脱した訳詞の試みがあり、近くには土井晩翠『天地有情』（明三二）に漢語使用の例もあったが、藤村もこの詩集を通じて、従来の優美艶麗な「朦朧体」から変化しつつあったと言えよう。しかし五音と七音の基調を脱することは難しく、また漢語も「戦闘《たゝかひ》」「芸術《たくみ》」「塵埃《ちりあくた》」のように和らげられているものが大多数で、詩風全体が一新されるという訳には行かなかった。物語性と並んで、彼が詩に別れを告げたもう一つの理由である。『落梅集』刊行の翌三五年から、彼の小説の試作は次々に発表された。「新しき言葉はすなはち新しき生涯なり」（合本『藤村詩集』序、明三七・九）と、やがて彼は記すが、小説の言葉は彼にとって「新しき生涯」を開く鍵だった。

第四章　『緑葉集』と『破戒』

1　「新しき生涯」へ

「緑葉」の季節

刊行順とは逆に、発表順に従ってまず『緑葉集』の諸作を概観したい。「藁草履」と「旧主人」(明三五)は彼が「双生児」と呼んだ小説だが、後者はモデル問題で発売禁止となり、収録を許されなかった。前者は藁草履と仇名される、醜いが自尊心の強い牧童の源が、草競馬に負け、自棄酒を飲んでいるときに妻の過去の不幸な事件を聞いてしまう。家に帰った源は腹立ちまぎれに妻を棒で打ち骨折させる。翌日、反省した源は妻を馬の背に括りつけ、町の病院に向かうが、途中、牡馬の誘いに発情した源の馬は、手綱を切って走り去り、落馬した妻は死んだ。――ある娘が踏切番の男に強姦された噂は、藤村が実際に聞いた話というが、妻の過去へのこだわりは、藤村自身の嫉妬心が生み出したものだろう。かつての作「夏草」の馬の発情をも援用し、どぎつい人間の本能と結びつけたものである。

一方の「旧主人」は、木村熊二の二度目の妻をモデルとした姦通小説である。妻の華子は写真で見ても華やかな女性で、小諸の淋しさに堪え切れず、書生と問題を起こしたという。物語は小諸の実業界の中心である老実業家が、年の離れた東京育ちの夫人を溺愛したが、夫人は欲求不満から若い歯医者と姦通に陥る。姦通の手引きをした女中が、自分を裏切った夫人の仕打ちに立腹し、姦通の現場を主人に見せる筋で、語り手も当の女中の回想である。事件の枠はフローベール『ボヴァリイ夫人』を借りているが、妻の淋しさと夫の嫉妬とは、やはり藤村自身の生活から生まれたものだろう。その意味でもこの二作は「双生児」だった。

「老嬢」（明三六・六）は信州上田の元女教師・夏子の物語。国学に凝って座敷牢で狂死した父と、名誉心の強い母から生まれた彼女は、成績優秀で女教師になるが、強い性格から次第に男性不信に陥り、男性の心を弄ぶようになる。「愛」を感じた画家に対しても、素直になれなかった彼女は、根津村の乳母の家で誰の子とも知れぬ私生児を産むが、嬰児の死とともに発狂する。——私生児出産、発狂の結末は別として、ここには先述した橘糸重の性格が借用されているようである。

これら三作に共通するのは、既存の道徳を破る本能の強い力である。「雲」（『落梅集』）には、「天地はまさに奮闘と鋭意と活動との舞台なり、生殖と競争との世界なり」とあるが、夏はまさに「緑葉」の世界であり、「春の夢」が消え去る季節だった。「蒸すやうな八月の景色は眼前に緑葉の嘆きを見せました」（「老嬢」）。「緑葉嘆」は杜牧の詩に由来し、鷗外（ドーデ原作「緑葉嘆」）や、紅葉（『夏痩』）にも用いられた語である。「老嬢」の夏子にとって、青春が過ぎ去った嘆きは深い。だが彼女の出産の叫びは、過去の夢を吹きとばすほど荒々しいのである。「旧主人」や「藁草履」にしても、「夢」の喪失と本能の力が表裏に描かれていることは明らかだろう。しかし彼らにはその後の新生活がない。それに向かう展望が開けるのは、「水彩画家」（明三七・一）からである。

転機となる「水彩画家」

後に『家』と重複することになるこの小説は、先述した藤村と冬子の葛藤を題材とした物語である。新帰朝の画家・伝吉とお初夫婦に、帰国の船で知り合った音楽家・清乃やお初の以前の情人が絡み、「家」の「解散」話になるが、和解した夫婦は夏の朝の高原を歩み、「新しい生涯」の出発を感じる。従来のどぎつい題材から男女関係の微妙な心理に話が移行し、文章も一人称や「デスマス調」から三人称「ダ調」に変化する。作中には伝吉の認識として「譬へて見るなら恋は洪水《おほみづ》だ。いくら他《ひと》が堅固な堤防《つゝみ》を築いたつても、そんな堤防は衝き破つて出る」と記されているが、ここには本能的行為を単に観察するだけではなく、その「自然」に恐れを抱きつつも肯定する方向がある。

自然は自然である、善でも無い、悪でもない、美でも無い、醜でも無い、たゞ或時代の、或国の、或人が自然の一角を捉へて、勝手に善悪美醜の名を付けるのだ。（小杉天外『はやり唄』叙）

この有名な宣言が発表されたのは、明治三五年一月である。その自然観は、「双生児」執筆を企てていた藤村にとって、有力な援軍となったに違いない。木曽の男たちが、淫蕩な女の生んだ男の子を、それぞれ自分の子と思いこんでいた小品「爺」（明三六・一）や、説法よりも朝飯の方がありがたい、と考える男を苦笑まじりに許容する「朝飯」（明三九・一）と、捨て犬の「ちび犬」が、出産によって「始めて人の笑顔」を見る「家畜」（明三九・一〇『破戒』出版後）も、みな自然の意志である本能を肯定した作である。「水彩画家」を境として、収録作品は次第に「新しい生涯」に向けて進み始める。それと併行して、『破戒』の準備は着々と整いつつあった。

『破戒』の準備

藤村は明治三五年に小諸郊外の禰津村を丸山晩霞とともに訪問（晩霞の郷里）、そこの被差別部落でお頭の高橋弥右衛門と会見、さらに晩霞同道で、三七年には飯山町（現・飯山市）の真宗寺（西本願寺派）にも行った。『破戒』の蓮華寺のモデルとなった寺である。この年二月には日露戦争が始まり、田山花袋は従軍記者となる決意を固めた。藤村の心も騒いだが、養うべき係累の多い彼は、「人生は大きな戦場だ、自分もまたその従軍記者だ」と思い、初の長編の想を練っていた。

真宗寺で借覧した資料から、住職の娘婿・藤井宣正《のぶまさ》の生涯を知り、書簡体の「椰子の葉蔭」（明三七・一二）を書いた。藤井は大谷光瑞のシルクロード探検隊に加わり、インドの仏跡調査後、帰途コロンボで発病、マルセイユで客死した。作中にある「その（注、インドの）壮大と衰退と、生と死とは展けてわがまのあたりに横はり候」「新しき世界はわが前に開けてあるなり」などの語句は、ほとんどそのまま合本『藤村詩集』の序文に取り入れられる。藤村もまた「新しき世界」を進んでいたのである。

『破戒』がいつから執筆されたのかは、かならずしも明らかでないが、彼はこの年、七月末から八月始めにかけて、函館の秦家を訪問、『破戒』出版費用として四〇〇円の借用を願い出ており、秦家から花袋留守宅に宛てた書簡（明三七・七・三〇）には、「今回はすこしく長き作にとりかゝり、来年の春、小諸を去る迄に完結すべき見込」とあるから、すでに執筆は開始されていたのだろう。「津軽海峡」（明三七・一二）は、この旅の体験によって書いた作品である。——「煩悶」の末、華厳の滝で投身自殺した一高生・藤村操の両親らしき夫婦（操の実家は札幌にあった）が、船中で息子を思い出させる青年に出合い、親切に話しかけるが、ロシア艦隊の通過に遭遇し、「歓《うれ》し哀《かな》しい追憶《おもひで》も」吹き飛ばされるエピソードである。強いて言えば、漂泊の旅に出た夫婦が、追憶から現実の状況にめざめさせられる点が、藤村の心境に近いとも言えよう。

自然の推移にともなう「春の夢」の消滅と夏の光に照らされる強烈な本能の肯定。しかしそれが自然の転換に従っているだけでは、彼はいつも同じ夢と嘆きを繰り返し、「老嬢」の夏子のように「明日は、明日は」に空しい希望を托する外はない。「水彩画家」で伝吉の母は、「世間」が自分を誤解していると言う彼に対して、「間違って居ればこそ、世間は恐ろしいと知らねえかよ」と諭した。たとえ「自然」の中で「新しい生涯」の曙光を迎えたとしても、夫婦はこれから、間違った噂を流す「社会《よのなか》」に対して行かなければならない。『破戒』はその最初の試みであった。なお言い添えておくと、藤村の愛児みどりは、『破戒』刊行直後の六月に急性脳膜炎で幼い命を失った。『緑葉集』の名にこめられた歎きの一つであろう。

ずから鼓舞する言葉でもあった。

2 『破戒』――「言ふぞよき」

『破戒』執筆　『藤村詩集』（明三七・九）の序文に、藤村はよく知られている言葉を記した。それは藤村詩全体を振り返った言葉ではあるが、同時に、ようやく緒についた長編執筆をみずから鼓舞する言葉でもあった。

誰か旧き生涯に安んぜんとするものぞ。おのがじゝ新しきを開かんと思へるぞ、若き人々のつとめなる。
生命は力なり。力は声なり。声は言葉なり。新しき言葉はすなはち新しき生涯なり。
なげきと、わづらひとは、わが歌に残りぬ。思へば、言ふぞよき、ためらはずして言ふぞよき。いさゝかなる活動に励まされて、われも身と心とを救ひしなり。

主人公、被差別部落出身の小学校教師・瀬川丑松《うしまつ》は、「なげきと、わづらひ」の果てに、自分の出自を告白して飯山の町を去る。藤村は後に「『破戒』の著者が見たる山国の新平民」（明三九・六）でそのモデルに言及しているが、小諸の住居の隣人・伊東喜知《よしとも》から、モデルとした大江磯吉の事件を知ったという。大江に関しては東《ひがし》栄蔵『大江磯吉とその時代』（平一二）に詳説があり、同書に従えば、明治二五年の夏、大江が下水内郡《しもみのちぐん》教員夏季講習会の際、飯山の光蓮寺から宿泊の予定を断わられた事件があった。この被差別事件は長野県教育界全体に拡大して長野尋常師範から大江を排斥する動きになり、大江は翌年、大阪府尋常師範の教諭として転出した。彼はいわゆる「穢多身分」ではなく、「放浪の遊芸人」としての被差別民だったという。先祖は三河から信濃の伊那に移り、天保年間に「領分払」となった。磯吉（明治元年生まれ）は幼時から成績優秀、伊那中学、長野師範を経て、諏訪郡の訓導となったが、同僚から出自を疑われ、長野師範に出仕、さらに高等師範学校で哲学と教育心理を専攻して、二四年に長野師範の教諭となった。

藤村が彼の経歴をすべて承知していたわけではない。だが三七年の飯山行きで、彼の「鬱勃たる精神」は、この事件と自分の精神的抑圧を重ねたいと思ったに違いない。もちろん丑松のモデルは大江だけではない。丑松が敬愛する猪子蓮太郎には透谷の面影が色濃く、その関係はむしろ藤村と透谷に近い。高橋広満「『破戒』私観」（「国文学研究」平四・一〇）には、十二支の「猪」「子《ね》」「丑」から猪子蓮太郎と丑松の緊密な関係が示されてもいる。舞台となる蓮華寺（真宗寺）については、唖峰生（高野辰之）の攻撃（「『破戒』後日譚《ごにちものがたり》」、「趣味」明四二・四）もあったが、藤村はただちに反論し（「モデル」明四二・四）、「寺院生活の光景の外部」は借りたが、人物の行為はまったくの創作である旨を明言した。

「社会小説」か「告白小説」か

『破戒』は社会的差別に対する反抗を描いた社会小説か、作者の心情（抑圧からの解放）を願う告白小説か、という二者択一的議論に対して、平野謙「破戒」（昭一三、五月書房版『島崎藤村』所収による）は、社会正義の「鬱勃たる精神」と、被差別部落出身者に仮托した「眼醒めたるもの、の悲しみ」とは本来不可分であることを論じつつ、なおその両者の結合に曖昧さが残ることを認めずにいられなかった。その曖昧さを平野は「歴史的」制約に求めているが、藤村の本心は、いったいどこにあったのだろうか。

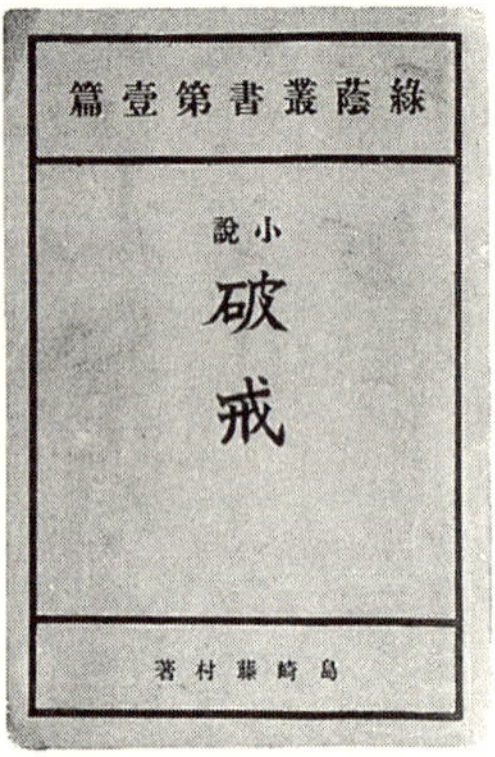

『破戒』
（「緑蔭叢書第壹篇」明治39年3月自費出版，上田屋発売）
（藤村記念館提供）

と言うのは、『若菜集』の「おきぬ」以来、彼はつねに両極に引き裂かれる人物を創造して来たからである。

彼がルソーやゾラ、ドストエフスキイらに学び、それと同質の文学を実現する野望に燃えていたことは疑えない。永井荷風が『地獄の花』を、田山花袋が「重右衛門の最後」を発表したのは明治三五年である。「人生の暗黒面」の研究は、「自然主義」の名で文壇に表われはじめていた。『緑葉集』収録の諸作もその潮流の一つだが、『破戒』では、個々人の本能的行動よりも、むしろ世間的な価値観の裏にひそむ偽善性、「賤しい者」の思想にある正義を描くことに当初の重心はあったはずだ。だが無数の『破戒』論が指摘して来たように、丑松の最終的な「告白」は今一つすっきりしない。「確乎《たしか》に自分には力がある。斯う丑松は考へるのであつた。しかし其力は内部《なか》へ〳〵と閉塞《とぢふさ》がつて了つて、何らか衝いて出て行く道が解らない」（一一ノ三）。すでに見て来たように、この閉塞感に悶えつつ、何らかの外的要因によって、表面的には突如思いもかけない行動に出るのが、藤村、または藤村的人物なのである。

丑松は才能と功名心に満ち溢れる反面、それを開花させることが出来ない宿命に喘いだ。「隠せ」という父の指令は、「社会《よのなか》」の価値観を裏側から支え、彼の心を二重に苦しめている。身分を明かすことは、「社会」から放逐されるばかりでなく、父の戒めに背くことでもあった。

学校小説

下宿替えを思い立った丑松が蓮華寺を訪ねたとき、二階の部屋から見えたのは「旧《ふる》めかしい町の光景」と、「一際目立つて」望まれる「小学校の白く塗つた建築物《たてもの》」だった。文明開化の象徴のような学校の中で展開する陰湿な策謀は、差別問題と重なり、この小説に学校小説と呼んでもいい側面を与えている。『破戒』とほぼ同時（明三九・四）に、漱石は『坊つちやん』を発表し、学校教育の偽善を暴いた。『破戒』を後世に残る名作と称えた彼は（森田草平宛書簡）、そこに自作と共通する、教育への不満を感じていたはずである。だが同じく辞職するにしても、『坊つちゃん』の「俺」は、いささか軽率な直情で一方的に辞めたが、丑松は自己の意志を正面から貫徹できず、町から追われたのである。そこに大方の読者が、割り切れないものを感じる理由があるのだろう。

明治政府は相次いで学制を改訂したが、それがようやく固定しはじめるのが明治三〇年代である。高等女学校令による女子教育の充実や師範学校令改訂、小学校カリキュラムの固定、修身教育の重視や仮名遣い決定、漢字制限などは、みなこの時期に実施された。教育振興と同時に、国家による統制も目立つ。やや遅れて、啄木「雲は天才である」の代用教員が、それに反抗して自前のカリキュラムや校歌を作ったのも同時代のことだった。『破戒』はその先陣を切った小説であり、差別を恐れる青年教師の、伸びようとして伸びられない「若い生命」の問題を主題とした点に、藤村の独創がある。

「告白」まで

しばしば指摘されて来たように、丑松の「正義」は敬愛する猪子蓮太郎のようにストレートに示されない。彼は猪子の著書『懺悔録』に心酔する一方で、父の戒めを破った結果を恐れる。それは牧夫となって身を隠した父が、種牛に突き殺されて以後も同じである。むしろ父の死によって、「隠せ」という言葉は丑松の中で内面化し、彼の自由を奪ったと言えよう。

規則づくめで、金牌を無上の光栄と考える校長、郡視学の甥で策謀家の教員・勝野、時勢に遅れて無気力な老朽教員の風間、その娘で蓮華寺の養女・お志保、彼女に怪しからぬ振舞いに及ぶ住職の「高僧」、主として彼らによって織りなされる作中の世界は、「社会」の裏側をえぐり「迷信深い」町のありさまと「自然」とを写し出す。だが丑松は蓮太郎の主張に賛同はしても、同一行動は取れず、「自然」は山の霊気を感じさせても、彼の進路を示してくれるわけではなかった。父の葬儀のために飯山を離れたとき、彼は一種の解放感を味わった。しかし、その時生じた、蓮太郎だけには秘密を打ち明けようとする気持に、「自然」は「右へ行けとも左へ行けとも」教えてくれなかった。

周知のように、郷里での葬儀の帰途、彼は村出身の娘（蓮太郎が応援する内村代議士の政敵・高柳と結婚）に秘密を知られ、「社会《よのなか》」の圧力が身分を自白するように迫って来るのを自覚する。「放逐か死か」の岐路に立たされた彼は、むしろ死を選ぼうと考えるが、ひそかに慕っていたお志保に対する住職の無体な行為を知り、次いで蓮太郎の演説に怒った高柳の手の者に、蓮太郎が撲殺される事件が起こった。懊悩していた丑松は、それを契機に卒然として「男らしく告白」しようと決心するのである。しかし「告白」は教室の板敷に額をつけて、生徒たちに、身分を隠していたことを詫びる形でなされた。そこには、自分が「不浄」な人間であるという言葉もある。これらは従来批判の的となっていて、そこにこの作の限界を見ることは容易である。かつては私自身そう考えても来た。だが負けて勝つ、という言葉もある。これまでも述べて来たように、藤村はしばしば「屈服」した。だがそれは将来の飛躍を心に誓う「屈服」だった。

作中では告白以前に、校長が視学や町会議員と丑松の休職を相談し、優秀な教員を失うことを惜しんで見せるし、町会議員は、差別撤廃などの「美しい思想《かんがへ》」を持つ人がこの町には少ない、と他人事《ひとごと》のように言う。形の上では、丑松は「犯し難い社会《よのなか》の力」に「追放」されたように見える。校長は生徒たちに、丑松の平素の言動を批判し、彼の辞任は「改革」のため好都合だと演説した。

だが小説末尾には、新生活への「勇気」とか、「生の曙」の語も見いだすことができる。彼のテキサス行きや、お志保との結婚を匂わせる将来は、あくまでも茫漠たる未来の話である。にもかかわらず、この告白が丑松にとって「生の曙」なのは、ひとえに彼が父の戒めを破って、言葉を発したこと自体にある。形はともかく、従来、胸中にあった重い塊を吐き出すことによって、彼は「心の自由」を得た。以後の藤村の長編でも、主人公は現在の状況から脱して「新生涯」を拓くべく出発した。『春』や『桜の実の熟する時』がそうである。「社会《よのなか》」と激突することはできずとも、一歩を踏み出すことが前進である点で、これはまさに「藤村的」な作品なのである。「社会」への姿勢と言えば、丑松の告白はすくなくとも生徒たちの胸に届いた。そこにはこの作品を送り出す藤村の期待がこめられている。

自費出版の企て

『破戒』は「緑蔭叢書第壹篇」として、明治三九年三月に、上田屋から自費出版された。当時はまだ著作権が十分に確立しておらず、従来の慣習のまま、出版社が原稿を買い取り、著者は売上げと無関係な場合が多かった。藤村はその不合理を打破すべく、自力で刊行する賭に出た。もちろん貧乏教師の彼にその資金があるはずもなく、彼が借金を依頼したのは函館の岳父・秦慶治と、北佐久郡志賀村の豪農・神津猛《たけし》の二人だった。

慶治は文学とは無縁だったが、「実業」として出版すると言う藤村の意気に感じて、四〇〇円の出資を承諾した。慶治が承知した蔭には、もちろん冬子の懇願も働いていただろう。

先に引用した花袋宛書簡に言うように、藤村は三八年春までに作品を完成し、それを持って小諸を去る予定だった。だが完成は成らず、学校の事情が退職を許さなかった。学校経営が困難になりつつあったからである。木村熊二は塾を法人組織として、独立経営をめざしたが、募金は集まらず、町の補助金は日露戦争のため減額され、その結果、教員の給料も減らされた。赴任当時三五円だった藤村の月給も二五円になったという。藤村が神津と知りあったのは三六年夏、神津が義塾参観に出かけたときである（神津得三郎編『神津猛日記』）。神津家は上州境に近い志賀村（現・佐久市）にあり、祖先が居を構えたのは、慶長年間のことと伝える（大沢洋三『赤壁の家』昭五三）。家の外塀は土地の赤土と紅殻とを交ぜて塗られた豪壮な邸宅で、赤壁御殿と呼ばれていた。

猛はその一一代目、慶應義塾出身の文学青年で藤村に憧れていた。猛の夫人・長子《ちょうこ》は藤村の借家に近い塩川銃砲店出身で、その叔母たち、お弁《べん》やお福は藤村に国文学を学び、冬子から習字を習っていた。猛は藤村の印象を「島崎氏は非常に快活な人で、高振る様な所など少しもなく、真に立派な一個の紳士と見べきだ」（『日記』明三七・三・二二）と記している。藤村は三三歳、猛は二三歳だった。藤村は学校の窮状を見捨てられず、退職を一年延期したので、その間に二人の親交は深まった。猛は藤村の安月給に驚き、小諸を有名にした詩人に同情しない町の金持に憤慨した。年末には猛が島崎家を訪問し、『破戒』の進行状況（二〇〇頁）や装訂、「緑蔭叢書」第一編として自費出版の意図などを聞いた。翌年二月二六日は、藤村から来信、三月四日の風雪を衝いて藤村が神津村にやって来た（後に「突貫」大二、に描かれる）。彼は宿泊して翌日午後三時まで猛と語り合ったが、出版資金のことは言い出せず、帰宅してから長文の手紙を書いた。岳父から借りた資金は、執筆に手間取り、生活費に幾分か流れそうだ、学校を辞めて四月には上京するので、生活費がない、文芸に興味を持たない人に頼むのも嫌なので、三年後の返済という約束で四〇〇円を貸して貰えないか、という主旨である。これまた藤村らしい唐突な申し出である。文中の「泰西の名士ゲエテは人を得て活き、シェレイは人を得ずして死ぬ」とは、思い切った殺し文句である。躊躇したあげく、口にするときにはのっぴきならない返答を迫っている。猛は神津家の当主ではあったが、まだ若く、突然の申し込みに困惑した彼は、結局一五〇円を貸した。

藤村は四月初旬にまず一人で上京し、まだ郊外だった西大久保に新築の貸家をみつけた。盛大な見送りを受けて一家が上京したのは、三八年四月二九日のことである。『破戒』の完成は予定より延びて、同年一一月二〇日となった。出版までにはさらに二度にわたって借金の申し込みがあり、猛はこれも承諾した。『破戒』に関する彼の出費は、合計五〇〇円強に及んだ。

『破戒』の評判

『破戒』は三月の発売とともに売れ行きもよく、四月には早くも版を重ねた。「早稲田文学」（明三九・六）は、大塚楠緒子《なおこ》、柳田国男、正宗白鳥、中島孤島、小川未明、徳田秋江、島村抱月が評を連ね、中でも抱月は、小説が「始めて新しい廻転期に達した」と評し、ヨーロッパ「近世自然派」に生まれた「革命」が、日本文壇でも実現したことを歓迎した。「十九世紀末ヴェルツシュメルツの香ひも出てゐる」は、西洋文学に流れる世界苦の到来を指す。もっとも、結末の甘さは「大甘」と記した秋江を筆頭に共通しているが、先述したように、そこに藤村固有の生活信条が現われていることを見逃すべきではない。作品自体の評価とは多少異なる意味合いで、彼は雪の中を去って行く丑松に「新生」を与えたのである。

冬と云ふ季節はすべての物の準備時代で、目に見えるものは枯れ〴〵として居ても、下には、木の芽がもう形を作つて、花を開くべき仕度に急がしい。小さな若草でも雪霜の下に萌えて、やがて春待つ勢ひの烈しさ、新しさをあらはして居る。　　（談話「吾が生涯の冬」明四〇・二）

『落梅集』に「邂逅」という詩がある。

縫ひかへせ縫ひかへせ
捨てよ昔の夢の垢
やめよ甲斐なき物思
濯げよさらば嘆かずもがな（第三連）

どんな苦難に出会っても、それを「昔の夢の垢」として濯ぎ落とし、また新しい夢に前進して行くのが、藤村、または藤村が描く人物の姿だった。

『破戒』の文章には、抱月が「文学的官能主義」と呼んだ、五感で人物の心を表現しようとする試みがあり、「――のやうな眼付」「――の臭気《にほひ》のするやうな」という表現も多い。「歓楽《よろこび》と哀傷《かなしみ》」「歓し哀しい過去」といった、従来の詠嘆調やまわりくどい説明も残って批判を受けているが、「蓮華寺では下宿を兼ねた。」に始まる冒頭の一文が代表する清新な文体は、彼がめざした文体の方向を表わしている。

なおこの小説は恩人の秦慶治と神津猛に捧げられた。発表後『現代長篇小説全集』（昭四）までは初版形で行われたが、その間、水平社を中心とする部落解放運動も強まり、絶版となった。昭和一四年二月の新潮社『定本版藤村文庫』では差別語等を改訂して再刊された。初版本文が復原されたのは、筑摩書房『現代日本文学全集』（昭二九）においてである。本章もその意図に従い、初版文を使用している。

3 「芸術」と実生活の相剋

大久保の家・新片町の家

藤村一家が住んだ大久保町西大久保四〇五番地（現・新宿区）は、まだ壁も十分に乾かない新築の借家だった。西丸四方《しほう》『島崎藤村の秘密』（昭四一）に描かれた略図によれば、六畳二間《ふたま》と四畳の部屋、玄関と台所という、いかにも新開地風の小さな家である。大家は植木屋で、つつじの名所にふさわしく移転後の花は盛りだったが、翌年にかけて、藤村は『破戒』の成功と引き換えに三人の愛児を失った。まず三女縫子が急性脳膜炎で死亡（明治三八年五月六日）、生まれ代わりのように長男楠雄が誕生したが（同一〇月二〇日）、今度は次女孝子が急性腸カタルで死亡（明治三九年四月七日）、さらに長女みどりまでが結核性脳膜炎で世を去った（同六月一二日）。世間は藤村が『破戒』のために三児を犠牲にしたと噂したが、藤村は「芽生」（明四二・一〇）でこの間の悲痛な気持を記した。メレジコフスキイの『トルストイとドストエフスキイ』から次のような話が引かれている。「芽生を摘んだら、親木が余計成長するだらうと思つて、芽生えを摘み〳〵するうちに、親木が枯れて来た」。彼は自分の「成長」のために子供を犠牲にしようと思ったわけではない。しかしまだ生乾きの家への移転、切りつめた生活を強行したことへの自責の念に堪えなかっただろう。冬子が身を削って鳥目になったことも同様に報道された。

後に志賀直哉は、「邦子」（昭二）で、『破戒』が家族を犠牲にするに価する作品か、と主人公の小説家に罵らせたが、その「私」はと言えば、女遊びをし、「為事《しごと》」の邪魔をするなと妻をどなりつけ、結局妻を自殺に追いこむ男である。「男の為事に対する執着」は藤村と同じでも、彼は「芽生」の「私」が「努力の為すなく、事業の空しさを感じ」るのに対して、『自分の為事』によって「人類は進歩するのだ」と断言する人物である。藤村は芸術家の特権に居直ることができない「弱い鬼」だった。冬子もまた夫を助けて苦労を厭わなかったのである。ただし「芽生」には、三人を埋葬した寺に墓参りにも行かない「私」が、妻から「父さんは薄情だ」と怨まれる場面もある。寺の曹洞宗長光寺は百人町仲通（現・新宿区百人町二丁目）で自宅から近い。藤村の真意、死を認めたくないほどの苦痛は、ここでも理解されなかったようだ。先述「火曜日の新茶」の、「芸術」と実生活の相剋は、依然として続いていた。

両国川開の日の記念写真（明治41年）
前列右から秦勝，冬子，長男楠雄，蔦子，一人おいて高瀬操，抱かれているのは次男鶏二，後列右から島崎こま子，久子，いさ（藤村記念館提供）

明治三九年は、藤村にとって開運の年でもあり、多難の年でもあった。三児の死に続いて、冬子の祖母が天寿を全うし、冬子は楠雄を連れて実家に帰った。留守に手伝いとして来ていた姪たちとの関係については、『家』の項で述べたい。

新片町宅にて
右から秦慶治，藤村，楠雄，秦房
（藤村記念館提供）

隅田川の近くへ

西大久保の家は交通の便も悪く、新開地のため、人間関係も密ではなかった。近くには、山口高校（現・山口大学）に赴任していた戸川秋骨も帰京して住んだが彼はこの年九月から欧米視察の旅に出て留守になった。藤村は自分が成長した隅田川の近辺が懐しく、冬子の帰宅を待って縁起の悪い家から浅草新片町一番地（現・台東区柳橋一丁目）に転居した。一〇月三日に移転し、翌月には花袋とともに神津家を訪問、さらに同月、鎌倉・国府津の記憶を確かめる旅をした。『春』の準備である。文字どおり多忙な一年だった。

瀬沼茂樹によれば、新片町の家は神田川河口、柳橋の花柳界の一角にあった、「高板塀に忍返しのついた」小さな二階屋である（前記西丸著の略図では、一階が六畳と八畳、二階が八畳、三畳、合計四部屋）。彼はここで、大正二年にパリに旅立つまで七年間を過ごした。この家で「腰が腐る」と言うほど仕事に没頭し、四〇年には『緑葉集』を刊行、第二の長編『春』を連載（明四一）、第三の長編『家』上下を連載（明四三―四四）、『新片町より』（明四二）にまとめられる感想集をはじめ、多くの短編を発表した。次男鶏二（明四〇・九・八）と三男蓊助（明四一・一二・七）、四女柳子（明四三・八・六）が生まれたのも、妻冬子が柳子出産後に死去したのもこの家である。

『春』の調査旅行（箱根・三島方面）も着々と実行され、柳田国男主催の「龍土会」や、時の総理・西園寺公望の文士招待会への出席も重なり、彼は次第に東京文壇の主要な地位を占め始めていた。その彼の「出る杭」を打ったのが、いわゆるモデル問題である。

モデル問題

『春』発表以前に、藤村は短編「並木」（「文芸倶楽部」臨時増刊「ふた昔」明四〇・六）と「黄昏」（「文章世界」明四〇・六）を発表した。前者は増刊号の題意を汲んで、明治学院以来の親友、孤蝶と秋骨の現在をモデルにしたものである。孤蝶は当時日本銀行に勤務、まもなく慶應義塾教授。秋骨は外遊帰りで明治学院講師を務めていた（翌年東京高等師範講師となる）。「並木」を読んだ二人は、その作風を痛烈に批判する。孤蝶「島崎氏の『並木』」（明四〇・九）は「相川」と自分が外見だけ似ていて、中身は似ても似つかぬことを責め、その糞真面目な性格や、甘ったるい言葉遣い、理屈っぽさを糾弾する。要するに信州の「椋鳥」（一旗挙げようと上京する田舎者）が書きそうな小説で、「自然主義とか、新芸術とかいふものは、何時《いつ》も斯ういふ落ち方にならぬといかぬものか」と言った調子である。一方、秋骨の「金魚」（明四〇・九）も負けていない。「並木」に登場する高瀬（藤村）を評して、彼の書くものはいつも「シリアス」だが、「アノ真剣はお面お胴の真剣で、抜身の真剣ではない」と斬り捨てている。「人生に触れる」という当時流行のスローガンにも、そんなことは到底覚束ない、世は「変化の中途にあるのだから、「高瀬の小説が賞められるのも一時已《やむ》を得ぬ事」と辛辣である。

親しい友人同士のあけすけな皮肉と言えようが、孤蝶が、藤村は「気味の悪い微笑」を浮かべて「どうも十分に書いて下すつて、大《おおい》に益を得ました」と言うに違いない、と推察したとおり、彼は「モデルの問題など暴き風雨は生が最近の生涯を通過したり。生は沈黙して幾多罵言と嘲笑の前に頭を垂れたり——生が志は別に存するものありたればなり」（神津猛宛書簡、明四〇・一一・二一）と神津に書き送った。モデル問題はこの他にも、丸山晩霞が「『水彩画家』の主人公に就て」（明四〇・一〇）を発表し、各誌が事実と作品の関係を論じて大きな話題となった。「破戒後日譚」が出たのも、その流れに乗ってのことである。さすがの藤村も「モデル」（明四二・四『新片町より』）で弁明したが、「私の著述は何故斯う迷惑がられるのだらう」と自問し、みずから三つの答を出している。「我技倆の拙劣なるが故」「離れて物を見ることの出来ない」ため、「ある生活の一部を写す時、全体を写すことを忘れた」ため。これからは「正しく物を見る稽古」をし、「全体を忘れないやうにして、余計な細叙は省きたい」とは、いかにも藤村らしく、へり下った文章である。だが「大きく迷惑を掛ける」ことがあっても、「小さな迷惑は掛けずに済」むような作品を書きたい、と言うのだから、自分の志は社会全体に関わる大きな小説にあり、諸氏の非難は「小さな迷惑」にすぎないと豪語しているわけである。モデル問題が喧しかったころ、彼は京橋区新佃島（現・中央区佃）の旅館、海水館に籠って、『春』の執筆に専念していた。「今や文壇は、革新潮流の中に立てり、此際猛進の外なく候」（神津猛宛書簡、明四〇・九・一〇）と書く藤村には、「書生らしき量見」で「斯る動揺の外に立ち、更に〳〵遠き水平線のかなたを望」む（同、明四〇・七・二六）ことしか念頭になかっただろう。

第五章　「自伝的」長編への転換

1　「若き日本」を描く

最初の連載小説

彼の第二の長編小説『春』は、東京朝日新聞社の強い要望で同紙に連載され（明四一・四・七―八・一九）、「緑蔭叢書第弐篇」として一〇月一八日に自費出版された。単行本にはかなりの改訂がある。当初は書き下しの予定で、またしても神津に出版費用二〇〇円を依頼した（明治四〇年七月二六日）。六月二八日には志賀村を訪問しているが、その時は「あまりの我侭」と言い出せず「言はんと欲して言ひ得ざるは小生の性に候」と弁解するのも、『破戒』の場合と同様である。神津には早く三九年一〇月に、ボッティチェリの絵画にちなんで「春」と名づける長編を構想中と報じ、資金依頼の手紙には「『若き日本』の為に多少の貢献を為す」と、その意図が記されていた。

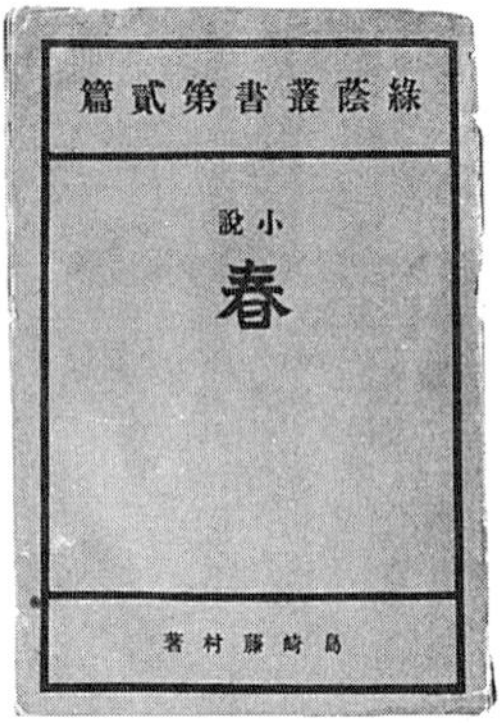

『春』
（「緑蔭叢書第弐篇」明治41年10月自費出版，上田屋発行）
（藤村記念館提供）

『春』口絵（和田英作画）
（藤田三男編集事務所提供）

朝日に推薦したのは、大阪朝日新聞東京出張員の身分で、すでに『其面影』（明三九）を連載してカンバックした二葉亭四迷らしいが、明治四〇年に東京朝日に入社し、『虞美人草』を連載した漱石も同調したと思われる。朝日側としては、二葉亭、漱石に売り出し中の藤村を加え、三者が交代で連載小説を書くことに期待していた。新聞の初期には一段格下に見られていた新聞小説が、読者獲得に有効な手段であることが明らかになって来たからである。尾崎紅葉『金色夜叉』、徳富蘆花『不如帰《ほととぎす》』、小杉天外『魔風恋風』などは、その代表例である。作家にとっても、新聞紙という当時最大のメディアに登場することは、読者にアピールする好機であり、収入をもたらす手段でもあった。漱石が「具眼の士」のために小説を書くと宣言したように、小説は単なる娯楽ではなく、「人生」を描き、知的階層に訴えるものと成っていた。

朝日の目論見は二葉亭の渡露・客死という事態によって一巡（『虞美人草』『平凡』『春』）だけで終わったが、藤村は晩年まで二葉亭を文学の先達として尊敬していた。「この大きい未完成な一生」（追悼集『二葉亭四迷』明四二）とその死を悼んだとき、藤村は彼の「物を客観する力」「稀に見る洞察力」に感嘆しながら、透谷や独歩はすくなくとも自己を語ることが出来たが、「二葉亭氏となると、殆ど自己を語ることすら出来なかつたかと思はれる」と併記した。この「自己を語る」ことが、『春』以後、藤村の指標となって行った。

『春』の構図

ここで「自己を語る」とは後の私小説風に、作者が自分の身辺を細かく綴ることを意味しない。自分とその周辺をモデルにした作中人物を仮構し、それを通して「若き日本」の時代精神を描こうとしたのである。その意味では批判された「並木」の「忘」も同様に中年の自分たちをモデルに、現在の「沈滞」を描きたかったのだ、と言うことになろう。有名な「『春』執筆中の談話」（明四〇・九）には「芸術の春」「理想の春」「人生の春」の三種を描くために、「文学界」に集った青年たちの「仕事」自体よりも談笑する若々しい雰囲気を主にしたい、とある。青木（透谷）、岸本（藤村）を中心に、市川（禿木）、菅《すげ》（秋骨）、足立（孤蝶）、岡見（天知）らと、彼らを取り巻く勝子（盛岡、輔子）、峰子（西京、恒子）らの女性である。一葉姉妹も堤姉妹の名でちらりと姿を見せる。「小説の題のつけ方」（「文章世界」明四〇・一二）には、「作物の主旨とか、感じとか、若しくは精神」を「結晶」させて表わすものとして『春』が挙げられ、メレジコフスキイの『前駆者』やツルゲーネフの『処女地』などが巧みな題の例とされている。前者には「主人公のピンチ一人のみが前駆者ではない。その中に出る凡てが一群をなして前駆者たるの感がある」、後者には「主人公のネジユダノフ一人が未開地を開拓するのみならず、出て来る男女が悉く開拓する思ひがする」と述べられ、『春』が似たような世界をめざしたことが分る。

これまでも指摘されているように、岸本は藤村の年譜どおりに描かれているわけではない。実生活上では重大な転機となった事件も、省略、または簡単な記述で済まされた例が多々ある。たとえば「西京」こと広瀬恒子との関係は必要以上にくわしく、逆に三角形の一角、放浪生活の旅費、生活費を出し、壮途を祝した天知との吉野山会見は、軽く触れられているにすぎない。特に天知に関しては、「吉野の宿で岡見の兄に邂逅《めぐりあ》つた」、それ以来二人は「妙に笑えない」関係になったとあるほかは、「任侠と言つたやうな豪放な気風と、隠者に見るやうな用心深いところとが一緒に成つて」いるという人物評と、失意の極にある岸本が偶然路上で岡見に会い、短い会話の後、一〇円を借りた場面があるだけである。しかもそれには、「岡見は友達を助けるといふことに依って、自分の性質を満足させた。いやそればかりではない、彼は恋の成功者として、高い税を拂はせられた形である」（一一二）と説明がついている。天知が『黙歩七十年』などで、藤村に厳しかったのも無理はない。「私は無いものを有るやうに見せる手品師ではない」（「突貫」）と彼は後に記すが、彼自身はあったことを無かったように書く小説家だった。自伝的長編に、その傾向が著しい。

2　岸本と青木——藤村と透谷

二つの焦点

『春』は二つの焦点を持つ楕円形として構成されている。岸本と青木の両人である。青木は一文なしの岸本に帰京の旅費を工面してやり、再会したときにはハムレットの「オフェーリヤの歌」を演じて、「ハムレットは最も悲しい夢を見た人間の一人」だと説明する。その言葉が胸にひびくのは岸本だけである。岸本はこの先輩はたしかに自分の「先導者」だと思い、青木もまた妻の言葉を受けて、あの男と自分は似ていると思う。「狂人」じみた行動も同様である。「馬車馬」のように飛び出し、尾羽打ち枯らして帰って来た岸本に、彼は「往時の自分を観る」感じがした。だが今や彼自身も自分の夢が実現しなかったことを知りつつある身である。彼の自殺は後半、緑蔭版「八四」で知らされるが、彼の葬儀や追憶は「九四」まで続き、残りは四八回である。この小説をめぐって、作中世界の変質や、花袋「蒲団」の影響を考える論は、中村光夫『風俗小説論』（昭二五）以来盛んになった。しかし青木が透谷の「事実」にもとづいている以上、岸本の仙台への旅立ちが終章に予定されていた以上、その死が作中に取り込まれることは当初から自覚されていたはずだ。とすれば、青木の死は必然的に岸本一人を円周内に取り残す結果となる。福富（上田敏）に同調して、市川や菅は「人生」よりも「芸術」の研究・鑑賞に向かって行くからである。

三好行雄『島崎藤村論』（昭四一）によれば、『春』執筆過程で「作者の小説理念に動揺と屈折が生じ、その反映が作品の構造に明瞭な痕跡をとどめた」ということになるが、問題はその原因が、「蒲団」の出現や「運命の根源」である「家」の発見（三好）であると否とにかかわらず、作者自身には「屈折」がさほど重大視されていないことにある。「『理想の春』にあざむかれて死ぬ青年」は、言うまでもなく青木であり、「『芸術の春』を求めて失敗する青年」は、さまざまな試作に「一つとして自由に表白《あらは》せるもの」がなかった岸本であろう。また「最後に『人生の春』に到達した青年」も同じく岸本でなければならない。にもかかわらず、小説は仙台へ向かう雨の車中で「何時《いつ》来るとも知れないやうな空想の世界を夢見つゝ」、「あゝ、自分のやうなものでも、どうかして生きたい」と思う岸本の姿で終わる（初出には「春と考へるには、自分の若い命はあまりに惨憺たるものであった。吾生の曙はこれから来る――未だ夜が明けない。」とあった）。仙台時代が「美しき曙」であったことは、『藤村詩集』序以来、繰り返し語られる。だが『春』はそれから十数年後の作品である。明治四〇年代の眼で、二〇年代を辿り直す藤村の「複眼」（三好）には、「春」を夢見る岸本と、そこに真の「覚醒」はなかったとしても、いつかは来る「春」を信ずる現在の自分とが二重写しになっていたに違いない。

先に引用したように、「吾が生涯の冬」は『春』連載直前の談話である。人生がいつも「冬」であると自覚する彼が、逆説的に編み出した「冬来りなば春遠からじ」の論理である。『徒然草』にも「木の葉の落つるも先づ落ちて芽ぐむにあらず、下より萌しつはるに堪えずして落つるなり」（一五五段）とあるから、それを受けた可能性もあろう。その意味では、岸本の「冬」のみを描き、若き藤村が体験した「歓楽」の時を緑蔭版で抹消した理由も、仙台が描かれなかった理由も明らかである。彼は後年「春を待ちつゝ」（大一四・一）に記した。

実に齷齪とした自分なぞは、青年時代に踏み出した時と少しも変りのないやうな、それほど長い夢を今日まで見つゞけてゐる。そして眼前《めのまへ》の暗さも、幻滅の悲しみも、冬の寒さも、何一つ無駄になるもののなかつたと思ふやうな春の来ることを信ぜずにはゐられないで居る。

この「春待つ心」に、彼の貪欲でねばり強い生命の原動力がある。

青木という存在

青木は岸本に、「一度破つて出た所を復《ま》た破つて出るんだね――畢竟《つまり》、破り〳〵して進んで行くのが大切だよ」と教えた。「破る」のは『破戒』同様に、「社会《よのなか》」の世俗的な道徳習慣や、それを強いる「家」である。だが青木はその言葉に反して自殺した。藤村は最初の『透谷集』を編み、何度も何度も彼の人生を語った。だが作中に描かれているかぎり、藤村はその生き方を自分に引きつけすぎている。「厭世詩家と女性」「人生に相渉るとは何の謂《いい》ぞや」「漫罵」「一夕観」などの有名な批評、ミナ夫人宛の書簡は直接に引用されるが、それは青木の死後、または錯乱が目立ちはじめてからであり、彼が破ろうとした「実世界」の「力」との戦いが具体的に描かれているわけではない。その結果、彼の人物像は、かつて藤村が「白磁花瓶賦」（『一葉舟』）で唱ったように、「わかきいのちの／あさぼらけ／こゝろのはるの／たのしみよ／などいたましき／かなしみの／ゆめとはかはり／はてつらむ」と歎いたと同様の姿に近づいてしまった。「世を破る積りで居て、反つて自分の心を破つて了つた」と言う青木は、病的な青年にとどまり、その改革者的行動が表われていない。透谷の引用文は、岸本によって反復され、共感されるが、その改革精神が岸本の行動にどう影響するかは、諸家が指摘するとおり曖昧である。その結果、青木未亡人から青木はなぜ自殺したのかと問われても、岸本も菅も「僕にも解らない」と答えざるを得ない。その死因が岸本の手で追求されてこそ、「革命ではなくて移動である」（「漫罵」）とする文明開化の性格に測鉛が降ろされるはずだが、「三原橋の畔《たもと》」に佇む岸本と菅とは、ただその言葉を吐かせた統一のない光景を眺めるだけである。

それならば青木は「先導者」ではないかと言えば、そうではない。彼は「恋愛」を通じて「実世界」と闘い、「人世の秘鑰」とした点において、また激しい恋愛が「造作もなく彼の心を失望させた」点において彼を導くのである。作中には青木夫婦の小さないさかいが何度も描かれるが、原因は経済問題か妻子への「愛縛」である。「どうせ左様《さう》長く美しい夢が続くもんぢやないよ。いつまでも君、恋の幻影なぞに欺されて居られるものか」、と市川に言う青木は、それが「厭世詩家」の幻影だったことを悟っている。市川も菅も恋を失った。彼らは「飯を食ふやうに」そこから卒業したが、その中で岸本だけがその幻影を捨て切れない。

彼がようやく立ち直るのは、「絶望」的な苦しみを体験してからである。藤村の実生活で先述したように、青木の死に続いて長兄、民助（秀雄）が偽獄事件に連座して未決監に入れられ、翌年には母が乳癌で入院、許婚に嫁いだ勝子はつわりがもとで死亡、一家の財産差し押さえ、作中に記されただけでも艱難の連続である。彼の「人生」との戦いは、青木が「播種者《たねまき》」として蒔いた精神的分野での「未完成な事業《しごと》」の後継であるよりも、生活上の苦闘に近い。同じく「牢獄」にいると感じても、それは透谷（青木）が「我牢獄」で描いた「恋愛」を通じての実存的苦痛であるよりも、はるかに現世的である。だが岸本はその表面的な類似性によって、青木を「先導者」と考え、彼の歩んだ道を進もうと考えているように見える。彼は絶望をバネとして、「親はもとより大切である。しかし自分の道を見出すといふことは猶《なほ》大切だ。人は各々《めいめい》自分の道を見出すべきだ」という「不思議な決心」に導かれるが、これは『破戒』の丑松に似て、それよりさらに後退した自己の心理的解放である。かつて「村居謾筆」で藤村が記した「心猿」は、ここでも鋭い悲鳴を上げる。この直後に偶然もたらされた仙台赴任の話が、岸本を「解放」に向かわせるわけである。青木の教えに従って、「一度破つて出た」岸本は、ふたたび「家」から離れて見知らぬ土地へ旅立つことになるが、それを執筆する藤村にとっては、その「静かな」境地の残像が、岸本のきびしい「冬」に「春」の予兆を思わせるのである。その結果、「若い明治」の姿は、挫折と鬱屈の中で悶える青年たちを提示するに止まった。そこに「先導者」としての積極的意義を見いだすのは、後述『飯倉だより』（大一一）に収録される数々の回想を待たなければならなかった。絶筆『東方の門』は、あるいはそれを受け継ぐ意図があったのかもしれない。

3 新片町時代の交遊

「龍土会」

『春』と龍土会」という談話(明四〇)の筆記者によれば、彼の住居は「柳橋の春をこゝもとに取り集めた代地の新片町、いきな小家の格子戸を洩れて音締《ねじめ》が冴える」場所にある。隣町には旧知の小山内薫も住み、兄弟同様に親しかった甥の高瀬慎夫《ちかお》も、上京して近辺の諏訪町に住んだから、藤村の交友関係は一挙に広がった。すでに柳田国男が主催する「龍土会」の会合に出席していた彼は、その主要メンバーの一人として、さまざまな文士と知り合うようになった。この会合がいつから始まったかは、それぞれの記憶が異なるので、正確には分からない。それらを総合して考えれば、明治三〇年代前半に、柳田を軸に、文学者、学者が「自然発生的」に集って文学談をする機会があった。柳田自身の記憶も時にまちまちだが、『故郷七十年』には、最初は文士と限らず、法制局の連中も含めて雑談を交わしたのが定例となり、「土曜会」と称していたという。熱心だったのは花袋で、柳田の自宅・加賀町(現・新宿区)近くの納戸町に住んでいた小栗風葉、川上眉山ら、硯友社系の文士もしばしば顔を出した。主な人物を拾うだけでも、蒲原有明、生田葵山、国木田独歩、武林夢想庵、のち政治家になる江木翼、岩野泡鳴、徳田秋声、小山内薫、中沢臨川など、多士済々である。石丸志織「龍土会関連年譜考」(木股知史個人雑誌「SYM」平二二・一〇)に各時期のくわしい調査があり、初期は柳田邸から各所に場所を移していたが、英国大使館裏手の「快楽亭を有明(または岩村透、和田英作）が推薦し、そこの主人が麻布の龍土軒に移転したので「龍土会」と称されるようになった（明三七・一一）。

尾崎紅葉が未完の『金色夜叉』を遺して世を去ったのは、明治三六年である。硯友社が文壇の勢力を失って行くのに対して、龍土会に集う文学者たちは西洋文学に通じ、伸び盛りの状態にあった。花袋が「露骨なる描写」で西洋の文芸思潮を論じ、「旧派」の「鍍《メッキ》文学」を斬り捨てたのはその翌年である。龍土会は派閥的会合ではなく、統一的な主張があったわけでもないが、文壇（メディア）から一大勢力と見られたことは否定できない。一時は三〇名を越えたという参加者にとっても、自分と異なる文学観に接することは有意義だっただろう。藤村もしばしば参加し、時には幹事役を務めた。

新片町の家（伊東一夫・青木正美編『写真と書簡による島崎藤村伝』より）

『新片町より』

初のエッセイ集『新片町より』（明四二・九）はそれを反映してか、彼の西洋芸術研究の成果を思わせる文章が多い。それらは小諸時代に続いて三宅克己や岩村透に学んだ印象派の絵画感だったり、イプセン、トルストイ、モーパッサンらの文学論だったりするが、特に「モウパッサンの小説論」（明四二・八）は、孤蝶訳「ピエル・エ・ジャン」の序文（「新潮」明四

柳田国男（明治30年頃）
（藤田三男編集事務所提供）

二・五）に従って、当時の彼の方針を窺わせる文章である。――今の小説家は、「稀有と見え得る事件の連鎖」を避け、「人生の的確なる描写」を通じて「真」に至ろうとするが、モーパッサンはいわゆる写実主義に満足せず、「人生は最も不同の事件、最も予期し難き、最も撞着せる、最も不調和なる事件より成立つ」として、「現実」が確乎として存在するのではなく、個々身体的器官が「さまざまなる『真』を造り出すにすぎない」、「われ等は、唯、世の事物に関しては、各特異の幻象を有するに過ぎず」と説いている。作家は複雑な説明によって人間の心理や動機を説明するよりも、むしろそれを隠し、その行為を「客観的」に描写すべきだ、と言うのである――。

「物が言い切れない」藤村は、おそらくこの論に従って、「単純な表現」や行動のうちに、「複雑」な人生の陰影を暗示しようと考えたわけである。

暗示的表現

『春』にもその種の文章はいくつもある。成功した場合も失敗した場合もあり、「…がある」を何度も重ね失敗した例もあり、どちらかに断定はできないが以下は成功例の一つである。

ふと、種々な物を載せた茶箪笥が岸本の胸に浮ぶ。その傍には髪を切下げた老祖母《おばあさん》が居る（注、未亡人の古い習慣）。琥珀《こはく》のパイプを銜《くわ》へた叔父が居る。叔母が長煩ひの寝床も敷いてある。そこへコン〳〵音をさしてやつて来る兄の乾咳《からぜき》も聞えるやうな気がする。それは岸本が忘れることの出来ない恩人の家庭である。（一一二）

古風な価値観を守る祖母、高価なパイプで悠然と構えて見せる開化好みの叔父、病身の叔母。養われた田辺家の構成と状況、および出入りする長兄の癖を、人物の「単純」な特徴で一筆書きにした部分である。詫びを入れた岸本の手を見て、兄の民助が自分たちの父を思い出す有名な場面も（五〇）そうである。そこでは弟の狂熱と父の狂熱とが、手の相似性を通じて血の遺伝であることが暗示されている。

このような表現は、第三の長編『家』でますます増えて来る。先走って言えば、泡鳴は「……の眼付」という表現を「殆どあつても無くてもい丶形容」だと酷評した（「小説家としての島崎藤村氏」明四四・七）。たとえば「正太は考へ深い眼付をした」の例が挙げられている。泡鳴によれば、花袋が唱える「平面描写」は、「描写上、形式と内容とを二元的に区別し、先づ形式を整へて、跡は読者の御推察に委せると云ふ風であるから、いつも内容を逸してゐる」ことになり、藤村も同列に並べられて攻撃された。たしかに『春』や『家』での、長々しい修飾句のついた「眼付」はまわりくどい面があるが、泡鳴が指摘する正太（高瀬慎夫）の例は『家』下巻（五）にあり、小泉（島崎）本家の娘・お鶴（蔦子）が幼くして病死した葬儀の夕方の場面である。長女のお俊（いさ）はすでに婚約が決まっており、お鶴は養子を取って家を嗣ぐ立場にあった。夕日を眺めながら三吉（藤村）は「長い歴史のある小泉の家」は、事実上滅びたと言い、正太に対して、自分たち「旧い家から出た芽」は「思ひ〳〵の新しい家」を作って行こうと同意を求めた。その返答が「橋本の家は私で終に成るかも知れない」という言葉と「考深い眼付」なのである。正太の父、達雄は、三吉の長兄に出資して失敗、馴染の芸者と家出をしてしまい、妻のお種（園子）は精神不安定だった。その状況での表現が「考深い眼付」であり、泡鳴が言うように「無意味」な記述ではない。

三吉がお俊に対して「苦しむ獣のやうな目付」をして宗蔵（友弥）の世話料を渡す場面も、泡鳴には「その姪に対して私かに有する性欲をも暗示してゐるつもりらしいが、実際は、ほんの、作者の説明——而も不完全な——に過ぎない」と受け取られたが、藤村から言わせれば、これは妻の帰郷中にお俊の手を握った三吉の「不思議な力」（情欲）が、夏の夜以来続いており、お俊と相対すると、無理に「道徳家めいた」態度を取らざるを得ないことを暗示するのであろう。その夏の夜には、「互に鳴き合ふ」犬の叫びがあった。「叔父は犬のやうに震へた」のも、もっともらしい「独り合点」ではない。やがて三人称＝一人称を唱える泡鳴（「現代将来の小説的発想を一新すべき僕の描写論」大七）には、藤村はもったいぶった表現で「主観」を率直に表さない作家と見えたのだろうし、この抑制的「暗示」を受け入れる読者も多いだろう。藤村への好悪が分かれる要点の一つも、そのあたりから派生する。

後のことになるが、藤村は『飯倉だより』の「複雑と単純」という随筆で、和歌や俳句の単純な詩型を発達させた先人たちの精神は、「言はふとして言へない『複雑な心』」にあり、そこから印象派的表現形式が生まれて来たのではないか、と推測している。早くから和歌・俳諧に親しんだ彼の表現が、印象派に学んだ画家たちとの交際で固まって行った可能性もある。

話が前後するが『家』以前に発表した短編を集めた『藤村集』は、明治四二年一二月に博文館から出版された。その中には先に触れた「並木」もあるが、注目しておきたいのは、内容が『春』直後の仙台時代を描いた「青年」（明四二・五）と、「壁」（明四一・一〇）、「一夜」（明四二・二）、「群」（明四二・二）、「奉公人」（明四二・八）、「芽生」（明四二・一〇）のように、『家』に吸収されることになる短編群である。

『家』の準備

「青年」は、「私」が仙台の同僚として親しくなった関と共同で広瀬川のほとりに家を借りて住んだが、関の妹を周囲から勧められたために、借家を「解散」し、宿屋に移る話である。

古い田舎臭い旅舎《やどや》ではあつたが、しかし静かな二階で、私は過去の感動を思ひ起すことが出来た。そして現在の単純な生涯を楽しんだ。私の心は全く女といふものに煩はされて居なかつた。私は鳥のやうな自由を得た。

具体的に記されてはいないが、この生活の外郭は仙台赴任や布施淡との共同生活、旅館への移転など、藤村の事歴と対応するから、「私」の心境は藤村の過去をなぞっていると思われる。「老成な『テンペスト』は閉ぢて、先づ若々しい『ロメオ・アンド・ジュリエット』を開け」という考えも、藤村の回想と同一である。そうすると仙台における「人生の春」は、要するに煩わしい「女性」問題から離れ、現実的には厄介な一族からも離れ、一人でせいせいと自分の道を行ったことが原因となる。もちろん小説上のことだから、関の妹の件はフィクションかもしれず、この作は恋人の手紙を楽しむ関と、女から解放された「私」と、さらに結婚という「冒険事業に突進しようとする」同僚の小池と、三者三様の気持を書き分けただけかもしれない。だがこの三人は女性に対する藤村の三段階と読むことも可能である。その意味では、「私の若い命」は、恋文を楽しみ、次いでその苦しみ、煩いから離れて「過去の感動」を思い出し（『若菜集』）、さらに結婚という冒険に進むことになる。

言うまでもなく、妻の冬子はまだ健在だが、「青年」が発表されたころと時期が重なる『家』の中の記述には、三吉が上京して来た妻のかつての許婚に、以前と同様な嫉妬心を燃やす場面もある。『家』に描かれる夫婦生活は、「青年」の小池に「私」が見て取ったように、まさに両性の「冒険事業」だったのである。

『家』に吸収されて行く短編群のうち、「壁」は三兄友弥の態度と、その生活費を工面する広助、藤村兄弟の気持を描いたもの。「一夜」は高瀬家の娘・田鶴が、東京で連れとはぐれ、大騒ぎで探す話。「群」は両国の花火の夜に甥や姪たちを眺めて思い出に耽る「私」の小話。「奉公人」は小諸時代の藤村夫婦と召使いを描き、先述「芽生」は藤村一家の上京と、三児の死を描いている。長編小説の一部分をまずスケッチし、それらを組み立てて構成して行くのが藤村の特色だが、『家』ではその傾向が著しい。「三つの長編を書いたころ」に、『破戒』を書くうちに『春』を書こうという気持が生じ、『春』執筆中に『家』が芽ぐんで来たという回想があるが、『藤村集』はそれを証明するものであろう。

第六章　「旧い家」と「新しい家」

1　「家」という題名

「家」の内部

『家』上巻は「読売新聞」（明四三・一・一―五・四）に連載、下巻「犠牲」は「中央公論」（明四四・一、四）に掲載され、同一一月に『家』上下巻が「緑蔭叢書第参篇」として刊行された際に、下巻最終章、第十章が追加された。先に触れたように、『春』を通じて『家』の問題系が浮上したことは明らかで、『春』後半、「もう一度世の中に帰らう」と思った岸本の決心が、それに接続していることは疑えない。しかし、それは時間的に連続しているのではなく、仙台の『若菜集』時代を切り捨て、『夏草』執筆のために姉の婚家、木曽福島の高瀬家で一夏を過ごすところから始まり（明三二）、その長男慎夫《ちかお》（兼喜）の死（明四三・六・九）までの藤村の生活が素材となっている。この断続的な切り取り方は、なぜ必要だったのだろうか、また『春』の岸本家はなぜ小泉家に名

『家』上巻
（「緑蔭叢書第参篇」明治44年11月自費出版，上田屋発売）
（藤村記念館提供）

を変えられたのだろうか。

先述「青年」の「私」と同様に、藤村はたしかに仙台で「自由」を得たが、「家に送金」（『春』）の義務もあり、一〇月には母がコレラで亡くなり、上京して、母の埋骨のため馬籠にも行った。いわばこの自由はつかの間の解放にすぎず、『春』の岸本が考える「牢獄」からの仮釈放だった。『春』からめばえて来た『家』は、一族との関係において連続性を持ち、「新しい家」をめざした点で非連続である。岸本捨吉が小泉三吉として再生しなければならなかった原因である。

この小説で三吉夫婦は小諸、東京の西大久保、浅草新片町、三つの家屋に住むが、「家」の題意としても大別して三種の家が含まれている。一つは小泉家（島崎家）と橋本家（高瀬家）という旧家の古い体質。ここには「旦那気質」が生んだ鷹揚な人のよさと、放漫な経済観念とが表裏一体になっている。第二は頽廃した男女関係と、それに由来する性病（小泉家では三男の宗蔵。橋本家では妻のお種がその被害者）。一族の連帯感、依存度が強いので、その間の男女関係も多い。三番目が三吉がお雪（冬子）と築こうとする「新しい家」である。冬子は明治女学校で巌本の教えを受けているから、彼の説いた「ホーム」の建設を夢見ていたであろう。性差による役割を意識した良妻賢母である。これに対して三吉は、平等な夫婦関係と経済的独立をめざしていた。だがそれは出発当初から「旧《ふる》い家」の風に揺さぶられ続けた。橋本家の嫡男、正太（慎夫）に対して、三吉は旧家の「若い芽」として歩き出そう、と話しかけるが、正太は「若い芽」ではあっても「新しい家」をめざそうとは思っていない。倒れかかる旧家を建て直すべく、一攫千金を狙って東京で株屋になる彼は、小泉家の長男で家長の実《みのる》（秀雄）と同様、金銭的にははなはだルーズである。「屋外」よりも「屋内」を描くという藤村の意図は、正確に実行された。

橋本家での団欒

小説は三吉が木曽福島の橋本家で楽しい昼食を取る場面から始まるが、馬籠の旧本陣が焼失し（明二八）、また若年で故郷を離れた藤村にとっては、それは「旧家」の生態を示すのに不可欠の舞台であった。家業の薬種問屋は番頭たちが支えて安穏であり、主人の達雄は自分の女遊びを隠して正太には厳格にふるまっている。炉辺《ろばた》をかこんで奉公人たちも一緒に食事する習慣も、達雄の鷹揚な態度も、嫁に来てから、ほとんど町へ出たことがないというほど家を守って来た妻のお種（彼女は夫から病気を移されている）も、正太の嫁取りに「家の格」が問題にされることも、三吉が一座にいた老人から父の生前を話され、狂

高瀬家の人々
右から安田文吉，操，慎夫（伊東一夫・青木正美編『写真と書簡による島崎藤村伝』より）

死した父のことを考えるのも、すべてが緊密に連関して紹介される、鮮やかな食事の光景である。しかし正太だけがこの席に列なっていない。彼は従業員というより「主従」の関係にある人々の期待の目が煩わしく、ぷいと外へ出て行ってしまったのである。

『家』は要約すれば、小泉・橋本という地方の旧家に対して、「若い芽」である三吉がそれを乗り越えようとし、正太はその崩壊の危機に巻きこまれて行く物語と言えよう。

頽廃する旧家

一方の小泉本家は郷里の資産を売却し、実《みのる》は東京で新たな事業を企てている。彼は末弟三吉の結婚に際しても、「兄弟が附いて、、是位《これくらゐ》のことが出来ないで奈何《どう》する」という態度で臨む。彼は一度失敗して獄中生活を送ったが、兄弟たちの尊敬の念は変わらない。一家は妻のお倉（松江）、長女お俊（いさ。後、西丸哲三と結婚）と跡取りを予定する二女お鶴（蔦子）、それに居候の弟・宗蔵（友弥）がおり、新事業にすべてを注ぎこんだので、家計は苦しかった。すでに触れたように、宗蔵は働けない身体になり、厄介者扱いにされていたが、その境遇に居直って、食わせてくれれば食うし、くれなければそれまでという態度で、文晁のイカモノを飾るような現在の見栄を嘲っているスネ者である。だが三吉も宗蔵も、旧本陣で村人たちから挨拶を受ける、亡き父、忠寛（正樹）の堂々たる態度をお倉から聞くと、それに聞き惚れるのである。その意味では、旧家の血はこの弟たちにも受け継がれていたと言うべきだろう。

三吉は結婚を機に「小泉の家から離れやうとした」。だが「小泉の家」は彼を放さなかった。式の翌日、実《みのる》は、「宗蔵はお前の方に頼む」と言い出した。「実の頼みは茶話のやうで、其実《そのしつ》無理にも強ひるやうな力を持つて居た」（上ノ四）。だがそれは三吉の心を代弁する語り手の感じであって、長兄がそれを強制したかどうかは不明である。強制力を感じたのはむしろ三吉の方で、だから三吉が東京を発つときに「一《ひ》と先づ」依頼を断ると、実は笑いながら自分の無理を認めるのである。しかしこの時点で、その代わりに宗蔵の食い扶持を補助する約束が成立したことは確実で、宗蔵の生活費は彼が死ぬまで（明四四・三、友弥死亡）、三吉と次兄森彦（広助）との肩にのしかかったのである。

長兄の事業は果せるかな失敗し、小諸の三吉には矢継早に「カネオクレ」の電報が来た。長兄はふたたび下獄、出獄してから弟の森彦と三吉に意見され、単身「満州」（実際の秀雄は台湾）に出稼ぎに旅立つ（明三九）のだが、その時の実の言葉は印象的である。「皆な屋外《そと》へ出ちや不可《いけな》いよ……家に居なくちや不可よ……」（下ノ四）。彼は五〇歳を越えて、達雄がいる神戸までの旅費だけで出発したのである。かつて郷里の戸長を勤めた彼としては驚くべき零落ぶりである。橋本達雄もまた、実の事業に出資して銀行に穴を開け、責任を取らずに家から逃亡、馴染の芸者と神戸で暮らしていたからである。実《みのる》は当然のように援助を要請し、三吉は兄のためには、出来るだけのことはしなければならないような気持になる。「仕事、仕事と言つて彼がアクセクして居ることは、唯身内の者の為に苦労して居るに過ぎないかと思はれた」（下ノ五）。兄弟だけではない。橋本の姉は夫の失踪以来、精神的に不安定となり、上京して根岸の病院に入院した。息子の正太は一時は羽振りがよく、芸者を囲ったりしたが、失敗すると三吉に融通を頼む。彼の不心得を一喝した森彦までもが、三吉に借金を申し入れるのである。血縁を名目とした凄まじいもたれかかりである。三吉がめざした「新しい家」は、まず身内からの圧力できしんでいる。

お雪の父の名倉老人は、養父から引き継いだ家業を拡張し、函館の大火で焼失した店を自力で再建した実業家である。彼は三吉の「実業」としての出版には金を出したが、三吉の蔵書を見て、こんなものは売れれば紙屑だと言うような商売人である。自立心旺盛で豪毅なこの人物から見れば、三吉の態度は不可解そのものだっただろう。三吉は小泉家とはまったく別の設計者が別の意匠で作った「家」があることを自覚しながら、陰惨な「兄弟愛」からも抜け出せない。岳父が職業としての「文学」を認めたのに対して、姉はそれを「道楽商売」としか考えていない。

芸術上の女友達

その間にも「新しい家」は内部から蝕まれはじめる。先に「水彩画家」の箇所で触れた、お雪と勉の文通、および三吉と曽根（橘糸重）との交情である。事件そのものは単純だが、それに対する三吉の態度が特異である。前者について言えば、これは『春』の岸本と勝子、藤村と輔子との裏返しではなかろうか。「心」は先生に、「身体」は許婚に、と記したという輔子の言葉を、彼はそのまま勉とお雪との関係に置き換えたのであろう。みずから媒酌の労を取って、冬子と勉を添わせてやりたいという三吉の意志は、かつての藤村の恋が、いかに根深く住みついていたことを示すものである。さもなければ、三吉の深刻さは単に恋愛の理想が表面的に示されただけになってしまう。一方、後者は、岸本と西京こと峰子との精神的共鳴の繰り返しである。妻は夫の「芸術上」の女友達に劣等感と嫉妬を感じ、夫は自分を理解しない妻との家庭を「解散」しようとする。ここでも三吉は一方的でかたくなである。「何《なん》にも話して下さらない」という妻の不満が生ずる所以であろう。

先にも触れたとおり、三吉は妻との和解の後、「不思議な顔」を妻に発見した。身体的には知っているはずの妻が、実は他者だったことである。その心を信じられなかった彼は、妻を凝視し、淋しい心を抱く。自分は旅人で、お前は宿屋のお内儀さんだ、というような、本音とも悪い冗談とも取れる言葉を交わす一方で、子供は次々に産まれる。それならば男女が「家」を造って行く理由は、生殖にあるのだろうか。この疑問を抱く三吉の前に旧友の西（モデルは柳田国男）が現われる。

「家」の基盤をめぐって

柳田（旧姓松岡）は、明治三四年に大審院判事、柳田直平の養子となり、三七年にその娘・孝と結婚した。彼が小諸の藤村宅を訪れたのは三四年初冬、若き農政官僚として長野県を視察した折である。相手は決まっていても、彼はまだ未婚であった。同伴者の新聞記者は、信濃毎日の結城桂陵である。柳田はのちに、「さゝやかなる昔」の中の「重い足踏みの音」で、自分の発言が藤村に「食べられて」「物深く且つ若干訂正され」てしまったことがある、と記しているが、以下もその一例であろう。某地方記者と西の会話である。

「細君が有れば寂しくは無いだらうか。細君が有つて寂しくないものなら、僕は斯うやつて今迄独身などで居やしない……しかも、新聞屋の二階に自炊なぞしてクスブつたりして……」

西は話を変へやうとした。で、斯様《こん》な風に言つて見た。「男が働くといふのも、考へて見れば馬

鹿々々しいサ。畢竟《つまり》、自然の要求といふものは繁殖に過ぎないのだ。」（上ノ七）

だが西のこの言い分では、彼が「労働」や「繁殖」を、ひいては自然の要求に従う結婚を、やむを得ず認めているように見える。西によれば、鳥の啼くのも相手を求めて種の繁殖を図るためであり、数ばかり増えた人類が、その根源を忘れて、「自分の好きな熱を吹いて」いるわけである。

『家』が発表される二年前、花袋は『妻』で柳田を西の名で登場させていた。そこでは、主人公の中村（花袋）が新婚の夢も覚め、「生活の係蹄《わな》」にはまったと嘆いている。「繁殖？　妻を娶るのは唯繁殖の為めか？　然り、繁殖の為め、恋といふ美しい花の咲くのも要するに肉体と肉体とを合せしめるため――繁殖を計る為めの自然の一手段であるのだ」（二六）。

柳田はこれに類する疑問を発したことがあるのかもしれない。『妻』では西もまた、養子になり、「やさしい束縛」を受ける人物として描かれているからである。だが中村は引用した部分を語る前に、読みさしのルソーの『告白』を閉じていた。確定することは出来ないが、その章は第八―第九章、テレーズとの関係で、「性」の要求は満足させられても、「心情の空虚」を充たすことができない主人公が、子供を孤児院に送るあたりかと推測される。『告白』は藤村が「近代人」としての目を開かされたと回想する愛読書だから、彼は花袋やルソーの考えをないまぜにして、西の発言を作ったのではなかろうか。

三吉は両者の会話を黙って聞くばかりで、一言も発しないが、妻との心は合致しないまま子供が増えて行く状態は、まさに西の発言と対応し、と言って、それを肯定してしまえば、彼の「新しい家」は望みを失うことになる。西の発言は、三吉よりもむしろ生殖による「家」の繁栄を願った、長兄・実に近い。

柳田の「家」に対する考えは、花袋や藤村のように個人同士の結合を重視していたわけではない。逆に、彼は一貫して「自分だけの家」に疑問を持ち、祖先や郷土との連続性を守ろうとする論者だった。『家』上巻連載が終わった年の暮に、彼は『時代ト農政』を上梓するが、その中の一編「田舎対都市の問題」（明三九の講演）では、都市移住者の増大を憂い、「祖先子孫」の思想が軽視されがちな現状を戒めている。彼の考えでは、各個人と祖先との連結、「即ち家の存在の自覚」は、「日本の如き国柄では同時に個人と国家との連鎖」であり、日本人としての存立基盤だと言うのである。「個人主義」が流行すると、日本の歴史を外国同様に見るようになり、それに染まった「個人」が先祖の伝統と断続した家庭を営むから、きわめて有害だというわけである。このような考えは、第二次大戦後の「婚姻の話」（昭二三・八）でも変わらず、子々孫々伝えるべき「生活の永続」は「鳥虫草木とも共通した念願」であるとされている。『家』はそれを藤村が自分に引きつけて、作中に取り入れたと言えよう。柳田はその後、自然主義文学、とりわけ藤村の小説に嫌気がさし、日常の些事を克明に描く作風を否定するが、以前のモデル問題同様に、明らかに自分をモデルとする人物の発言にも、不快を感じただろう。それらは、藤村が台湾の長兄に便宜を図ってくれるよう柳田に依頼したことと重なって、両者の疎遠を招いた（大正六年）。

「東京に移った同族」

『家』上巻は、三吉一家が希望に燃えて上京するところで終わる。新宿・大久保は甲武線の発達にともない人口も増大しつつあったが、そのありさまは独歩の「竹の木戸」（明四一）、花袋の『時は過ぎゆく』（大五）などにくわしく描かれている。下巻が描くのは、それらが展開する東京の変遷ではなく、家庭内の人間関係である。長編の成功の犠牲ででもあるかのように、三児を相次いで失ったことは、もちろん夫婦にとって大打撃だった。しかし夫婦間の隙間は、それによっても埋まらない。墓参に行かない夫を妻は「薄情だ」と責め、夫は墓を「見るに堪えず」、「逆上《のぼ》せて急に倒れかゝりそうな激しい眩暈《めまひ》を感じた」（下ノ一）。だが三吉は、その気が狂いそうな苦痛を妻に語らず、妻が子供たちの生前を語ると、「何か他《ほか》の話にしやうぢやないか」と遮るばかりである。生活費の心配もしなければならない彼は、夜も眠らぬほど働き、疲れ切ってもいた。その苦痛を察して貰いたい三吉と、悲しみに浸りたい妻の心は、ここでも食い違う。

小島信夫「東京に移った同族」（『私の作家評伝1』、昭四七）の題名そのままに、下巻では同族の多くが東京に集まっている。長兄は獄中から戻り、次兄も山林事件の補償問題に決着をつけて、新事業（材木業）のため東京で宿屋暮しをし、三兄はまだ健在である。橋本正太は三吉より早く上京しており、兜町で「相場を実業として行《や》」ろうとしている。三吉、正太、それに女学生の姪たち、実《みのる》の娘のお俊や森彦の娘のお延（久子）も三吉宅を訪ねて来る。これら血族と違い、お雪は別の「家」から嫁いで来た人間である。小島が指摘するように、小泉や橋本などの濃密な同族間では、「心を開く」必要なしに「閉じたままでの通じ合い」が行われるが、お雪には通じない。その癖、自分の心を言葉で表現できず、妻の「心の顔」を見ようと焦る三吉は、一方的で、矛盾した自分の考えに気づかないのである。

姉のお種は主人が家出した後の家を守り、長兄はやがて出稼ぎに外地へ旅立つ中で、三吉は次第に「若い芽」の中心となって行く。特に姪たちには浴衣地を買い与える一方で、二人が買って来た派手な柄が気に入らず、小泉の家が没落した原因を考えよ、と訓戒を与えたりする（上巻でお雪に派手な着物を禁止するのと同様である）。亀井勝一郎『島崎藤村論』（昭二八）は三吉が「家長」の位置に就く、と指摘しているが、年齢的にも、経済的にも、下巻の彼はまさに旧家の「家長」として振舞った。それが決定的になる契機は、お雪が実家《さと》帰りをした夏に、三吉がお俊に「不思議な心」を抱いた事件である。

頽廃した血の流れ

表面的には、三吉が月下の散歩でお俊の手を握ったにすぎないが、自分が姪にまで愛欲を感じる男だという恐れは、彼の脳裏から消えない。この夜を境にして、彼は旧家の血の流れに巻きこまれて行くことになる。彼はお俊の口からそれがいずれはお雪に知れるのではないかと心配し、お俊にはことさら厳格に構える。これは小説冒頭の橋本達雄が、正太に対する態度そのままである。その意味では藤村がこの事件を記したのも、「言ひがたき秘密《ひめごと》」を「告白」することによって旧家の血を描くのが目的だった。お俊はこの事件の直前に、「親戚の間に隠れた男女《をとこをんな》の関係」を暗示していた。それによって、三吉は「家の生活で結びつけられた人々の微妙な、陰影《かげ》の多い、言ふに言はれぬ深い関係」に思い当たる。「叔父姪、従兄妹同志（ママ）、義理ある姉と弟、義理ある兄と妹……」（下ノ二）。叔父姪は三吉とお俊、義理の姉弟は宗蔵と実《みのる》の妻お倉、従兄妹同士は正太とお俊、義理ある兄と妹は、血縁ではないが、お俊が兄と呼ぶ直樹（吉村樹《しげる》）を指すらしい。彼はお俊に恋文めいた手紙を出したことがある。これらの関係を自覚したことが、妻の留守と相俟《あいま》って三吉の情欲を発動させたわけである。

その自覚は彼を旧家の中に引き戻そうとする力として働いた。彼は気が狂いそうに悶えて、「肉体から起って来る苦痛」に堪えようとするが、過去を振り返ると、そこには「どれもこれも女のついた心の絵」（下ノ三）があった。「結婚前にはこんなことはなかった」と思う彼は、「夫と妻の繋がれて居る意味」をつくづくと考えた。妻の帰宅で危機は一旦去るものの、性欲が夫婦を繋ぐ基本的な絆だとすれば、彼はその関係を深めざるを得ない。

冬子の帰郷中、藤村はいさ（お俊）の学校で講演したことがある。それは「女子と修養」（明三九・一〇）の題で発表された。学校時代の「楽しい夢」を追って結婚生活に不満を持つ女性も多いが、これからの女性は、読書や家庭的な趣味、自然の観察などに励まなければならない、という主旨である。文中に「梯子《はしご》を掛けて高い処へ登る」男を、下で梯子を支えるのが女であると説く部分があるが、これは当時としてごく普通の男の考えであるとしても、「新しい家」にはそぐわない。女学生相手ということもあろうが、作中のお俊は、この講演に対して批判的である。彼女には叔父が妙に改まって、偽善者的に見えたのである。「人妻などに成るものではない」と思ったのは、ほかならぬ作中のお雪であった。

愛欲の果て

下町に転居してからも、夫婦間は相変わらずちぐはぐである。昔の許婚・勉が上京して来ると、三吉はまた以前同様の嫉妬心を起して身悶え、妻の本心を知ろうと妻の寝顔をみつめ、食事中にも妻の顔をジロジロと見る癖をやめることができない。お雪は母に対して、夫が「一体お前は奈何《どう》いふ積りで俺の許《ところ》へ嫁に来た」と問いつめる、と打ち明けている。愛欲は二人の身体を結びつけても、心を結ぶには至らなかった。思いあまった三吉は、「家」を寺院として、性的関係を絶とうとするが、「夫は家を寺院と観じても、妻はもとより尼では無かった」（下ノ六）。彼もまたすぐ「還俗」し、さらには兄妹の関係になろうと考えたりする。このあたりの展開は、彼の異様な執念とそのジタバタぶりが、いささか滑稽でさえある。だがこの過程を通じて、彼は一つの諦観に達した。

彼が作中でただ一度、この「妹」を連れて外へ食事に行ったとき、彼女は男が羨ましい、「二度と女なんかに生れて来るもんぢや有りません」と語った。

夕日が輝いて来た。食堂の玻璃窓は一つ〳〵深い絵のやうに見えた。屋外《そと》の町々は次第に薄暗い空気の中へ沈んで行つた。やがて夫婦は斯の食堂を下りた。物憂い生活に逆ふやうな眼付をしながら、三吉は満腹した「妹」を連れて家の方へ帰って行つた（下ノ七）。

お雪が夫とのはじめての外食で喜んでいるのに対して、三吉はダルな日常生活に逆らう眼付をしている。ここに表われているのは、完全には一致しない男と女の考え方である。だが彼がいかに「妹」と思おうとも、二人は夫婦であり、「家」へ帰って行くより仕方がない。夫に家出された姉のお種も、三吉に「まあ、女に成つて見よや」（上ノ九）という言葉を吐き、「旧い家」を守り続けているのである。「家の内部《うち》を見廻し」てみると、三吉とお雪の間に起こった「激しい感動や忿怒は通過ぎ」ていた。「愛欲はそれほど彼の精神を動揺させなく成つた」。だが、「二人は最早《もう》離れることも奈何《どう》することも出来ないものと成つて居た。お雪は彼の奴隷で、彼はお雪の奴隷であつた。」（下ノ八）。性的な結合は、二人の身体を「奴隷」の鎖で繋いだけれども、お互いの心は依然として開かれていない。

2　二つの死と『家』下巻

下巻第十章の意味

下巻が発表されたのは明治四四年一月と四月である。だがこの前年六月に正太のモデル・高瀬慎夫が、次いでお雪のモデル・妻の冬子が死去した。実生活上は無論のこと、二つの死が執筆中の『家』に与えた衝撃は甚大だった。とりわけ冬子の死は、「新しい家」への努力が無に帰したに等しい。当時藤村に師事して親しく出入りしていた木村荘太は、藤村の状態を次のように記している。

（先生は）名古屋で旅に逝かれた甥の高瀬氏——橋本正太と生別に趣《（ママ）》かれた。帰るや否や先生は次に書き続けやうとする作物に就て非常に興奮せられた。私が同氏の訃を聞いたのは間も無くであった。先生の筆が渋り始めたのは間もなくだった。私は幾度か徒らに机上に置かれた書きかけの原稿紙を見た。

（「『家』に就ての印象と感想」明四三・九）

藤村が慎夫と「生別」に行ったのは上巻連載後、五月下旬であり、慎夫の死は六月九日である。妻の死は八月六日、本格的に下巻にとりかかった矢先だった。上巻は実生活上の上京までで終わっているが、二人はともに健在である。木村が言うように、「その前半は已に芸術となり、後半は生《なま》の人のまゝでいる――がプツリと其処で切れて了つた」とき、藤村はそれをどう処理したのだろうか。

結果から言えば、慎夫の死は作中に取りこまれ、冬子の死はその予感にとどめられた（下ノ十）。それればかりか、正太が兜町で失敗し、名古屋で再起を図って結核に倒れたとき、夫婦は彼やその妻の豊世（操）の噂をしつつ、唐突に「心の顔」を合わせるのである。慎夫の死はその激しい気性と放埒な生活から、必然的な結果とも言えるが、冬子の死は予期もしなかった事件である。雑誌連載は現行の下巻九章で終り、正太の死もお雪の「心の顔」も単行に際して追加された。それは藤村が見せた珍しい迷いの表われである。近松劇『博多《はかた》小女郎《こじょろう》浪枕』の惣七に似ていると言われた慎夫が、死の病いに伏したという報知は、作家としての藤村を、書かずにいられないほど誘惑したに違いない。作中では三吉が正太に対して、「君の一生を書いて見やうかネ」と尋ね、正太が「是非お書きになつて下さい」と答えることになっているが、それが実際に交わされた会話であるかどうかは別として、藤村は刊行までの半年の間に、追加を決断したわけである。後年、死の床にある花袋に向かって、この世を辞するときの気持を尋ねた藤村の「物を見つめる」精神は、この時点で極限に達している。「正太さん、奈様《どん》な心地《こころもち》がしてるものかネ」。

だがさすがの藤村も妻の死を取りこむことはできなかった。「父さん、私を信じて下さい」と三吉の腕に顔を埋めて泣くお雪に対して、「今更信じるも信じないもないぢやないか」と言おうとしながら、彼はその言葉を口にせず、「黙って、嬉《うれ》しく悲しく妻の啜泣《すすりなき》を受けた」のである。ここでも彼は言葉を返さず、しかもこの心内語は、信じるとも信じないとも明らかではない。長年連れ添った仲だから分り切っているだろうと言いたいのか、「夫は夫、妻は妻、夫が妻を奈何《どう》することも出来ないし、妻も夫を奈何することも出来ない」（下ノ八）のだから、「今更」そう言われても返答のしようがないと言うのか、おそらくその双方を含むのが、「嬉しく悲しく」という藤村の常套語なのだろう。後年、加藤静子と再婚する際に、藤村は『家』のこの場面は本当のことではないと語ったという（島崎静子『ひとすじのみち』昭四四）。『家』下巻には、「家」の「犠牲」となった甥や妻への哀悼と鎮魂の気持がこめられていた。

冬子の死

冬子は四女柳子を分娩した直後に亡くなった。七人目の出産であり、いつも安産だったので、藤村は安心して千葉県稲毛の旅館に仕事に行っていた。神津猛宛書簡（明四三・九・二〇）が、もっともくわしく冬子の死の状況を伝えている。彼は前日から出掛けて一泊（多分翌日の両国の花火による混雑を避けたと思われる）、翌八月六日午前に電報が来て、急遽帰宅したが、妻はすでに絶望状態だった。この時の出産はきわめて軽く、冬子は油断して少し働きすぎたらしい。はげしい出血に続いて心臓麻痺が起こり急死した。函館から両親と兄姉が上京し、遺体は火葬のうえ、亡き三児と同じ大久保の長光寺に合葬した。冬子は三三歳の若さだった。

下巻第十章の追加と、二人の死に拘わるのは、下巻第九章の終り方がこの小説としては自然であり、かつ見事だからである。一人の死の前年一〇月末、藤村は一週間ほど木曽へ旅し、木曽福島の姉の家へ泊り、馬籠へは新たに建て直した父の墓参りに行った。この旅行が『家』の調査旅行を兼ねていたことは明らかで、その行程は下巻にほぼ同様に描かれている。

「屋外《そと》」の明かり

三吉は第九章で、橋本家の衰えを実感する。大黒柱を背にして夫の帰宅を待ち侘びるお種は、自分一人が橋本家を守っているつもりでいる。夫の全盛期を知る彼女は、養子幸作（もと手代の安田文吉、兼喜を襲名）の経営方針が気に入らない。上巻冒頭の食事風景は形式的に続いていたが、かつての和気藹々とした空気は消えていた。主人と奉公人との関係の代わりに、「月給を取る為に通つて来」る従業員たちがいた。美しかった高台の庭は見る蔭もなく、削り取られた崖下では、鉄道工事（中央線）の音が喧しかった。息子の正太が名古屋で成功することをお種は念願しているが、まだその知らせは届かない。形骸化した旧い橋本家は、商売の合理化を推進する「若き事務家」によって、変質しつつある。彼女はそれを認めず、幸作の妻に皮肉を言って鬱憤を晴らしている。だがその徒労感は、外地へ出稼ぎに行った実の便りを見せるべく、立ち上がったときの「大欠伸《おほあくび》」に象徴されている。それは空虚な「旧い家の内《なか》へ響」きわたった。

これより先、小泉本家は事実上崩壊していた。「満州」（実際は台湾）に出稼ぎに行く実が、家族の見送りを制して残した最後の言葉、先に引用した「皆な屋外《そと》へ出ちや不可《いけない》よ……家に居なくちや不可《いけない》よ……」は、旧家の家長としての体面を保つ悲鳴のように聞える。彼はそれまでの三吉の尽力に礼は言わず、父の遺品を三吉に譲り渡すことで、家長の座を去ったのである。それは三吉が壊したいと思って来た旧家の伝統を、はからずも引き受けてしまったことの印《しるし》でもあった。

『家』は「屋内《うち》」の光景に限定する意図で出発した作品である。しかし下巻第九章の橋本家には、すでに電燈が灯り、鉄道が敷設されようとしている。いわば西洋の近代を代表する文明の光が、この山中にも及びはじめているわけである。幸作の経営方針改革にしても、旧式の大福帳から簿記への転換である。「屋内」の暗い世界を、「屋外」の光がはじめて照らし出したと言ってもよい。下巻第八章で、新事業を始めるから金を貸せという森彦に厳しく意見をした後で、三吉は正太とともに森彦の人柄を語り合う。「それが自然と自分達のことに成つて来るやうな気がした」二人は、「旧家に生れたものでなければ無いやうな頽廃の気」を「互に嗅ぎ合ふ心持」がしたのである。森彦に対して三吉は、自分たち兄弟には、どこに行っても「必《きつ》と阿爺《おやぢ》が出て来るやうな気がする」、自分たちと「座敷牢の内に悶《もが》いて居た小泉忠寛《ただひろ》」とどこが違うか、「吾儕《われわれ》は何処へ行つても皆な旧い家を背負《しよ》つて歩いてるんぢや有りませんか」と迫っていた。だがそれを「破壊《ぶちこわ》したい」と言ったところで、この時点までの彼の生活は、逆に「旧家」の血を確認する方向にしか進まなかった。その血筋を宿命とする考え方に一筋の光明が射すのも第九章の橋本家においてなのである。

「黒船」の幽霊

そこで三吉は「幽霊のやうな」黒船の絵図を貰い受ける。「僕らの阿爺《おやぢ》が狂《きちがひ》に成つたのも、斯の幽霊の御蔭ですネ」と彼は姉に言う。藤村はその直感を敷衍して「黒船」（初出不詳）というエッセイを書いた（『後の新片町より』大正一、に収録）。ただし発表が明治四二年末ごろであることは、「この秋、姉の家で……」という書き出しで明らかである。

　黒船の姿を変へたものは、幾艘となくこの島国へ着いた。しかしまだ足りない。トルストイにせよ、イブセンにせよ、一般の眼にはまだ幽霊だ。吾儕《われら》はもつと黒船の正体を見届けねばならぬ。そして夢を破らねばならぬ。

やがて紀行『海へ』において、藤村は亡き父に向けて語りかけるが、そのきっかけは、この旧家に伝えられた黒船の図にあった。

この章の末尾で三吉は一四年ぶりに馬籠に帰り、新しく刻字された父の墓に詣でるが、その気持は、これまで抱いて来た「父」のイメージとは少し異なっている。父は村中に生きていた。本陣は大火で焼け、「旦那衆」の住居は小さくなっていたが、以前の隣家（大黒屋）から見る美濃平野の眺望は変わらず、父が幽閉されていた「木小屋の辺は未だ残つて居た」。寺の広間には親戚や古い知人が多勢集まり、父の噂を話す者もあった。「家は破れても」自然の風景は同じであり、「忠寛の書院の前にあった牡丹は、焼跡から芽を吹いて、今でも大きな白い花が咲く」という。幻のような黒船の図を見た三吉にとっては、帰郷の体験はまぼろしの父が新しい墓石から立ち上がる体験でもあった。父を狂死させた「黒船」とは何か、旧家の血脈から逃れられないものならば、それを新たに現代に生かす道を、彼は模索しはじめたはずである。

その帰途に名古屋に立ち寄った三吉は、正太に会い、彼が喀血したことを知る。彼は「健気にも未だ戦はうといふ意気を示し」て、父親（橋本達雄）の噂話になったが、「目下のものが旧家の家長に対する尊敬の心」は、どんな場合でも二人に附いてまわった。まして三吉の父忠寛は、村中の尊敬を受け、文明開化にも独自の識見を持った人物だった。その意味で「黒船」の発見は、明らかに「屋外」の時間に三吉が目を向けたことを示すものである。

しかし実生活上の二つの死は、そこで物語を完結させることを許さなかった。「旧い家」は形骸化し、「新しい家」は不可能になった。その困惑の中で、藤村は「犠牲」の題で「旧家」の犠牲となった慎夫の死のみを作中に描き、整合性を保った。「三つの長篇を書いた当時のこと」（『市井にありて』昭五）で、彼は長編を書くと「種々《いろいろ》な出来事が自分の身辺に起つて来る」と述べ、「創作に没頭して家事などを顧みない自分の不注意から」か、「一身上の不幸」に見舞われる、としているが、妻の死は、その限りでは「新しい家」の犠牲だったと言えよう。物語は三吉夫婦が、火葬場で焼かれているであろう正太の生涯を思いやるところで終わるが、そのとき、「そろそろ夜が明けやしないか」と言う三吉の言葉に反して、「『屋外《そと》』はまだ暗かつた」のである。

3　デカダンスの陥穽

妻の死後の始末

冬子の突然の死で、藤村はまず子供たちの世話に直面した。秦の両親は九月一八日まで滞在してくれたが、その間に三男蓊助は自身で高瀬家へ連れて行き、姉に養育を頼んだ。生後間もない柳子は、長兄の長女いさの嫁ぎ先・西丸家の実家が茨城県の大津（現・北茨城市）と関係が深く、その紹介で近辺の農家・鈴木家に里子に出すこととなった。次男の鶏二は蒲原有明に托すつもりだったが、鶏二は居つかず、結局、長男楠雄と鶏二を手許に置くこととなった。結着がつくまでの心身の疲労は、タフな藤村にとっても相当な苦しみで、しかも『家』下巻を構想、執筆していたため、年末には二週間ほど病臥せざるを得なかった。おまけに鶏二が腸チブスで発熱入院、急場のこととて、その費用はまたしても神津に依頼した（神津宛書簡、四二・二・一六）。男手一つで二人の男の子を育てることは無理なので、次兄広助の娘・久子（遅れてその妹こま子）が手伝いに来るようになった。こま子は四三年には、まだ三輪田女学校に在学中だから、手伝いに来たのは四四年の卒業前後であろう。言うまでもなく、やがて『新生』の節子のモデルとなる女性である。

この「厄年」を越えてから、四四年の藤村は「腰が腐る」と自分で言うほど静座して、猛烈な執筆活動を開始した。『家』の連載・刊行、『千曲川のスケッチ』（「中学世界」明四四・六―大一・八）連載、さらに短編集『食後』（明四五・四、博文館）に収録される一八の短編群である。

『食後』には蒲原有明の序文が付されている（後に有明『飛雲抄』収録）。当時まだ郊外だった中野に移った有明が、「『食後』の作者に」として藤村に送った書簡である。そこで彼は「現代の金口」たる「生の充実」に背を向けて、「倦怠と懶惰」の生活に終始していると報じた。まもなく大杉栄が、雑誌「近代思想」で「生の拡充」（大二）を唱え、「本能の偉大なる創造力」（「本能と創造力」大二）を讃美する時代である。「僕の肉体は本能的な生の衝動が微弱になって了つた」と言う有明は、「無為の陥穽」に堕《お》ち、ただ「睡つて居る中に不可思議な夢を感ずる」ように「如幻の境」に「我」を置きたい、と言う。おそらく藤村の需めに応じて、彼がこのような意見を述べ、それを藤村が序文としたことは実に興味深い。藤村がめざして来た「芸術」は、それとは逆に人間の心理を観察し、その奥底へ迫ろうとするものだったからである。有明とは違い、彼は生活のために働かざるを得ず、旺盛な執筆活動を展開していた。しかし、ある意味では作者への批判とも取れるこの文章は、休息を勧める友情に満ちた忠告であった。

『食後』の愛欲

『食後』には、明治学院時代や、吉村忠道を思わせる作品、一葉をモデルとしたらしい「女」という作品など雑多ではあるが、特に目立つのは、『家』では書かれなかった夫婦生活を描いた「孤独」、別れた妻の遺品を探す「刺繍」である。前者は「石井博士」の名で、「何時《いつ》でも同じやうな調子で、同じやうに親切で、同じやうに冷やか」な人物が描かれる。「八年の間、夫人は機嫌の取りにくい夫に仕へて、物足りない月日をのみ送つた」が、ある日、夫がふざけて以来、夫の書斎を恐れなくなった。ある時は机に向かう夫を後ろから抱き締め、ある時は夫を乗せて犬のように這いまわった。夫の身体はめざめ、妻はそれに応えた。夫は「自分の妻も亦、下手に礼儀深く尊敬されるよりも荒く抱愛されることを願ふ女の一人であることを知った」。しかし、どんなに情熱が高まったときでも、彼は「自己の支配」を忘れなかった。ある夏の朝、早起きの彼は雨戸を細目に開け、その光の下で眠っている妻の顔をみつめて、「一層悲しい孤独」を感じた。——「自分はあまり斯の生を凝視し過ぎた」と附記にあるとおり、これは妻をも「静物」のように「凝視《みつ》め」続け、観察の対象とした結果の孤独であり、身体的関係の深化が生んだ「倦怠」でもある。「無為」ではあり得なかった藤村の作品に、有明は一種の頽廃を嗅ぎ取ったのではなかろうか。

後者の「刺繡」は、五〇歳を越えた実業家の大塚が、離縁した一度目の妻と銀座ですれ違い、悔恨と悲嘆に沈む短編。二〇歳も年齢の違う妻とは八年前に結婚し、三年前に別れた。周囲の反対を押し切って結婚したのに、彼はすぐに倦きた。「もう少し男性《をとこ》の心情が理解されさうなものだ」「他《ひと》の目に付かないやうな服装《みなり》」をせよと、彼は心の中で毎日妻を責め続け、まもなく妻に関心を示さなくなった。その挙句、妻が以前置いていた書生と親し気に話していたことを咎めて、実家に送り返した。なぜ自分は妻をもっと大切に扱わなかったのか、「小鳥のやうに」快活だった妻をなぜ手放したのか。今は医者の妻になっている前妻の、女盛りの美しさが目に焼きつき、彼は帰宅後、狂気のように妻の残したものを探し、趣味だった刺繡をみつけてそれを自分の顔に押し当てるのである。——離縁の理由は明らかに「水彩画家」に描かれた実生活に酷似し、派手な着物を禁止したことも『家』に描かれている。前掲森本の著によれば、冬子は刺繡が得意だったという。両作ともに冬子亡き後の藤村の心境が作品化されているのは間違いないが、共通する八年前の結婚とは何を意味するのであろうか。冬子の死の八年前、彼は小説家として出発していた。いわば「観察」を「武器」とする小説家となり、「仕事」に専念しすぎたことが現在の状況を招いたと読み取ることが可能である。よく知られているとおり、この短編集が出版されたとき、『新生』で告白される姪のこま子との背徳は、ひそかに進行していた。

「生の氷」──『微風』

第四短編集『微風』（大二・四）は「緑蔭叢書第四篇」として新潮社から刊行されたが、藤村はただちに版権を同社に売り払った。随筆集『後の新片町より』（大二・四）も同様である。これらに加えて『破戒』『春』『家』上下、六冊の版権売却代は二〇〇〇円で、フランス渡航・滞在費や留守宅の費用に当てられた（瀬沼前掲書）。『微風』はその名に反して、当時の藤村の沈鬱な気持が漂う短編が多い。中でも「柳橋スケッチ」の連作には、その傾向が著しい。「一、日光」は神経痛で病臥した際の愛読書として、オスカー・ワイルドの『獄中記』（本間久雄訳「早稲田文学」明四四・一〇）に感銘したことを述べている。

彼は悲哀のかずくも、一生の根底に横はれる苦痛も、拭ひ難き恥辱も、堕落も、隠れたる卑しき行ひも、罪悪も、乃至身に蒙れる刑罰までも、直《たゞち》にそれを霊的な意味のあるものに化さうと努めた。彼の『新生』とは人生を以て芸術の形式と成すにあつた。斯くして始まる芸術的生活は結局一種の作り物語であらうと思ふけれど、彼の所謂智力的勇悍には動かされる。

この文章が発表されたのは明治四五年四月である。文中には、病臥中の回想として、火葬後の妻の遺骨や、土葬した三児の髑髏が浮かび上がった。だが「すべてこれらの光景に対しても、私は涙一滴流れなかつた。唯、見つめたまゝで立つて居た。憐れむべき観察者。然り、我等は遂に真心《ハート》の何物をも持たぬのであらう」。先述「芽生」に描かれた父の苦痛と、改葬時の冷然たる観察と、どちらが本当かとは問わない。長年の習慣が、ついに彼から「真心《ハート》」を奪ったと言うだけで十分だろう。この回想の後には、ボードレールの『悪の華』から「秋の歌」が英訳で引かれている。念のため鈴木信太郎訳を掲げておく。

冬ことごとく身の裡に今帰り来む。
忿怒《いかり》、憎悪《にくしみ》、戦慄《をのゝき》、恐怖《おそれ》、厳しき労苦
北極の地獄に照る日さながらに、
わが心赤く氷《こほ》りし一塊の土くれならむ。

この詩は分散して『新生』でも引用されているから、その底にこま子に対する肉欲の戦慄や恐怖が含まれていたと想像することもできよう。

こま子との関係

手伝いに来ていた広助の娘姉妹のうち、久子は四五年六月に田中文一郎と結婚した。田中は信州出身、東京外国語学校（現・東京外国語大学）露語科を卒業した外交官で、広助が早くから嘱目していた青年である。彼はウラジオストークや満州里の大使館に勤務した。後年こま子が記した「悲劇の自伝」（昭一一・五―六）に従えば、藤村との関係は五月初めというが、その時点では姉がまだ一緒だったはずで、事実上の関係はともかく、藤村の胸中にその種の態度が表われていたと推測しておきたい。病床でワイルドを愛読したことも、一面ではその欲望を加速させたのではないか。一面ではと言うのは、ボードレールもワイルドもその苦難や罪悪の中に、「新生」を探し求めているからである。前者は藤村が「秋の歌」（『後の新片町より』）で言及しているように、「老船長」（死）に水先案内をせよと呼びかけ（「航海」）、後者は引用したように「人生を以て芸術の形式」と化そうとする態度を教えた。その意味では、極度の肉体疲労と精神低滞の中で、藤村はどんな道であっても、生の実感をもたらすことだけを念じて踠《もが》いていたことになる。そういう叔父の気持を、こま子は本能的に感じていたのではなかろうか。女学校出で文学的知識もあるこま子は、藤村好みの女性であることで評家の意見は一致している。

『微風』には、この件でもう一つ注意しておきたい短編「出発」（大一・一一）がある。久子の結婚と残されたこま子の状態をモデルにした作品である。ここでは姉が「節子」、妹が「お栄」の名で登場する。冒頭に、直しに出していた柱時計が出て来るが、『家』で妻の父が小諸まで提げて持って来た時計が、ふたたび動き始めたのは、半年ほど何もできずにいた叔父（藤村）の生活が、時を刻みはじめたことの暗喩であろう。妻はその時計の下で死んだ。後の作品「嵐」（大一五）にも登場し、長男の帰農の際、彼を見送る時計である（長男には新しい時計を父が買い与える）。

明るく派手な姉に対して、妹はやや沈んだ気性だったが、結婚する姉の持物が増えて行くことには、さすがに羨ましそうで、婚礼後姉の夫が仕事で一月ほど外地へ行き、姉がまた叔父の家に同居したときには、姉の変わり様に、取り残された思いを隠せない。叔父は節子や「お園さん」（亡くなった甥の妻）が新生活にスタートする中で、「自分ばかりは相変らず」と嘆くが、亡妻の父に手紙を書いて涙を流し、「俺は未だ泣ける」と嬉しがる彼は、機械的な「観察者」の牢獄からようやく脱出しつつある。「生の焔」という言葉があるが、自分は「生の氷」を体験した、と言う彼は、すでに身体を動かし、隅田川で舟を漕ぐ運動を始めている。作中、「心を起さうと思へば、先づ身を起せ」という彼の言葉は、やがて航海記『海へ』（大七）のエピグラフとなった。『新生』の序曲はかすかながら響きはじめていたのである。

この短編集には、他に、『破戒』出版費用依頼のため、大雪の中を神津家へ向かった有様を記した前掲「突貫」や斎藤緑雨との交遊を描いた「沈黙」、小諸時代の同僚たちときびしい風土を描いた「岩石の間」、学院時代の友人の葬式で旧友二人と語り合う「無言の人」（『新生』に取りこまれる）、それらに加えて「幼き日」（明四五・一—大二・四。最初は「ある婦人に与ふる手紙」の題）の回想などがある。「幼き日」は藤村が幼少期の自分を思い出し、その無邪気で素直な心を取り戻したいという気持から着手されたと思われる。『新生』には「幼い心」を失った自分を嘆く岸本が描かれることになる。

渡欧の計画

明治四五（一九一二）年七月、明治天皇は崩御し、元号は大正に改まった。翌大正二年一月には、台湾の秀雄の許に身を寄せ、落ちぶれて頼って来た高瀬薫を伴い、高瀬家へ詫びを入れに行った。帰ってから次兄広助と相談の結果、薫に「自誓書」を提出させることにした。謹慎して隠居生活を送り、何事かの新事業を為す場合は、島崎兄弟と当主・兼喜（養子）の承諾を得、金銭貸借は勝手に行わないことを誓わせたのである（高瀬薫・兼喜宛書簡、大二・一・三一）。高瀬家に滞在中、渡欧の計画を洩らしたようで、二月二三日付の薫宛書簡には、「小生の渡欧も畧《ほぼ》決定」とある。「飄然として漫遊研学」に行くだけだから洩らしてはならないと口留めしつつ、「旅行免状」（パスポート）は数日中に出願予定と言うのだから、事は急を要していたのだろう。多忙につき、姉の上京も見合わせて欲しいとあるのは、高瀬園子が心身不調で東京での入院を希望したためである。

三月五日には花袋と秋骨に「沈滞」から脱出のため渡欧と知らせ、神津には「過去三年の間のこと――は私に渡欧を思ひ立たせました」と記した。新片町の家を離れて、広助一家を芝二本榎西町三番地（現・港区）に移転して貰い、子供たちの養育をも依頼したのは、三月中旬と思われる。「文学界」の旧友たちに、花袋を含めた、別れの会を開いたのも、同じころである。広助の妻あさが母を連れて、夫の命令で急遽上京したとき、藤村はすでに東京を離れて神戸へ向かっていた。

第七章　パリへの旅立ち

1　「異人」として

孤独な旅人

四二歳の藤村は、大正二年（一九一三）三月二五日に花袋とともに東京を出発、途中、鎌倉雪の下の別荘に神津を訪ね、箱根塔の沢の温泉で別れを惜しんだ。神戸の旅館で便船を待ち、フランス船、エルネスト・シモン号で日本を発ったのは四月一三日の深夜である。

藤村に外国旅行を勧めたのは、中沢臨川だという。彼は電気工学の専門家であるが、一方では西洋文学への造詣が深く、トルストイ、ベルグソンらの紹介に努めていた。藤村は臨川訳『露西亜印象記』（明四五、G・ブランデス原著）の感想を書き（『後の新片町より』）、「露西亜の同化力には又一種の独創がある。独創の缺乏その者がやがて一の新しい独創の基となるのだ」という条りに、このような批評こそ自分が待っていたものだ、と絶讃している。中沢は信州の出身なので同郷のよしみもあったのだろう、酒席で気軽に外遊を勧めたのだという。電気会社を経営していた彼は五〇〇円を提供する約束だったが、なぜかそれは果されず、藤村は資金造りに奔走した。「中央公論」の瀧田樗陰に、フランスから小説二編を送る約束で前借りをし、実現しなかったため、樗陰が激怒したのは有名な話である。東京朝日新聞にフランス通信を送る約束は正確に実行された。

藤村の渡航に便宜を図ったのは有島生馬である。彼はヨーロッパ留学の経験も深く、神戸まで見送

フランス出発途次，鎌倉雪ノ下の神津猛別邸にて
（大正２年３月25日）
右から神津，藤村，花袋（藤村記念館提供）

エルネスト・シモン号（楠雄宛絵はがき）
（藤村記念館提供）

りに来てフランス船乗船のコツなどを教えてくれた。パリで自分が下宿していたマダム・シモネエの部屋を紹介してくれたのも彼である。神戸には中沢も大阪に所用がてら駈けつけ、名古屋から広助も見送りに来た。台湾から仕事で上京する途中の秀雄とも会うことができた。

フランス語のできない藤村が、日本郵船のマルセイユ航路を避けてフランス船を選んだのは、船中からフランス人に馴れて置こうとする意気込みを示すとともに、できるだけ日本人の目につかず、ひっそりと旅をしたいという気持が強かったためだろう。その旅程は航海記『海へ』（大七）にくわしく記されているが、上海、シンガポール、コロンボなどを経て、五月二〇日にマルセイユ着、三七日間の航海である。同地とリヨンで三日を過ごし、二三日早朝、パリに入った。リヨン駅からは馬車で下宿に向かった。

彼は二等船室（定員六人）で、同室の予定だった相客（「隠居」）が、日本人と同室になることを嫌がり他室へ移ったので、最初夜はまったく一人だった。『新生』によれば、岸本（藤村）は、上海から香港に行く途中で、節子（こま子）との背徳を義雄（広助）に告白し、すべては自分の罪で、彼女を許して欲しいという手紙を書いた。乗客の一人で、中国で働いている老技師は日本人びいきで、「隠居」や事務長と同じく、英語で話が通じた。二等船客は、最初、老技師と「隠居」とフランス人の若い医者と藤村の四人だけだった。老技師はシンガポールで下船したが、香港、シンガポールあたりから娼婦らしき女や、俳優なども乗ってきた。言葉がうまく通じない悩みはあっても、毎日変わって行く海の諸相をみつめ、港々で異国の光景を見物したり、乗客を観察する旅は、新片町の二階で迫って来た

「退屈」や「無聊」を感じさせなかった。『海へ』の第一章「海へ」と第二章「地中海の旅」は、前に触れた「柳橋スケッチ」の「日光」や、エッセイ「黒船」と重複する点が多いが、いずれもパリ生活三年の後、帰国してからの文章なので、それらの点と船中での感想は、復路とともに、まとめて記すことにしたい。

ポール・ロワイヤル街八六番地

藤村が有島から紹介された下宿の建物は、現在でも残っている。第五区ポール・ロワイヤル大通と、サン・ジャック通りが交叉する角の七階建、一階は煙草屋とカフェ、大きな眼鏡の看板がある。その三階（フランス流では二階）の五間を借りて、シモネエが貸間業を営んでいた。観光客で溢れる現在のパリでは、落ちついた雰囲気が残っている街並みである。近くにはリュクサンブール公園、天文台があり、ソルボンヌやセーヌ河にも、モンパルナスにも遠くはない。また大通を距てた向かいには、産婦人科病院（現在は改築した建物）があり、四つ角の向かいには、広い宗教施設があった。河盛好蔵『藤村のパリ』（平九）が詳述するところによれば、そこは通りの由来となったポール・ロワイヤル尼僧院のパリ別院で、「尼僧院と祈念堂と会議室」とがある。「ジャンセニスムの拠点」として有名で、パスカルとも縁の深い寺院だそうだ。

藤村はこの下宿から「東京朝日新聞」に「仏蘭西だより」、のち『平和の巴里』（大四・一）『戦争と巴里』（大四・一二）にまとめられる通信文を連載した。彼の仏蘭西滞在記には、『エトランゼエ（仏蘭西旅行者の群）』（初出「朝日新聞」大九・九・二五―一〇・一・一二および「新小説」大一〇・四―一一・四に掲載の「仏蘭西紀行」に一一・八「エトランゼエの後に」を追加、まとめて一一・九、春陽堂から刊行）もあり、正宗白鳥が言うように『エトランゼエ』の方が面白いが、『新生』以後の作品なので、ここでは滞在時に記された「仏蘭西だより」を中心とし、こちらは適宜参照することとしたい。

彼は最初は食堂の隣室を宛がわれたが、七月に空室が出来、居心地のいい角部屋に移った。第一回は八月二七日掲載だから、到着後二カ月ほどして、ようやく窓からも周辺を見渡しはじめた訳である。

パリの下宿（藤村記念館提供）

同宿の日本人に有島生馬と同じ学習院出の留学生（大寺君、ソルボンヌ大学で経済学を学んでいた）がいた。最初はすべて彼の案内で近辺の地理や日本大使館などを知ったが、やはり彼に教えられて、天文台近くの老婦人「ムルネタス嬢」にフランス語を習い出してからは、長谷川天溪が呉れたベデカを持って大通りを歩けるようになった。後に藤村は水上瀧太郎にこの教師を紹介するが、水上「島崎藤村先生のこと」（大一五・三）によれば、彼女は「骨格のたくましい赤ら顔の、口髭の生えたお婆さん」で、一時間二フランで教えていた。藤村は帰国前まで熱心に通っていたという。

シモネエは日本人が清潔で礼儀正しいのを歓迎し、この下宿にはさまざまな日本人芸術家・学者が宿泊し、食事に来た。

短期間ながら、西洋美術史の沢木梢、劇作家の萱野二十一《にじゅういち》（郡虎彦《こおり》）、考古学の浜田耕作、経済学の河田嗣郎《しろう》らも同宿したことがある。言うまでもなく、パリには日本人画家が多く、藤田嗣治《つぐじ》、満田国四郎らもいた。中でも信州小県《ちいさがた》郡出身の山本鼎《かなえ》は、しばしば食堂にやって来て藤村と気が合い、彼を「巴里村の村長」と呼んで苦笑させた。

彼が滞在中、もっとも楽しかったのは旧知の小山内薫の来仏であり、もっとも印象に残ったのは京大の河上肇との出会いだった。

小山内薫との観劇

藤村と小山内との交際は、初期の「龍土会」で蒲原有明が紹介したのがきっかけらしいが、小山内が小諸の藤村を訪ね、明治四二年には小山内が二代市川左団次とともに「自由劇場」を結成し、藤村に顧問を要請したため親密さを増した。小山内は早くから鷗外の知遇を得て、メーテルランクの翻訳などを手がけていたが、逍遙・島村抱月らの文芸協会に続いて、西欧演劇を日本に確立しようと考えたのである。彼は新派の伊井蓉峰一座の「破戒」上演（明三九、小山内脚色）に失望した藤村を誘い、柳田国男、花袋らとともにイプセン会を結成した。自由劇場の第一回試演は、イプセン作、鷗外訳「ジョン・ガブリエル・ボルクマン」（明四二・一一）。藤村は「自由劇場の新しき試み」（『後の新片町より』大二）で、従来の新劇（文芸協会）のシェクスピア劇にくらべて、「為種《しぐさ》と科白《せりふ》とが別のもの」ではなく、一致している点に新しい演劇の可能性を見いだしている。第五回公演が、花袋「蒲団」に影響した、ハウプトマン『寂しき人々』、第六回がメーテルランク『タンタヂイルの死』である。どちらにも藤村は感想を寄せている。

小山内は藤村に先立って、第六回公演を終えてのち、大正元年末にモスクワへ旅立った。モスクワ芸術座で演劇舞台を見学するためである。彼は幸運にもスタニスラフスキーと面会することができ、演出の方法を学んだ。彼がここで何度も通った「どん底」の舞台は、後に自由劇場の「どん底」再演の基礎となる。彼はベルリンでも劇場に通い、ストックホルムではイプセンの墓に詣でた。次いでロンドンに渡り、パリにやって来たのは六月中旬である。彼がパリを離れたのは六月二四日だからわずか一〇日足らずの滞在だが、その間、彼は藤村をたびたび劇場に誘った。夏のバカンスも近く、演劇シーズンも終りに近づいていたので、二人は精力的に観劇に励んだ。最初はオペラ座（オペラ、ガルニエ）の『フワウスト』（グノー作曲）。だが藤村は「あまりに格式の尊ばれ過ぎた技芸にいくらか失望」し、シャンゼリゼエ劇場のこけら落しのロシア舞踊を見ることにした。ちなみに二葉亭はペテルブルグのマリンスキー劇場で『フアウスト』を観たが、何の感想もなく、永井荷風はパリで同じオペラを見て大いに感激している。

　ロシア・バレエは、デイアギレフ・バレエ団が評判で、そのころからニジンスキーやカルサヴィーナの踊りが有名だった。二人が観たのは、バクストの舞台装置とフォーキンの振付けによる舞踊、「牧神の午後」（ドビュッシー）や「サロメの悲劇」（シュミット）で、それらには感動した。藤村は特にカルサヴィーナの舞踊が、「音楽と人との姿勢の上に――人の肉体に――人と人との合奏に見る」ような気がした。二人は続けてシャンゼリゼエ劇場で、ラヴェル作曲の『ダフニスとクロエ』を、シャトレ劇場でダヌンチオの新作『ピサネル』なる劇を鑑賞した。前者はダフニスをニジンスキーが、クロエをカルサヴィーナが演じた。後者についてくわしいことは分らない。河盛前掲書に簡単な筋が記されているが、河盛も未見のよしである（「露西亜の舞踊劇とダヌンチオの『ピサネル』」）。

小山内は六月二四日に、北駅から出発、往路と同じシベリア鉄道で帰国した。近辺の地理にも馴れ、カフェ・リラや、リュクサンブール公園入口附近の小路にあったカフェを「シモンヌの店」と名づけて、美術家たちと会うことはあっても、胸中のしこりは一向に取れなかった。『新生』には節子の父から返信があり、お前は早くこのことを忘れて勉強しろ、すべては自分に任せて置け、という意味が記されていたことになっているが、西丸前掲書では八月、作中では九月三日に、こま子は男子を出生、子供はただちに西丸家の世話で、茨城県大津に里子に出された。プラタナスの街路樹を距てて窓から産婦人科病院を見ることは、罪の子とその母をたえず思い出す原因となっただろう。「異郷の客」としての寂寥は、この街に馴れるにつれ、深まって行った。かつて日本では物珍しそうにジロジロと外国人を見た自分が、逆に「異人」として見られる立場に変わったのである。

「大きな蔵」　その状況の中で、彼は故国を思うとともに、異郷を観察し、両者を比較する眼を養って行った。「再び巴里の旅窓にて」が掲載されるのは、秋も深まった一〇月二〇日から二カ月（九回）である。そこで彼はパリが世界中の文化を容れ、保存する「大きな蔵」であると述べ、空気の乾燥した風土性が、その原因であると考えた。こま子の姉の夫が、「外国にあつては故国のこと、故国にあつては異郷のことなぞ思わしむるもの」と手紙を呉れたが、藤村も梅雨もなく地震もない代わり、四季の変化に乏しく、カラッと晴れた空もないパリと東京とを、しばらく隣室に住んだ沢木梢と一緒に比較したりした（沢木『美術の都』）。藤村はフローベールのジョルジュ・サンド宛書簡（広瀬哲士訳）を引いて「システマチックで、冷静で、意思によったもの」とパリを許しているが、この部分は広瀬の誤訳で、これはフランス人ではなく、普仏戦争でパリを包囲したプロシャ人のことである（『フローベール全集』第一〇巻）。しかしこの都がさまざまな「不調和」を含みつつ、全体としては統一の取れた街であり、そこに「大きな設計と意匠が働いて居る」ことに藤村は気づいた。沢木は「巴里に比べると、『伯林《ベルリン》はあらゆる意味に於て近代的《モダーン》である』」と言ったそうだが、藤村はそれは東京にも当てはまると思った。彼が東京を出て来たころ、東京は市区改正促進の最中で、「近代都市」建設のため、邪魔な家屋や墓地を他へ移し、ビルを建てたり、道路を拡張したり、混雑の最中だった。それを藤村は、「東京は日に〳〵散文的に成って行くとしか思われない」と評している。フランス人が持つ「スタイル」を自分たちも持たねばならない、と彼は考えはじめていた。

冬が来て、新年が来ても、彼の生活にはほとんど変化がなかった。孤独感に堪え切れないときには、床《ゆか》に座って板敷に額を押しつけることもあった。京大助教授

河上肇との議論

（外遊中に教授）の河上肇が、二年間のヨーロッパ留学を命ぜられて、ベルギーからパリに来たのは、大正三（一九一四）年二月一〇日である。彼は一年前からブリュッセルに滞在していた同僚の商法学者・竹田省《しょう》とともにパリに入った。彼は山口県出身で少年時代から藤村詩の世界に憧れていた。二人はホテルに泊り、翌日から下宿を探すが、適当な宿がみつからず、思案の末、大使館で住所を調べて初対面の藤村に頼みこんだ。シモネエの宿には空きがなく、藤村の勧めるまま、大通りを挟んで斜

め向かいにある「ルクサンブウル大ホテル」（河上『自叙伝』岩波文庫）なる安宿に泊り、食事は藤村の宿の食堂に通うことにした。まもなく東北大の物理学者・石原純が同ホテルに止宿し、同じ食堂に通ったので、藤村の身辺は一時に賑やかになった。石原は三月下旬に、河上・竹田は四月半ばにパリを離れるので、出会いの期間は短かったが、自分より若い世代の三人との会話は、文明のあり方をめぐって藤村を刺激した。

河上の持論は、日本がヨーロッパに追いつくだけでは満足できない、「日本には日本固有の、全く欧羅巴《ヨーロッパ》と異なった、優秀な文明がある」という点にあった。「東京は日本ぢやない」と断言する河上の気持は藤村もなかば共有しており、すでに中沢臨川の訳書によって、ロシア人がヨーロッパを「模倣」しながら、それを同化して独自の文化を創造したことを知っていた藤村は、「熱烈な愛国者」河上に、自分がもっとも上質と考えたドビュッシーの音楽を聞かせたいと思った。「音楽会の夜、其他」に描かれる、石原を含めた三人の議論は、かなり対立的である。彼はすでに同宿した郡虎彦とドビュッシー指揮のオーケストラを、シャンゼリゼエ劇場で聴いていたが、河上らと聴いたのは、マラルメの「ためいき」などの歌曲や、自作自演の「亜麻色の髪の乙女」、「子供の領分」などのピアノ曲であった（河盛が引用する太田黒元雄『ドビッシイ評伝』）。天文台近くでバスを降りた三人は、カフェ・リラで休息した。

河上はその夜の音楽会を大変喜んだが、こういう音楽会に集まるのは「一部の階級」で、それが「民衆の性質を代表するものではない」と述べた。それに対して藤村は「一部の少数な最も進んだ人達」が「時代を代表する」と反対し、言葉争いとなった。「小さい反抗心」は捨てて、ヨーロッパから学べるものは学ぼうと言う藤村に、河上は「愛国心」を忘れるなと言い返した。藤村に「愛国心」がなかったわけでも、河上に西洋から学ぶ気持がなかったわけでもない。ただ藤村は「模倣」がやがて独自の文化を生むことに期待し、文部省留学制度に反対して、京都で本を読んでいれば足りる、と放言する河上には、藤村が西洋に追随する新しがりのように見えたのである。

同様の議論は、石原がパリを離れる前にも起こった。河上らの宿に藤村が行った夜、石原が「日本人があまりに他の模倣を急ぐ」としたのに対して、河上はただちに反論し、今度は藤村と同じようにどこの国の文化も模倣から出発しないものはない、日本人は仏教のように、外来の文明を同化して、「更に好き物を産出《うみだ》した」、今は西洋受容から日が浅いが、四、五〇年もすれば同じことが可能になると述べた。藤村と竹田は時々口を挟むだけだったようだが、かつて藤村は「吾国民性の欠点」（『新片町より』）において、日本人がさまざまな外国文化を迎え入れる風潮を軽薄、無定見と嘲る人もいるが、自分の考えでは、それは日本人が「暖い同情に富んで居る證拠」であり、欠点は外国人の精神や思想に同感しながら、「自己に対する正しい判断力と、批評の力」に欠けていることだ、と記したことがある。先述したように、彼はパリの都市空間やフランス人の生活に「同情」しながら、それを全面的に肯定もせず、また祖国を全否定もしなかった。その点で彼は西洋の欠点を指摘する河上とも、日本の欠点を指摘する石原とも違う道を進もうとしていた。

河上の西洋分析

藤村が東京朝日に通信文を送ったと同じ時期に、河上も大阪朝日に通信文を掲載していた。それは『祖国を顧みて』（大四）にまとめられている。特に興味深いのは、河上が「西洋文明の分析的性質」を論じ、西洋が「煉化石《れんが》を一つずつ積み重ねて大建築を作るのに対して、日本文明は「非分析的」で、凡て物を一纏《ひとまと》めにし、「一個の統一物」とするとした点である。彼はそれを衣食住や人間関係に及ぼすのだが、家族と社会、庭園については、藤村とまったく対照的評価である。河上は「西洋の社会の如く煉化石を積んだるが如き機械的の臭」を嫌い、日本には「赤と青」が直接接するのではなく、その中間に「紫」があり、境界が不分明である、と言う。個人が直接に社会に対するのではなく、紫色の中間地帯として家族・一族が団結している点を評価するのである。彼に言わせれば、日本の庭園も松の木一本自然の形を存してはいないが、全体としては「山間幽谷の様を其まゝ一纏めにして之を縮図」している。これに対して西洋の公園は驚くほど「露骨な人為」を誇り、「左右均一の配置を取る。一本一本の樹は自由に伸びていても、樹は等間隔で生えるわけではないから、全体としては「自然」ではない、云々。後に横光利一がヴェルサイユ宮殿の庭は、右を見たり左を見たりするので、首が疲れると記したが、河上もその「人工庭園」性に違和感を持ったのである。

しかし藤村はむしろその個々人の自由や、整然とした公園で他人同士が挨拶を交わし、会話を楽しむ関係を羨んだ。特にそれらの根底にある個人の独立に関しては、『家』の作者として決して譲ることができなかっただろう。彼を悩まして来たのは、まさにその「紫」色の身内だったからである。ではいかにしてその独立した個人と、「屋外」での他人同士の交歓を生み出したらよいのか。

河上のように西洋文明は本来模倣しやすいのだとか、日本人は大庭園を作れなかったのではなく、小庭園で満足できたのだ、と割り切ることができなかった彼は、パリの構造的特色としての広場に一つのヒントを見いだす。通りの結節点としての広場《プラース》である。彼は日本でそれに相当するものは何かと思案し、江戸の広小路に導かれる。だがそこに至る前に、彼は第一次世界大戦の危機感に襲われなければならなかった。

2　リモージュへ

戦禍を逃れて

一九一四年（大正三）七月、オーストリア・セルビアの開戦を皮切りにドイツ、イギリス・フランスも参戦、戦いはたちまち第一次世界大戦に拡大した。ドイツ・オーストリア軍はフランス国境に迫り、八月一日にフランスは総動員令を発令した。翌日戒厳令が敷かれ、大使石井菊次郎名で主な在パリ邦人が大使館に呼ばれ、対策委員会が作られた。パリ市街は騒然として交通事情は一挙に悪化、食料品を貯めこむ人々に溢れ、パリの各駅は避難する人でごったがえした（「戦争の空気に包まれたる巴里」）。

藤村にとって、二年目のパリは快調だった。春から初夏にかけて、マロニエの花、エニシダの花が咲き、京大の経済学者・河田嗣郎《しろう》、考古学の浜田青陵、文学者では生田葵山《きざん》や野口米次郎らが、一時同宿し、賑やかになった。河田とはペール・ラシェーズ墓地に行き、アベラールとエロイーズの「寝像」も見た。やがて『新生』に描かれる「アムール」の世界の体験である。六月には山本鼎の親友・正宗得三郎（白鳥弟）、森田恒友がパリに到着、さらに美術研究の高村眞夫もやって来て、日本人画家が多いシテ・ファルギエールに部屋を借りた。京大の神戸《かんべ》正雄（財政学）は河上らが泊ったホテルからシモネエの食堂に通って来た。その日本人「パリ村」の平和な交歓が、突然「戦争とパリ」に変化したのである。河田、神戸ら多くの邦人がロンドンに避難、または帰国する中で、藤村は八月二七日までパリに留ったが、帰国の当てもない彼は、シモネエの勧めで彼女の郷里、中仏リモージュの姉の許に行くことにした。警察が発行した証明書には、「H. Shimazaki 身の丈低し。髪黒、鼻に癖あり」という意味が記されていた。画家の正宗、および金山平三、柚木久太、足立源一郎ら一行五人がパリを脱出したドルセエ河岸の停車場が、現在のオルセ美術館である。

すでにドイツ軍はベルギーに侵入し、フランス軍は敗色濃厚で、大統領のポアンカレーは九月に政府をボルドーに移した。

リモージュの秋

オート・ヴィエンヌ州リモージュ市はヴィエンヌ河が流れる静かな古い町である。パリからは当時汽車で七時間ほどで行くことができた。藤村は一一月一四日までここに滞在した。およそ二カ月半の田舎暮らしは、車馬の喧騒から逃れて、彼を生き返る気持にした。リモージュからの通信文はきわめて少なく、『エトランゼエ』の方がくわしい。それはシベリア経由の郵便が途絶し、時間がかかる船便のアメリカ経由にせざるを得なかったこと、さらに開戦前にシベリア経由で送った「桜の実」の原稿が途中で紛失してしまったことが原因であろう。柚木と足立はリモージュに数日滞在後、帰国を決意して別れたので（彼らはマルセイユからパリに引き返した）、藤村は『平和の巴里』の原稿を足立に託している。金山はすぐパリに帰ったので、藤村と正宗だけが、シモネエの姉の家、マテラン家の二階に宿泊した。日本がドイツに宣戦布告し、青島を攻略したので、町の人々は二人に好意的だった。

シモネエおよびマテラン家については前掲河盛著に詳細な調査があり、それによると、藤村が止宿したパリの下宿の女主人、マリー・シモネエは三人姉妹の末っ子で生涯独身を通した。長女の娘がマテラン家に嫁ぎ、二児を産んだ。藤村が親しんだエドゥワール少年にとって、マリーは人叔母に当たる。マリー・シモネエは一八五七年生まれだそうだから、藤村が渡仏した一九一二年には五六歳、藤村は四二歳である。山本は二人の仲を怪しいとからかったというが、山本『私の巴里』序文には「シモネエ婆さん」とあるから、これはまったくの冷やかしに過ぎなかったであろう。とにかく、彼は戦争の恐怖と都会の騒音と孤独から逃れ、一時的にではあるが、伸びやかな心を回復したのである。牧畜・農業を営むマテラン家は、町はずれにあり、ひろびろとした眺めと新鮮な空気が彼の精神を和ませた。ヴィエンヌ河にかかるポン・ヌフ橋近辺と、仰ぎ見るサン・テチエンヌ寺院の塔は、彼がよく訪れる場所だった。この田園風景は、正宗にとっても収穫で、彼は熱心に写生に励んだ。エドゥワール少年は先立って道案内をしてくれたし、河の水を切る石投げを教えた少年たちの一人は、日本の海の色を聞いて来た。「透きとほるやうな青い色」だと答えると、少年は憧れるように「あ、透きとほるやうな青い色か」と感嘆した（『エトランゼエ』）。

マテラン家の人々や近所の子供たち、それに牧場や畠の緑も名残惜しかったが、マルヌの戦いで独軍は退却しパリの危機は去ったので、彼は自分もパリへ帰ると言うシモネエの言葉で、パリに帰る決心をした。途中ボルドオで用事（おそらく大使館で日本からの通信の確認）を足したので、パリへはシモネエや正宗が先着していた。部屋は埃だらけで、街はまだ淋しかった。食堂では彼一人だけだったが、彼はリモージュで「刺戟された心をもって」もう一度パリの空気を確かめたいと思った。

パリの冬

季節はすでに冬景色で、彼は「もう二度と以前のやうな無聊に苦しめられ」まいと思ったが各美術館は門を鎖し、パンテオンも閉まっていた。開いているのは、寺院とナポレオンが眠るアンヴァリッドだけだった。彼は山本と二人でノートル・ダム教会に入り、リモージュで認識したローマ旧教の力と美をあらためて感ずる。さらにかつて同宿したソルボンヌの学生から、シャルル・モーラスの名を聞き、関心を抱く。彼は「ラクション・フランセーズ」紙に毎日寄稿していた。彼を評した文章に、「彼は独創的な設立者では無い。彼の勇気と資性とは、あたかも仏蘭西の国王が地方を集合せしごとくに、種々の思想を集合した。彼は総括者だ」とあった（「ある友に」）。彼は一八九〇年代のフランス共和制の堕落を批判し、国家による強い指導力を望んで君主制復活を主張していたが、藤村が関心を持ったのは、ここでは「総合」による復活であろう。ここではと言うのは、やがて『夜明け前』の青山半蔵が、王政復古に情熱を燃やすからである。この文章が書かれたのは一二月二六日である。それからしばらく通信は途絶える。彼が恐れていた「無聊」に襲われたからである。

その間には新年（大正四年）に正宗とともにマテラン家のパリの家（食肉卸業）に招かれる楽しみもあり（『エトランゼエ』）、国立国会図書館員のユージン・モレルの母親が病死した悲しみもあった。言い遅れたが、モレル夫婦の娘、キャミイユ・サランソン嬢は大の日本びいきで、日本熱が昂じて東京で藤村と知り合っていた。モレル家の人々は皆親切で、母親は特に日本を「空想の郷《くに》」として、孫（正確には兄弟の子）が日本に行った責任は自分にあると話した。彼女は「敏感で優雅な旧い仏蘭西の女」を代表するような女性で、英語も話せ、異邦人の藤村を最初に受け入れてくれた忘れられぬ恩人の一人だった。藤村は日本から植物の種子を土産に持参したが、それが無事に育ったかどうかも分らなかった（『セエヌ河畔の家々』）。

3 「十九世紀日本」の発想

春待つ心

彼が通信を再開したのは春の気配が兆した三月八日「春を待ちつゝ」である。そこではさらに強い「ルネッサンス」への期待と、自分の立直りへの希望とが記されている。彼は自分の周囲に、「戦後の仏蘭西の為めに――来るべき時代の為めに――せつせと準備しつゝある」傾向を感じた。それは「ヨーロッパの「寒い戦争が来て、一層その発芽力を刺戟」された「新生の芽」である。ルネッサンスとは再生であり、「もつと強烈な綜合」のことだ、と彼は言う。彼が「十九世紀研究」の必要を発想したのもこのときである。江戸期と明治期とを断絶ではなく、連続として把握したとき、彼に見えて来たのは「旧いものが次第に頽《すた》れて行って新しいものはまだ真実《ほんたう》に生まれなかった」日本の姿だった。だがそこには政治的・文化的・医学（科学）的に「激しい動揺と、神経質と、新時代の色彩を帯びたものがある」、と言うとき、彼の中には、『夜明け前』に結実する一つの核が生まれていた。

「寒苦・寒苦――斯の避け難い戦争の悩みの中で、世界の苦のなかで、草木の再生がやがて自分等の再生であることを願つて居ないものは殆ど」ない、と感じる彼に、もう一人の「彼」が呼びかける。五節のうち、三節を抜粋する。

旅人よ。足をとゞめよ。お前は何をそんなに急ぐのだ。何処へ行くのだ。何故お前はそんなに物を捜してばかり居るのだ。何故お前はそんなに齷齪《あくせく》として歩いて居るのだ。

旅人よ。お前はこの国を見ようとしてあの星の光る東の方から遙々《はるばる》とやつて来たのか。この国にあるものもお前の心を満すには足りないのか。

旅人よ。何故お前は小鳥のやうに震へて居るのだ。仮令《たとへ》お前の生命《いのち》が長い〳〵恐怖の連続であらうとも、何故もつと無邪気な心を持たないのだ。

その声に励まされて、もう一度パリを見直す彼に、いくつもの「模倣」と「総合」が見えて来た。

洗練されたラテンの血と交った猛々しいゴール人の血、ノートル・ダム寺院の建築上の「総合」、大公園における個々人の交響。「模倣は多きを憂へない。寧ろその力の薄弱なるを恨みとする」、と書いた彼は、個人主義的なフランス人が、他を容れる寛容な国民であることや、嘱目されたカトリックの詩人ペギイが、祖国のためには銃を取って壮烈な戦死を遂げる「愛国者」であることをも理解したのである。「死の中から持来す回生の力」は、彼自身が切実に待ち設けていたものでもあった。

幕末の日本人

そのころ彼は、俳人岡野知十《ちじゅう》の子息（岡野馨）が送ってくれた栗本鋤雲《じょうん》の『暁窓追《ぎょうそうつい》録《ろく》』を読んだ。鋤雲は幕末に幕府の外国奉行であり、明治維新直前の駐仏公使でもあった。ちょうどオスマンの市街大改革が行われている最中で、鋤雲はその印象を書き記している。

藤村はそこに、「物に動ぜぬ偉大な気魄《たましひ》と、長い教養の効果と、日本人としてのプライドを看取」した（「街上」）。鋤雲はパリを「楽土楽邦」とし、蚊も鼠も、酔人盗賊もいないことに感心し、「法令の密、邏卒の厳」の結果であると賞讃した。だが藤村は手放しでそれを認めることができず、このように「野性を磨り減らされた、極度の精練」が、はたして人間を幸福にするのか、と戸惑っている。高層建築の連なりは「石の交響楽」であり、公園では人々が「一大オーケストラ」のように集う。だがここには四季の微妙な変化の感覚がなく、屋内でのくつろぎもない。それらを好む日本人に、パリの生活をそのまま持ち込むのは不可能だろう。その難問に突き当たった彼が、内から芽ぐむものの一例として思いついたのが両国広小路や浅草雷門前の賑わいである。だがこれらは隅田河畔や火除《ひよけ》地、門前町から発達した盛り場で、商店街や見せ物に人が集まることはあっても、彼が公園に夢見る社交場ではない。その意味ではこれは彼の夢想に近いが、彼が固執するのは漱石のいわゆる「内発性」（「現代日本の開化」）の「芽」を探り、ヨーロッパ文化と接合させることにあった。彼は漱石や鷗外のように深い認識を示したわけではないが、彼なりに自分の見聞を通じて和洋の溝に当面していたのである。江戸時代に「近代」の萌芽があったかどうかは、後に「日本資本主義論争」で争われることになるが、藤村は早くにその可能性を模索した一人だった。

言うまでもなく、この論争は『夜明け前』執筆中、日本資本主義の性格をめぐって行われた。『日本資本主義発達史』（野呂《のろ》栄太郎監修、岩波書店、昭七—八）の執筆者たち（共産党系）は明治維新は封建制が色濃く残る絶対主義的政権を確立したとし（「講座派」）、昭和二年創刊の雑誌「労農」に依る社会主義者たち（大山郁夫が中心の「労農派」）は、そこにブルジョア革命的性格が強いとした。「内部《うち》からの芽」を重視する藤村は、心情的に「労農派」寄りだっただろう。なお後に触れるが、『夜明け前』を批判する服部之総《しそう》は、「講座派」を代表する論客である。

「（栗本）先生等のやうな徳川時代の末の人達の手から吾儕《われら》明治の人間は江戸といふものを受取り今の世紀といふものを受取つた」と考える藤村は、『夜明け前』にも鋤雲をモデルとする喜多村瑞見《ずいけん》を登場させた。パリは彼に「前世紀を旅する心」（『春を待ちつゝ』）を生じさせた街でもあった。

しかしフランス再生や「春」の待望はそのとおりだとしても、渡仏の裏事情、こま子の問題や性の問題はどうなるのだろうか。通信文はもちろん、『エトランゼエ』にも、色めいた話はほとんどない。わずかに山本から、シモネエとの仲をからかわれたり、藤田嗣治のモデル、イヴォンヌと高村、藤田ら数人が連れ立って郊外に遊びに行ったくらいである。河上が外遊するとき、夫人が「皆さんが買ふものは、あなたも買つてゐらつしやい」と言われた話を打ち明けたのに対して、藤村はどう返答したのだろう。こま子の件は『新生』を持つより仕方ないが、パリでも彼は謹慎の生活を送り、女性を寄せつけなかったらしい。冬子の死後、渡仏まで、いくつもの縁談を断わり遊郭にも行かなかった彼のことだから、事実らしいが、俗人には気になるところである。リモージュから帰って以来、時々現われるドイツの飛行船の攻撃を受けるパリで彼は辛抱を続けた。

帰国旅費の工面

彼がシモネエの宿からソルボンヌ礼拝堂前にあるセレクト・ホテルの「格安の部屋」に移ったのは、大正五年（一九一六）三月である。彼はその前年六月には、一〇月ごろに帰国の予定と神津や籾山書店の籾山《もみやま》梓月《しげつ》に報じているが、それが延期されたのは、旅費の工面のためである。この時、神津からは二〇〇円を借り、さらに実際に帰国するに際して、七〇円

『平和の巴里』
（大正４年１月，佐久良書房）
（藤村記念館提供）

『戦争と巴里』
（大正４年12月，新潮社）
（藤村記念館提供）

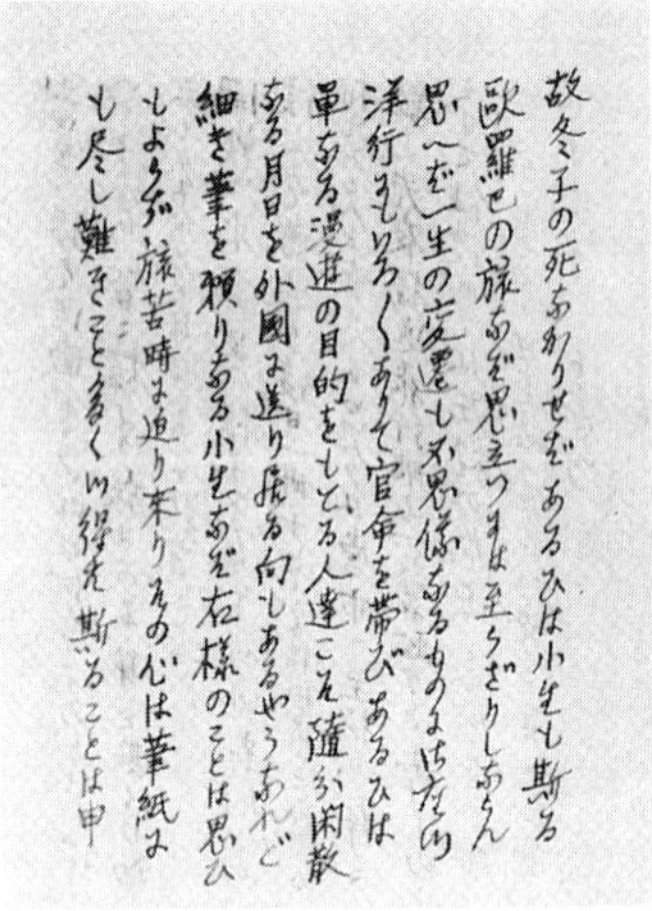
故冬子の死なかりせば あるひは小生も斯る
歐羅巴の旅など思立つまでは至らざりしならん
思へば一生の変遷も不思儀なるものに候
洋行もいろいろありて官命を帯びあるひは
単なる漫遊の目的をもてる人達こそ随分閑散
なる月日を外國に送り居る向もあるやうなれど
細き筆を頼りなる小生など右様のことは思ひ
もよらず旅苦時に迫り来り其の心は筆紙に
も尽し難きこと多く候得共 斯ることは申

秦貞三郎宛書簡（大正４年４月７日付，部分）（伊東一夫・青木正美編『写真と書簡による島崎藤村伝』より）

を借りている。有島生馬らは彼の旅費を心配し、「藤村会」という後援組織を作り、一口五〇銭の会費で、大正五年一月末に六〇〇フランを送った。当時のレートで約一五〇〇円が集まったわけである。シモネエの宿を出るについて、彼はシモネエが経営不振で怒りっぽくなり、奉公人に辛く当たったことを挙げているが、実際には帰国準備のほかに彼の経済的事情もあったのではなかろうか。先に触れた水上瀧太郎の回想「島崎藤村先生のこと」によると、二人は昼夜ともパンテオンの傍のギリシア料理で「安価な食事」を済ませたということである。料理自慢のシモネエの宿は二食付きだった。このホテルで、藤村は小泉信三とも知り合った。水上に従えば藤村が移って来たのは、出発の二カ月前、つまり二月末あたりになる。水上は、藤村が「何時か狂はんとする心の怖れから強ひて自分をおさへつけて居る人」のように見えることがあり、帰国一週間前に口髭を剃り落としたことが強く印象に残った、と記している。この「事件」は『新生』に描かれる。

藤村は大正五年四月二九日、正宗とともにパリからロンドンに向かい、五月九日に、そこから日本郵船の熱田丸で帰国の途に就いた。ケープタウンを廻り、神戸に着いたのは七月四日、東京駅はすでに出来ていたが、歓迎を避けるように品川駅にひっそり降り立ったのは同八日である。

長い船旅

彼の往復航海記は、『海へ』（大七）にくわしく、フランス船で一人きりだった往路にくらべて、日本船で正宗も一緒だった復路は、快適で余裕があった。その代わり往路が持っていた緊張感や、後に同室となるオペラ歌手の妻から、夫が船酔いをしてベッドを汚したので、ベッド・メイクをしてくれと頼まれたような不快感、対照的にアラビア海の光と波の共演に眺め入ったような感動は薄れている。「海よ、躍れ」と心に叫び、その変化を「巻きつゝある。開きつゝある。湧きつゝある。……」と微細に捉え、それに身を委ねざるを得なかった孤独感もない。そもそも彼を航海に誘ったのは、「海から来たもの」と自称する「人物」であり、その人物は「一筋の細道」を示唆した。彼はボードレールに倣って「老船長」（死）に水先案内を頼んで航海に出た、という設定である。

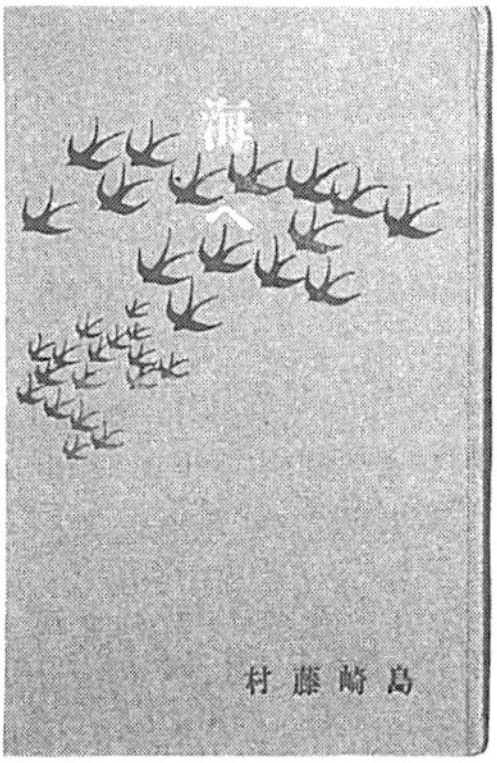

『海へ』
（大正７年７月，実業之日本社）
（藤村記念館提供）

有名な第二章の「地中海の旅――父を追想して書いた船旅の手紙」には、旅の目的が次のように記されている。「父上。私はあなたの黒い幻の船に乗つて、あなたの邪宗とせられ異端とせらるゝ教の国に兎も角も無事に辿り着きました。（中略）私は無暗と西洋を崇拝するために斯の旅に上つてまゐつたものでもございません。私に取つては西洋はまだ〳〵

黒船でございました。幻でございました。幽霊でございました。私はもつとその正体を見届けたいと存じました。そして自分の夢を破りたいとぞんじました」。先に引いた感想「黒船」の繰り返しであるが、藤村の目的の一つがここにあったことは疑えない。すでに述べて来たように、その希望はある程度叶えられたと言ってもよい。

「エトランゼエ」との対話

海外への旅を示唆した「人物」は、パリでも「エトランゼエ」として、無聊に苦しむ藤村に助言してくれた。彼は復路の船中でもその姿を現わす。彼は、君が帰ったら「自分の国が自分の国のやうでは無くなるでせうよ」と予言した。船は二〇日ほどでケープタウンに到着、藤村は南アフリカ博物館を見学し、植民地の都市に「外来の勢力を無理に押し込んだ」ような雑然とした感じを持った。そして、その目で故国を見ることを恐れた。彼はシンガポールや香港で、乗り込んで来たコロニストの横暴に憤慨したが、日本人植民者の下劣さにも失望した。彼は日本の近代化に関する日頃の考えを以下のように述べて見た。

印度や埃及《エジプト》や土耳其《トルコ》あたりには古代と近代としか無い、（中略）幸ひにも僕等の国には中世があつた。封建時代があつた。長崎が新嘉堡《シンガポール》に成らなかつたばかりぢやない、僕等の国が今日あるのは封建時代の賜物ぢやないかと思ふよ。

念のために言えば、ここで「中世」とは江戸時代初期、幕藩体制が整うまでを含むらしい。彼は続けて幕末の国学者や自分の父のことを語り、「僕等が近代の精神に触れ得るというのけあの阿爺《おやぢ》たちに強いものが有つたからだ。それに触れ得るだけの力を残して置いて呉れたからだ」と断言する。つまり無抵抗に欧米に呑みこまれず、「伝統」――「活ける過去」を守ろうとしたからだ、と言うのである。これに対してエトランゼエは、「君の言ふことは半分は寝言だ」という眼付をし、「帰って行って見給へ――君の国の神戸が殖民地のやうに見えなかつたら仕合せだ」と言い残して上海で去って行った。藤村は「黒船」の正体を見破ろうとしてパリへ行き、そこに祖国とは異質の美点を発見した。しかし復路では、三年間「一日も私の心から離れることのなかつた日本」が、近づけば近づくほど「美しい夢のやうに消えて行きかけ」ていた。エトランゼエのコスモポリタン的な思考に、藤村もいつのまにか染まっていたのである。

南禅寺の「深さ」

熱田丸は七月四日に神戸に着いた。だが彼はすぐには東京に帰らず、神戸、大阪と京都で四日間を過ごした。日本の都会に「大きな村落」性を感じ、西洋は都会において、日本は田舎において勝ると思った。京都では河上、河田と再会し、河上には南禅寺の瓢亭に招かれた。そこの庭や天授庵の奥庭で、彼はパリの大公園とは別種の「伝統的」な美的精神に打たれた。それは「大いなる意匠」によって統一された均斉や、「公衆」の姿ではなく、個人に属する、小さいが奥深い風情だった。

一つの大きな美術館のかはりに、個々に秘蔵せらるゝ傑作がある。一つの大きな公園のかはりに、奥床しくすぐれた多くの個人の庭園がある。私はこゝに一々東西の相違を比較して見るやうな煩しさを避けよう。唯私はこの文物の大きなコントラストを一神教的な欧羅巴の宗教と、ペーガン（一神教から言う異教徒）の深さを有する東洋の宗教の相違にまで持つて行つて見たいやうな気もする。

この異質性の認識は、これ以後の彼を、晩年ほど西洋と東洋の調和の夢へ駆り立てることになるが、興味深いのは、パリで「愛国者」だった河上が、次第に日本文化の「縮図」性に飽き足りなくなって行くことである。彼は西洋のような「雄大さ、根深さ」を欠き、「瞬間性」「圧縮趣味」に止まるわが国の狭さを慨嘆し、「どうして日本人には執拗な耐久力が欠けているのか？」（『別冊獄中日記』昭一一）と記すに至る。彼はそれにつれて、藤村の文学からも離れて行くのだが、彼の考えに即して言えば、藤村は日本の作家の中で、おそらくもっとも「執拗な耐久力」の持主だった。まもなく芥川龍之介は「神神の微笑」で、さらに遠藤周作は『沈黙』において、キリスト教を相対化し、吸収してしまう日本の風土性を嘆く宣教師を描くが、藤村はその「沼地」のような風土性に、多様な価値観を共存させる「深さ」を見ようとしたのである。

吾儕《われら》日本人はまだまだ保守的だ。吾儕に必要なことは国粋の保存でなくて、国粋の建設でなければ成らないのではないか。吾儕はもつと〳〵欧羅巴から学ばねばならない。そして自分等の内部《なか》にあるものを育てねばならない。

これが日本に帰った直後（「故国に帰りて」大五・九・一一―一一・一九）の藤村の結論だった。『海へ』の最終章は、「流れよ、流れよ、隅田川の水よ」の呼びかけで閉じられる。彼は透谷の「漫罵」を受け継ぎ、そこに「雑然紛然たること恰も殖民地の町」のような風景を見、「推移」あって「改革」のない昔馴染の展開に「幻滅の悲哀《かなしみ》」を感じた。「何となくお前の水はまだ薄暗い。太陽の光線はまだお前の岸に照り渡つて居ないやうな気がする。お前の日の出が見たい」。

第八章　『桜の実の熟する時』から『新生』へ

1　執筆再開と『桜の実の熟する時』

ふたたび「家」の中へ

帰国後の藤村は、一旦、芝二本榎西町（現・港区）の広助宅に同居し、早速仕事を再開した。材木業に失敗した広助の経済的困窮と帰国催促が、彼に帰国を決断させた理由の一つという。定収入の見込みもほとんどない一家は、藤村の仕送りが頼りだった。藤村は近所の小間物屋の二階を借り、執筆の手伝いとしてこま子を通わせた。彼女にも小遣いを渡す名目である。だがその結果、二人の関係は再燃してしまった。彼が最初に書いたのは、「東京朝日新聞」の前記「故国に帰りて」だが、渡仏に際して「中央公論」や「文章世界」（博文館）などに、パリでの執筆を約束して前借りをした義理があり、早稲田大学、慶應義塾大学でもフランス文学を講義したので、超多忙だった。二人の関係の発覚を恐れた彼は、一月、広助一家を本郷区根津宮永町

（現・文京区、作中では谷中《やなか》）に移し、家事は知人の権藤誠子と広助の義母に頼み、こま子は執筆補助に通わせた。広助は眼を患っていた。精神病が悪化した姉の園子も上京させて小石川音羽の療養所に入れた。年末（一二月九日）に台湾の長兄・秀雄に宛てた手紙によると、藤村は七月以来、広助一家に約三〇〇円を支払い、秀雄も一五〇円の援助を予定していた。渡仏前と何も変わらぬ「兄弟孝行」である。なおこの書簡には台湾での秀雄の製氷事業発展のため、秀雄の意を受けて安東台湾総督に紹介してくれるよう柳田に頼んだことも記されている（前述）。総督と柳田とは親戚だったからだが、潔癖な柳田はその依頼に不快を感じ、以後藤村との仲は疎遠になった。

翌大正六年にも財政苦は続いた。彼は生活費を稼ぐため、自作詩集から一節を揮毫し、長野県近辺で一枚二円で頒布することも厭わなかった。前年末に常陸大津（現・北茨城市）から引き取って西丸いさに預けた柳子は、西丸家の転居に伴って大阪へ連れて行かれた。姉の園子が根岸病院に入院したのもこの年初めである。『海へ』所収の諸編と併行して、『桜の実の熟する時』も書かなければならなかった。彼はそれに先立って、俗事から遠ざかるべく家を引き払い、六月から二人の男児とともに芝桜川町（現・港区）の風柳館の離れに住むこととした。瀬沼の『評伝』によると、風柳館は岡山県人が開いた高等下宿で、同郷の犬養毅から紹介されて国民党関係の院外団、政治浪人が多く止宿した。兄の秀雄も上京の際泊まったことがあり、その縁で藤村はこの宿を知ったらしい。離れは二間で下宿代は月七〇円だったという。こま子は相変わらず手伝いに来て、彼はここで『桜の実の熟する時』の続稿を開始し、引き続き『新生』の想を練った。

「若い日の幸福のしるし」

『桜の実の熟する時』（大八・一春陽堂刊。初稿「桜の実」は、パリ出発前に稿を起こし、（一）（二）を発表していたが、パリで全面的に書き直した）の前篇第一回（大三・五）から第五回（大四・二）までは「文章世界」に発表されていた。ただし、第三回はシベリア経由で送ったため、戦時中の混乱で紛失したのであらためて書き送った（大四・四）。後篇（単行本第六章）は一一月から発表され、大正七年六月に一二回で完結した（後篇第八章）。初稿と比較すると、人物名を全面的に『春』と同様に改め、文章の改訂も多い。帰国後の心境が、それらの改訂を必要としたと思われる。

　時代的な内容はいわば『春』の前駆であり、しかも岸本の過去が『家』の三吉よりも、『新生』の岸本のパリ渡航を思わせるように書き換えられていると言えよう。初稿「桜の実」（一）（二）が岡田（田辺――吉村家）の家庭状況から始まるのに対して、定稿は、まだ学校の寄宿舎にいる岸本捨吉が、かつての女友達・繁子の姿を見て、それを避けようとする態度から始められる。ハイカラでキザだった自分を反省し、無口になり、学校の勉強もせず、友人たちとも離れた憂鬱な青年が提示されるのである。これは渡航前の藤村の変貌と直接に繋がって行くものだろう。岸本は性的なめざめを感じ、日本の古典では西鶴を愛読、聖書からも「猥褻な部分」を拾い読みして、「姦淫する勿かれ、処女を侵す勿かれ、嫂《あによめ》を盗む勿かれ」というエホバの神の戒律を恐れながら、バイロンの放縦な生活から生まれた芸術を「美しい」と思わざるを得なかった。一方、ゲーテの詩にはまだ知らない「大きな世界」があると想像した。要するに捨吉は、田辺が勧める実業や、入洗したキリスト教自体よりも、西洋文学が描く男女の「愛」に惹かれ始めている。彼は「先人の足跡」のない方向に進みたかった。世間が自分の唐突な変貌をどう見ているか、未知の世界がどのように開けて来るのか、それが彼の心を占める「言ひがたい恐怖《おそれ》」である。卒業後の彼は横浜の雑貨店にしばらく勤め、吉本（巌本）の雑誌を手伝い、女学校へ勤め、雑誌に集まった青木（透谷）、岡見（天知）ら同人と親しくなった。この過程が、藤村の実生活をなぞり、教え子の勝子（輔子）に恋をすることも、繰り返す必要がない。「何といふ矛盾だらう、世に盲目と言はれて居るものが、あべこべに捨吉の眼を開けて呉れたとは。そして今迄見ることの出来なかつたやうな物の奥を見せて呉れるとは」（一一）。彼は「若い生命の芽」を伸ばすべく踏み出し、『奥の細道』を読み直して「一筋の細道を辿り進まう」と、「一切を破」り、関西放浪の旅に出た——。

　はなはだ粗雑な抜き書きだが、和田謹吾『島崎藤村』（平五）が言うように、この岸本の変化は、『新生』の岸本と酷似したパターンである。自分の境遇に圧迫を感じ憂鬱の壁に囲まれていた岸本が、女性問題を契機として「一切を破つて」出て行く点において。二人が求めるものが「ミューズ」と「学芸」であることを加えてもよい。『新生』の岸本（藤村）が、後篇で節子（こま子）への愛にめざめ、新しい生を感じる点をも含めて、『桜の実の熟する時』は、『新生』への前触れであった。前者の終章と後者の海外への決心の掲載とは、ほぼ同時期に重なっている。

2 『新生』のまぼろし

分裂する評価

『新生』は第一巻（大七・五・一―一〇・五）、第二巻（大八・四・二七―一〇・二三）、ともに「東京朝日新聞」連載。広助の妻でこま子の母、あさが死去した日、四月五日に執筆を開始したという。夫に代わって旧妻籠本陣を守る身が、夫の命令で突然上京させられ、藤村の留守宅を守ることになった彼女は、こま子の妊娠の相手を薄々勘づいていたようだ。作中では、岸本が節子の母だけには罪を打ち明けたかったと記されている。その内容からも、この作は連載当初から反響が大きく、節子が岸本に、母になることを告げた第一巻十三を読んだ花袋が、島崎は自殺すると感じた有名な逸話も残されている。

当初からその評価は真二つに割れ、岸本を「老獪な偽善者」とした芥川龍之介を筆頭に、同時代評も岸本と節子の関係が発端から描かれず、節子が岸本の型にはめられているという批判、芸術作品というより現実的な目的で書かれた感じがあると批判する人々と、立派な芸術作品と賞賛する人々とに分れる。筑摩書房『藤村全集』別巻に収められた「島崎藤村氏の懺悔として観た『新生』合評」（「婦人公論」大九・一）を見ても、近松秋江や徳田秋声は前者に属し、室生犀星、生田葵山は後者に属する。同全集にある岡本かの子「藤村氏の女性描写」（「潮」大九・一〇）も批判派である。それ以後では『新生』に芸術的作因があったかと問う平野謙が「現実的作因」として「恋愛からの自由と金銭からの自

『新生』第1巻
（大正8年1月，春陽堂）
（藤村記念館提供）

由」を挙げ（「新生」昭二九）、笹淵友一は「真の自己否定のモチーフ」がない（『小説家・島崎藤村』平二）ときびしく批判している。肯定者として代表的な論は剣持武彦「ダンテの『新生』と島崎藤村の『新生』」（『近代の小説』所収、昭五〇・四）で、「愛の新生の物語」としてこの作を高く評価している。最近では、下山嬢子《じょうこ》『島崎藤村』（平一一）がリモージュでの体験およびアベラールとエロイーズの伝説を最大限に評価し、「キリスト教的永遠」を感じたことが岸本に「自己変革」を迫ったとしているが、詩人で牧師（プロテスタント）でもある藤一也は、個人誌「島崎藤村」Ⅳ（平四・八）の「『新生』私論」で、ダンテ『新生』やD・G・ロゼッティの作品と比較しつつ、岸本一人が救われ、節子は救済されていないと結論しているから、一概には言えない。

藤村の作の評価が分かれるのはいつものことだが、そこにはやはり「物が言ひ切れない」彼の性格が介在しているし、読者もまたそれを嫌う人間と、好む人間がいるようである。対立点が集中するのは、とりわけ第二巻における節子との関係再燃と、それが「愛」に高まっているのか、という二点である。それを否定するにせよ肯定するにせよ、作品は事実そのものではない。藤村が自分をモデルにしている以上、それが藤村の実生活とされるのはやむを得ないことであるにせよ、それでも彼の作品はフィクションの一種である。だがこの場合、逆もまた真で、藤村が『春』や既発表のエッセイを引いて、岸本＝藤村と思わせようとしていることも事実である。先に引用したように、「私は無かつたことを有つたやうに書く」人間ではない（「突貫」）、と彼は言ったことがあるが、有ったことを無かったように書くことはしばしばある。『春』が典型的な例だが、彼は小説の構成に不都合な「事実」は切り捨てることが多い。それは「自伝的長編」の宿命としても、『新生』では、台湾の秀雄の許に送られたこま子が、東京に帰ってきて、藤村に同棲を求めた件（西丸、前掲書）をなぜ省いたのだろうか。物語は旅立つ節子の苦難を思い、それを「愛」の完成のためと考える岸本で終わるが、こま子の帰京は大正八年夏、第二巻の連載中だった。『家』が実生活上の危機によって変容を免れなかったように、『新生』もまた実生活によって動かされるかに見えたが、藤村は強引にそれを振り切った。後年、彼は勝本清一郎に、あれは「理想だ」と語ったという。

しかしこの小説は本来、第一巻の発表によって、実生活上の地位を失いかねない賭け、または捨身の作品である。瀬沼によれば朝日社内でも続編掲載に異議があったといい、藤村自身も社会的に葬られる可能性も予期していたと言われる。

だが、藤村の決意は非常に堅く、この作が「二篇より成る」ことを前もって宣言していた。幸いにして第一巻が世間から受け入れられた結果として、第二巻は公表されたと言ってもよい。第一巻発表によって動いたものは実生活でもう一つある。広助からの義絶である。これはおそらく予期したことで、当然のように作中に取り入れられた。芸術と実生活、芸術と道徳をめぐって議論が絶えない原因である。

人生を芸術の形式に

いささか先走ったが、第一巻には序の章があり、すでに触れた『微風』の蒲原有明書簡や、「無言の人」などを踏まえて、岸本の疲労や倦怠を語り、「友人のは生々とした寛いだ沈黙で、自分のは死んだ沈黙である」、と考える岸本が「自分の身に襲い迫って来るやうな強い嵐を待ち受けた」と結ばれている。以下第一巻には、先述したボードレールやワイルドへの共感や、空虚感の中で節子の妊娠を知って愕然とすること、友人の勧めで「海の外」に身を隠そうと決意したこと、フランスで「異人」として暮らした三年間と戦時の体験、「春を待つ心」などが記される。

この期間を通じて考えておきたいことの第一は、藤村が自分の苦痛をボードレールの『悪の華』同様に考え、ワイルドの『獄中記』のように「悲哀のかず〳〵も、一生の根底に横はれる苦痛も、拭ひ難き恥辱も、堕落も、隠れたる卑しき行ひも、罪悪も、乃至は身に蒙れる刑罰までも、直《ただち》にそれを霊的な意味あるものに化さうと努め」(「柳橋スケッチ」)ていたことである。小島信夫前掲書の指摘どおり、『新生』の意図は、「人生を以つて芸術の形式と成す」ことにあっただろう。その意味では、岸本が発表する小説が「懺悔」と名づけられたことも頷ける。しかし形式上の整合性は、その内容の精確さを保障しない。ボードレールは「神」の死んだ世界で「老船長」(死)に船出の案内を頼んだ。だが藤村はかつて教会に出入りしていた時代同様に、キリスト教の「神」という明確な観念を持っていたわけではなく、まして帰国後には、先述のように「ペーガン」として東洋的な「深さ」を発見していたからである。

なぜか「鈍感」な岸本

岸本は妻の死後、「独身そのものを異性に対する一種の復讎とまで考へ」て、「日頃煩はしく思ふ女のために――しかも一人の小さな姪のために、斯うした暗いところへ落ちて行く自分の運命を実に心外にも腹立たしくも思った。」（一―二四）。外遊を決心したときに、彼は節子に「好い事がある」（一―二八）と切り出している。だがそれは岸本にとって「知らない人達」の間に身を隠す都合のよさであっても、節子にとって「好い事」であるかどうかは分らない。『春』同様、「どうかして生きたい」と願う彼は、「自分を救わねば成らない、子供たちをも」、と考えるが、子供たちはともかく、節子にとってはまったく一方的な宣言である。世間には芸術の都に勉強に行くと繕い、自分一人で「島流し」の罰を受けようとする彼の独善が分りにくい。彼はパリへたびたび便りを寄こす節子の気持が理解できないほど鈍感なのである。もちろんこの頑なさは、第二巻で彼が「愛」を取り戻すための強調と見ることもできよう。

だが彼は小説家である。「静物」を見るようにしか人を観察できないと言う岸本は、すでに神戸の旅館で、節子の心の中の「急激な変化」に気づいている。彼女の手紙には、「人情の外の人情」というものもあると書かれていたはずだ。彼はなぜその考察をパリであらためて深めなかったのだろうか。藤村はかつて「先づ自己に力を得よ。さすれば外界のことは自然と解決がついて行く」（『後の新片町より』）と記したことがある。岸本も同じようなことを考えているから、彼は、混乱から脱出し、「先づ自分に力をつける」ことに専念したとしか考えられない。「海の外」は、現在の「沈滞から自分を救い出せそうな一筋の細道」だった。

この旅に出る前、藤村は透谷（青木）の「心機妙変を論ず」について触れた感想（「新生」、『新片町より』）で、青木は文覚上人の「心機妙変」を説いたが、その最後は悲惨なものだった、「新生」は明るいばかりでなく、むしろ「暗黒で惨憺たるものだ」と説く自説を引いた。妻の在世中の言葉だから、これは小泉三吉にはふさわしくとも、岸本捨吉には当てはまらない。三吉夫婦の最終的関係は、相互に切り離すことができない「奴隷」の関係だった。

神戸には長兄民助も、次兄義雄も見送りに来た。「兄弟が互いに助け会ふといふのはわれわれ岸本の家の祖先からの美風」だと義雄は言った。だが岸本は節子の父に二人の過失を告げることができなかった。言おうと思いながら言えない岸本の告白にいたる過程は、そのかぎりで『破戒』の丑松の繰り返しである。

罪過の恐怖

パリの生活については、すでにその大半を通信文や『エトランゼエ』に従って紹介して来たが、『新生』はそれらで一切触れなかった苦悩の根源として「罪過」が書かれている。岸本は当初こそ初めて見る異国に眼を見張ったが、やがて「無聊」に襲われた。その中でも節子からの手紙は続き、彼は「自分の罪過」を忘れることができなかった。「斯様《こん》な思いをしても、まだそれでもたりないのか」とは、滞在一年後の岸本の思いである（一―八五）。彼は乳房の手術をしたという節子の夢を見たが、それは「一種の恐怖に満ちた幻覚」であった。「海の外へ」の決意以前に、彼が見た幻影は、妻と三児の「幻の墓」だった（一―二六）。妻没後の三年間、彼がみつめて来た四つの墓の「冷たさ」は、「むしろ真実に勝つて居た」。この時点での彼は「墓へ近づく」(死)ことしか思い浮かばなかったが、節子の「幻覚」は彼の罪を思い出させる「恐怖」なのである。「彼は旅に紛れることによつて、僅かに心の眼を塞がう」として来た。

しかし、そのころ、彼は同宿の慶應の留学生(沢木か)から「インセストの独逸語」が「偏つた頭脳のものの間に見出される病的な特徴」だと教えられた。後のことになるが、彼は長兄から、父にも同種の過失があったことを聞く。だが今その血の繋がりを認めてしまえば、岸本の現状からの脱出はあり得ない。藤村は慎重に岸本を「回生」へと導いていく。岸本が仙台で解放されたのか「女性から離れて心の静かさを保つこと」にあったとすれば、彼は「静かなところ」で自分の過去をみつめ直す必要があった。

リモージュでの転機

第一次大戦は、岸本にとって「たましひを落ちつけたい」という機会を与えた。このフランス中部の田園都市で、彼は「胸一杯に好い空気を呼吸」し、車馬の喧騒から離れて牧場や野菜畑を見、樹木の香を嗅ぐことによって、「柔らかな新しい心」を感じるようになった。「罪過は依然として彼の内部に生きて」いるが、彼はその心で「罪過」に対することが出来た。

不思議な幻覚が来た。その幻覚は仏蘭西の田舎家に見る部屋の壁を通して、夢のやうな世界の存在を岸本の心に暗示した。曽ては彼の記憶に上るばかりでなく、彼の全身にまで上つた多くの悲痛、厭悪《えんを》、畏怖、艱難なる労苦、及び戦慄――それらのものが皆燃えて、あだかも一面の焔のやうに眼前《めのまへ》の壁の面を流れて来たかと疑はせた。

（一―一〇二）

三番目の幻想である。「夢のやうな世界」がどのようなものかは、かならずしも明らかでないが、それが沈滞から立ち直り、何らかの動きを生ずる力を生むことはたしかである。これまで凝固していた苦痛が、燃え上がって目前に迫って来たのである。しかし同様の「幻想」は「河」（『後の新片町より』明四五・四）にすでにあった。「ある人に取つては、河は一定した形もなく、色もなく、流動して際限の無いやうなものである。斯ういふ人の目には赤い焔のやうな色の河といふものもある」。藤村はその現象をパリ渡航前に知っていたことになる。

岸本はサン・テチェンヌ教会で、澱んだローマ旧教の中に、「僅かの間」ではあるが「『永遠』といふものに向ひ合つて居るやうな旅人らしい心持」を起こした。ワイルドに影響を与えた『さかしま』の作者、ユイスマンスや、「デカダンスの底から清浄な眼を開いた」ヴェルレーヌの生活を想像した。彼らは最終的にカトリックの世界へ入って行った。だがそれならば、なぜ彼はカトリックに帰依しないのだろうか。言うまでもなく、彼が知っているキリスト教会は、明るいイメージに充ちた日本の新教である。旧教国フランスにおいて見た、ローマ旧教の永い歴史を刻んだ寺院の荘厳さが、彼に「永遠」を垣間見させたのではないだろうか。作中には出て来ないが、それは藤村が帰国後南禅寺で感じた底なしの「深さ」と同質のものではなかったかと理解して置きたい。

だから岸本は、この後もパリに帰ってから、以前よりさらに強い「無聊」に襲われる。戦時の冬のパリは、まさに「北極の太陽」を仰ぐような凍てついた街だった。

父の記憶

その絶望の中で、彼は自分と同じように「悩ましい生涯」を送った父の記憶に帰って行った。これまで厳格な人とばかり思っていた父が、自分と同じように青年時代に「憂鬱を発し、奇行に走つた」人であるという認識は、その弱さの発見によって彼を父の前へ運れて行った。祈るべき「神」を持たない彼が、「地べたに額を埋《うず》めてなりとも心の苦痛を訴へたい」と思う人は父以外にいなかった（一―一二三）。節子の度重なる手紙に返事も出さず、リモージュ以後もそれを火中に投じた岸本は、「幻を真《まこと》と見る父の感覚」だけに、自分の過失を許してくれる人を直感したのである。ここしばらく一族の若者たちに対して「父」の立場で振舞って来た彼は、父に対して子の立場を取り戻した。「子」としての彼は「幼い心」に帰ることを望み、その素直で健康な気持で今後の方針を決めようと思った。

だが藤村の実生活で言えば、彼が「ある婦人に与ふる手紙」（明四五）を「幼き日」に改題して連載したのは大正元年、父正樹の遺稿『松が枝』を編集、私家版で関係者に配ったのも同年一一月である。「澱み果てた生活」のさなかで、彼はすでに「幼い心」を持っていた自分と、父の思い出との存在に気づいていたことになる。瀬沼が言うように、『新生』はよく「計算された」小説である。その意味では、世界中が「春」の到来を心待ちにする中で、岸本が藤村の常套手段である「再生の芽」をみつけるのも当然だったのかも知れない。「死の中から持来す回生の力――それは彼の周囲にある人達の願ひであるばかりでなく、また彼自身の熱い望みであった」（一―一三〇）。

岸本の帰国

　第二巻冒頭で、彼は来たときに自分で「流罪」を宣告したように、自分で「赦免」を決定する。「還るのを赦されるのだ」（二―一）と彼は自分で自分に言って見るが、誰がそれを赦したのだろう？　それは彼が考える父の幻像以外にあるまい。彼は戦争で「旅の方法も尽き」、これ以上の滞在は人に迷惑をかけること、子供たちが気がかりであること、「それに抑制と忍耐との三年近い苦行（?）をまがりなりにも守りつゞけて来たこと」を挙げるが、それらはいかにも彼らしい心理的な推移にすぎず、「出獄」の条件を満たしていない。彼は「かねて」旅の終りには実行したいと考えていたように髭を剃り落として謝罪の意を表わし、自分も適当な人と再婚して節子にも結婚を勧めようという、「健康」で世俗的な心持ちで帰国した。ここにはリモージュの「夢のやうな世界」はどこにもない。

　岸本は帰るや否や兄一家の困窮と、当然のような要求に直面しなければならなかった。帰国祝いの盛蕎麦二つを「難有《ありがた》く頂戴した」とか、自分の罪過が、ともかくもこの一家を三年間支えて来た、といった表現は彼の精一杯の反発であり、平野がこの作の現実的作因を「金銭からの自由」に求めたのも、無理からぬ面がある。「礼奉公」を志した彼は、自分で自分の手を眺める。「その手を他から出された手のやうにして出し直して見た。実際、それは誰の手でも無かつた。自分の罪過そのものが何処から出すともなく出してよこす暗い手だ」（二―二四）と思いながら、彼はさらに「押頂いても足りないほど感謝すべき手だ。しかし掛引の強い手だ。自分の弱点を握つて居るやうな手だ」と付け足さずにいられない。後に長兄民助から、「懺悔」発表は義雄の追求が激しかったからか、と問われて、岸本はそれもあると答えている（二―一三五）。そうすると「懺悔」は一方に「現実的な作因」を持っていたことにもなる。

平野が指摘したもう一つの作因、「恋愛からの自由」はどうだろうか。第二巻に描かれているとおり、岸本が「肉の愛」を越えた「霊的な愛」をめざしていたなら、義雄は逆に、義絶によって岸本の予期どおりの役を果したことになる。

変化する二人の関係

岸本と節子は、帰国後二カ月ほどでふたたび肉体関係を結んでしまう。最初、彼は節子との関係を叔父姪の仲に引き戻し、あまり親し気な言葉を掛けなかった。節子は岸本の出発後から手の皮膚炎が直らず、父からは「何処の家にだつて片輪の一人ぐらゐはよく出来る」と冷遇されていた。しょんぼりとしたその姿を見た彼は、ある朝「不思議な力」に促され、「衝動的」に「小さな接吻を与へてしまつた」（二―三二）。彼に「深い哀憐《あわれみ》の心」が湧き、「節子を救はうとするばかりでなく、また彼自身をも救はう」と考えるようになった。だが、『三四郎』で漱石が引用した句（アフラ・ベーン原作の「オルノーコ」をサザーンが脚色した劇中にある）のように、「憐れみ」は「愛」に近いのだろうか。彼は近所に借りた部屋で節子に筆記役を手伝わせ、情縁を復活する。しかし彼は「これまでお前がいろ〳〵な目に逢つたのは無駄には成らなかつたと思ふね」（二―三九。「春」や「夜明け」を待つ藤村の常套句である）とか、「何だか俺はお前が好きに成つて来た――前には左様好きでもなかつたが」（二―四〇）と傷つけるような言葉を平気で吐くのである。根岸の姪（西丸いさ、作中愛子）からの縁談に耳を傾けると、節子の「低気圧」（不機嫌）が始まるが、彼はまだその理由が分らない。だが節子の手箱の中にある自分の絵葉書を見て、「眼前にある事象《ことがら》にのみ囚はれまいとする心」と「何とかして不幸な犠牲者を救ひたいと思ふ心」とが混淆した状況で、彼は思わず、「お前は叔父さんに一生を託する気はないかい――結婚こそ出来ないにしても」と口にしてしまった。彼がリモージュで、パリで取り戻した「幼い心」はどこへ行ったのだろう。折角の「自分のたましひは顚倒《ひっくりかへ》つてしまつた」と嘆くのである。「罪で罪を洗ひ、過ちで過ちを洗はうとするやうな哀しい心が、そこから芽ぐんで来た」（二―四四）。

二人の関係はそこから急展開するが、不思議なのは、岸本が節子の母はもちろん、節子自身にも、口に出して一度も詫らないことである。彼はつねに導く立場にあり、節子もまた「教えられる」立場を崩さない。作中に引用される彼女の文章には、母親には「ある程度までの独立自治の心が欲しい」とか、「どんなに僅かでも『主我』のこゝろのまじつた忠告には人を動かす力はない」「自分の眼に見、耳にきゝ、自分の足で歩まねば成らぬ」（二―三八）などの言葉が記されていた。岸本が「哀憐」を感じて以来の行動は、「誠意」を小出しにして、自分が読んだ節子の期待に少しずつ歩み寄って行く過程であるとも見える。

彼はパリを離れる前に、画家の岡（モデルは山本）から失恋の手痛い傷を聞き、自分が青年時代に勝子から受けた心の傷を話すばかりか、青木（透谷）の言葉を教え、せめて「誠を残したい」と忠告したことがある。何が「まこと」かは抽象的で分りにくいが、彼は帰国前に、誠実な生き方を他人には説いていたのだ。念のために言えば、藤村はこの言葉を「誠実」として『飯倉だより』（大一一）に記した。「すべてのものは過ぎ去りつゝある。その中にあつて多少なりとも『まこと』を残すものこそ、真に過ぎ去るものと言ふべきである」。

岸本が「節子に対する自分の誠実を意識するやうに成つた」（二一―五三）のは、一一月になって、節子が目に見えて回復し、彼女の「生命の動きから湧いて来た歓喜を自分の身に切に感ずるやうに成つた」（二一―四九）からである。彼はそれまでに義雄一家を根岸に移し、義雄の義母と、知り合いの久米（権藤誠子）に家事を、節子には通いで仕事の手伝いを頼むことにした。二人の距離を置くことによって、岸本の心はさらに燃え、彼の「たましひはしきりに不幸な姪を呼んだ」。それならば岡に「誠実」を説き、「幼い心」に立ち帰ろうと帰国したときの決心は、そこに至るまでの一段階にすぎなかったことになる。「未だ自分は愛することが出来る」と彼は喜びに浸るが、彼はその時になってようやく、延ばしていた愛子からの縁談を断わったのである。

「冬の焔」　藤村は第一巻と第二巻の間に発表した「三人の訪問者」（初出大八・一、『飯倉だより』所収）から、「冬」「貧」「老」のうち「冬」の部分を挿入して、岸本の「新しい愛の世界」を説明する。「冬」は、先入主となっていた「醜く皺枯れた老婆」ではなく、松葉が落ち尽くした代わりに、「細く若い枝の一つ〳〵には既に新生の芽」が見られ、そこから「冬の焔」が流れていた。久しぶりの武蔵野の冬は、パリと違って冬の日が屋内まで輝き満ちていた。「冬」が指し示す「何かの微笑のやうに咲く椿の花、言葉のない歌を告げ顔の歌はない小鳥、それらはみな彼の心の光景だ」。

だがこの主旨は、たびたび引用した「吾が生涯の冬」（明四〇）とほぼ等しく、「春を待つ心」つまり、『春』の繰り返しである。『新生』では、『春』の岸本が勝子に「一片の心のまこと」だけを捧げて別れを告げたことになっている（一―一二五）が、『新生』の別離はどうなるのだろうか。

先を急ぐ。岸本は別居によって、一月《ひとつき》も寝られないほど悶々と節子を思い、「これは荒びたパッションだ。静かな愛の光を浴びたものとは違ふ」（二―六〇）と反省した。節子は自分たちほど「幸福な春を迎へるもの」はないと言って来たが、彼が最終的にめざすのは「決して決して世にいふ幸福な春ではなかつた。世の幸福も捨てはてた貧しいものにのみ心の富を持来さうとして訪れて来るやうな春であつた。」（二―六六）。

彼は「激しいパッション」の後では、「幻滅」を感じ、「学問や芸術と女の愛とが両立するものだろうか。」とか今の二人の仲は「三年孤独の境涯に置かれた互の性の饑《うゑ》に過ぎなかつたのではないか」（二―六七）と思う。恋愛関係で「馬鹿らしい役割を演ずるのは何時《いつ》でも男だ」とさえ思う。四五歳の自分が二〇代の節子の機嫌を取るのが「腹立し」くもあった。彼は「彼女を保護し、彼女を導く」だけでは満足せず、彼女から働きかけて来ることを望んだ。しかし帰国後の岸本を節子に向かわせたのは、例によって「不思議な力」であり、そこに「互の性の饑」があったことも事実であろう。後に彼は長兄に対して、「男と女の間でさういふことにでも成らなけりや本当に相手のものを救ふやうな気にも成らない」（二―一三三）と居直りにも似た言葉を返すが、これは「懺悔」発表後のことであり、岸本としては、いかにして「肉」から出発した二人を「霊」へ導くかが先決問題だった。彼はアベラールとエロイーズの故事を節子に語り、「終生変ることの無い精神的な愛情」があり得ることを教えた。「一切を所有してしかも何物をも所有しなかった人達」（二—一〇三）に倣う自分たちの将来を節子の心に刻みつけたのである。そこに「導く」ことで満足できないという彼は、さらに「周囲に反抗しようとする彼女の苦い反撥の感情を捨てさせたい」と思った。それをストレートに「導く」のではなく、根岸の姪がお前を賞めていた、俺は自分のことのように嬉しかった、と彼女を上手にその気にさせるのが、岸本の苦心の方策である。こうして彼はようやく「同族の関係なぞは最早この世の符牒であるかのやうに見えて来た。残るものは唯、人と人との真実がある許りのやうに成つて来た」（二—七四）というところまで到達した。それに続く節子の短歌「恋ふまじきおきてもあらで我が歩むこゝろの御国《みくに》安くもあるかな」は、もちろんそれを受けたものである。

その直後、椿の花がしきりに落ちるころ、岸本は高輪に通って来る節子を待ち受けて、青木の思い出の残る東禅寺の墓地を二人で歩いた（二—七七）。二人は手を繋ぎ、「日のあたつた墓石の間を極く静かに歩いた。あだかも、この世ならぬ夫婦のやうな親しみが黙し勝ちに歩いて居る節子の手を通して岸本の胸に伝はつて来た」。藤村詩で言えば『落梅集』の「胸より胸に」でもあろうか。序の章で中野の友人が言う「幻の清浄」に二人は至ったわけである。「斯の果敢《はか》ない幻のやうな心持は直ぐに破れた」けれど、その瞬間を体験したことが、岸本を次のステップに進ませることになる。高輪の家から下宿生活へ、そして「懺悔」の発表へ。

3　「懺悔」と別離

「懺悔」発表

岸本は愛宕下の下宿で子供たちと暮らしはじめ、節子はそこへも通って来た。しかし子供に、節子は第二の母だと吹きこむ女中がいるような環境での性的関係はかなり無理であろうから、岸本の移転に「肉」を断つ決意がこめられていたことは間違いがない。節子が彼の情熱を掻き立てるような手紙を寄こすこともあり、「折角離れて居ようと思ふ」彼の心を乱すこともあったが、彼は節子の訪問を月二度に減らして「精神《こゝろ》の動揺」を沈めることにした。二人は互いに数珠を贈り、「友情の混《まじ》つた男女の間柄」に辿り着きたいと願ったが、一方では「精神上の友であるのに甘んずること」が出来ない情熱があり、そのジレンマに彼は悩んだ。そして彼はついに、自分の言動が「過去の行為に束縛せられて、何時でも最後には暗い秘密に行つて衝き当」ることに気づいた（二―九三）。同時にそれを告白することが「虚偽」を破り、節子のためにも「真《まこと》の進路を開き与へること」だと考えた。「自己の破壊にも等しい懺悔」の影響の恐ろしさに躊躇はしたものの、一旦その道を発見した彼は、最後に「懺悔」を新聞紙上に公表することとした。作中作の形式を取ってはいるが、その内容は『新生』自体が相当するのだろう。だが罪の「懺悔」と「新生」という題の相違にはやはり違和感が残ってしまう。「懺悔」をすれば「罪」は許され、「新生」がやって来るのであろうか。

「漸く岸本は自分の情熱の支配者であることが出来た」（二―一〇一）。彼が節子に「懺悔」発表を相談したとき、節子は「黙って置きさへすれば、もう知れずに済むこと」だが、「わたしにお嫁《よめ》に来てくれなんて煩《うるさ》いことを言う人も無くなつて、却て好いかも知れませんと答えた」（二―一〇二）。二人はともに自分たちが結婚できないことは承知している。だが岸本が「反撥心」を捨てよと説くのに対して、彼女は「……」を繰り返すだけである。事実、彼女は父の勧める縁談を「虚偽の結婚」と拒否するのである。「私共はすでに〳〵勝利者の位置にある」（二―一二八）と書く節子と、小説の形で義雄に傷を負わせつつ、「誰にも黙つて眼に見えない牢屋を出る」岸本との差が見えはじめる部分である。彼はただ自分を投出し、「一切を生命《いのち》の趨くまゝに委ねよう」（二―一一四）としたが、節子は、三年待って居られたのだから、何時までも待つと言った。「生命の趨くまゝ」云々は、『後の新片町より』にある「Life」とほぼ同文である。藤村はここでも渡航以前の句を用いて、岸本の心境を説明している。

岸本が「自分の情熱の支配者」となったときに思い出す中野の友人の訳詩もそうである。すでに指摘されているとおり、D・G・ロゼッティの原題“House of life”の中にある、“Silence of Noon”である。彼はその「生命の家」の「二重《ふたへ》に合へる静けさぞ君と我との愛の歌」から、二人の静かな愛の境地を夢想した。だが『春』の読者ならば、この詩は『春』（七七）の岸本が、勝子とただ一度二人で会った後に思う詩であることに気づくだろう。その流れで言えば『新生』の岸本は、この時点で早くも二人の別離を考えていることになる。彼は何度も彼女が「獨りで立つて行かれるか」を確かめ、彼女が妊娠していないかが不安で、落ちつけなかったのである。「懺悔」発表後、節子は一人立ちしなければならず、子が出来れば、彼の精神的、経済的負担はさらに重く、「愛」の完成のための別れなぞ不可能になるからである。彼は「血から解き放され、肉から解き放されて行くことを感知」して、「暗かつた彼の心も次第に明るい方へ、明るい方へ出て行く思ひをした」（二―一二四）かもしれない。だが「勝利者の位置」を信じる節子の昂揚は、彼の「教育」の度がすぎて、却って「憐れ」に見えてくる。

節子は「毎日神に祈るやうになつた」（二―一二二）という。だが彼女の「神」とはどのような宗教なのだろう。仏教のようでもあり、八百万《やおよろず》の神のようでもあり、岸本が教えこんだ、アベラールとエロイーズ同様のカトリックのようでもある。彼女が「宗教」の道に入る志を持つことは明らかだが、その点は岸本についても明確にされない。彼は節子に「何も修道院や尼寺まで行かなくたつて、宗教といふものは有るものだろう」（二―一〇三）と教えたが、彼女はおそらくはそれを信じ、特定の宗教というより「神」の観念に、さらには二人が交わす「隠語」としての、愛の「創作」に祈るのではないか。

創作として二人の愛の境地を疑うわけではない。しかしこれまでいくつか指摘して来た岸本の心境が、藤村の渡仏前の考えによって説明されることには、何か精巧な作りもの、「創作」の感じがするのを否めないのである。

『新生』の違和感

節子の姉、輝子に向かって、岸本は「誰が迷惑するツて言つたつて、一番迷惑するのは俺ぢやないか」（二―一一五）と言う。だが一番開放感を味わったのも、また彼であろう。輝子の、これを人は「実際のことだと思つて読む」か、「作り話と思つて読む」か、という問いに対して、彼は「それは俺にも解らない」と答えた。彼が怖れていたはずの第一巻への「世間」の反響は「嘲笑と非難」とあるだけで、具体的には何も書かれていない。「読者」として登場するのは、一族の四人だけである。これでは岸本の意図が身内からの解放にあったと「邪推」される余地を残してしまう。

後のことになるが、先に触れた「婦人公論」特集では、自分は懺悔する気は毛頭ない、とだけ述べた正宗白鳥は、「文芸時評」（「中央公論」大一五・一〇）で次のように評している。「根本の問題は、社会制裁の恐怖と、本能の強烈にあるので、その問題はつまりは未解決のまゝ残つてゐる」、「この懺悔文学に救ひがある訳ぢや無い。さう思ふ者のあるのは懺悔を宗教と関連させて、懺悔をしたら罪が亡んで神に救はれるといふ伝統的空想に支配されてゐるからなのだ」。節子に関しては「浮世に悩み疲れた一人の淋しい女」と、身も蓋もない。その結果として、白鳥は「作者の熱情と芸術上の手腕」には感心しながら、二人の「聖境」は「詩人の夢に過ぎない」と考えている。私も基本的に賛成である。繰り返すが、『新生』は自伝的長編小説である。しかし当然多くの虚構化も施されている。岸本は藤村の「事実」をなぞりながら進むが、岸本の心の状態が、特に節子に対する心が、渡仏以前の藤村にあったことは、岸本の心の展開や「まこと」さえも疑わせてしまう。これは『夜明け前』の青山半蔵

晩年のこま子（伊東一夫・青木正美編『写真と書簡による島崎藤村伝』より）

が、藤村やその作中人物、透谷らの多数の言説で形成されて行くのとは性質が異なる問題である。そこには藤村の「夢」と周到な計算とを見るべきではないか。

『新生』は第一巻では岸本の精神的危機とフランスでの生活が中心のため、節子との関係が進展せず、第二巻では二人の関係が緊密になるほど社会との関係が稀薄になり、筋道が立ちすぎているだけに、どこか違和感が残る作品である。

節子はよく岸本に手紙を書くが、その多くは岸本の示唆と誘導の言葉に彩られている。その意味では以前の節子の手記にあった「独立」の意志さえも、岸本が育てた可能性を否定できない。単行本では多少改訂されたが、初出には「彼女は化粧の末にいたるまでも岸本の意見に随はうとして居た」（二―七九）とあった。

小説は台湾の民助のもとに行く節子を思い、岸本が彼女持参の秋海棠の根を埋め直してやるところで終わるが、それは彼がパリのペール・ラシェーズ墓地で見たアベラールとエロイーズの「愛の比翼塚」の傍らに咲いていた花である。彼にはその根の生死が、今後の「二人の生命《いのち》に関係」するように思われたが、四つの球根はいずれも「毛髪でも生えたやうに気味の悪い」根が育っていた。この形容は、やがて咲くであろう「いぢらしい草花」とともに、頽廃の根から成長した二人の精神的な「愛」の暗喩でもあろうか。冒頭、中野の友人の手紙にあった「睡つて居る内に不可思議な夢を感ずるやうに、倦怠と懶惰の生を神秘と歓喜の生に変へたい」「無常の宗教から蠱惑《こわく》の芸術に行きたい」という希望を、藤村は岸本を通じて実践させたのである。節子の伸びゆく「生命」を信じ、かつその自立の前途を気遣う岸本の心配を疑ってはなるまい。だがそれを書く藤村は、その前年のこま子の帰京と、狂おしい情熱をすでに知っていた。彼は西丸いさを通じてこま子に二〇〇円を渡し、やがて羽仁もと子の自由学園に住み込ませた。父さえ死ねば藤村と同居できると思いこんでいたらしい彼女の願望は、昭和三年（一九二八）の藤村の再婚で完全に砕かれた。皮肉にもその翌日は父広助の葬儀が郷里で行われる日だった。『家』が冬子の急死で、作中の三吉とお雪の仲を取り繕ろわなければならなかったと同様に、藤村とこま子の「新生」も、岸本と節子の蔭に隠れたまぼろしに終わった。後年、彼は再婚相手の静子に対して、金の問題が「愛」を壊したと語り（『ひとすじのみち』）、『定本版藤村文庫』（昭一三）には、第一巻のみを「寝覚」と改題して収録した。

第九章　蟄居から起ち上がるまで

1　雑誌「処女地」

飯倉転居

『新生』第一巻連載を終えた藤村は、その直後、大正七年（一九一八）一〇月二七日に、麻布区（現・港区）飯倉片町三三番地の二階家に転居した（西丸前掲書に、一階二階とも八畳と四畳半の四部屋、のちに風呂を建て増し）。谷底のような坂下で隣家の塀に遮られ、日当りの悪い家だった。一族内の問題も、広助の義絶状によってともかく片がつき、手許に引き取った柳子をいつまでも下宿屋に置けない事情もあった。藤村自身には、都心から遠く離れた地で、謹慎の意を表わす気持もあった。新しい借家は植木坂を下った奥にあり、「郵便局へ二町、煙草屋へ二町、湯屋へ三町、床屋へも五六町」はあり、「坂へ上つたり下りたりしなければならない」不便な土地だった（「身のまはりのこと」（大一四）、『市井にありて』）。彼は昭和一二年に麴町区下六番町一七番地（現・千代田区）の

飯倉片町自宅近くにて（大正８年頃）
柳子・鶏二とともに（藤村記念館提供）

新居に移るまで、足かけ二〇年、この家に住んだ。彼は幼少から生家を離れ、各地を転々としたので、この飯倉が最長の住居である。

次々と従来の作品をまとめた時代であり、『新生』第二巻に続いて、「ある女の生涯」や「嵐」などの問題作と、大作『夜明け前』を執筆した時代である。それと同時に、女性の知的向上を願って雑誌「処女地」を創刊し、成長しつつある四人の子の養育に苦心した時代でもある。三男蓊助は母の死後、木曽福島の高瀬家へ預けられていたが、大正一〇年三月に引き取られ、藤村と冬子の子四人が、はじめて一つ屋根の下で暮らすことになった。しかし、蓊助はなかなか兄たちと馴染まず、また藤村は冬子任せで、実際に女児を育てた経験が少ないので、戸惑うことが多かった。この経験は後述「嵐」や「伸び支度」に描かれている。

精神的・経済的にもまだ不安定で、神津には滞仏時代の返金二〇〇〇円、こま子に渡す二〇〇〇円も必要であり、特にこま子との破綻は、働きづめの彼に大きなショックを与えた。大正八年暮、彼は珍しく約束した原稿をキャンセルしている（「潮音」の太田水穂宛書簡、大八・一一・二六、および一二・一〇）。

「何故といふ事は出来ませんが、小生の心は今ひどく動揺してゐます」とは、こま子の件を含めて、一身上の苛立ちと疲労が原因に違いない。

「胸を開け」

大正九年も多事多端な年だった。社会的にも藤村自身にとっても「焦躁な時代」である。彼は「一切の社会的生活が改造と解放の途上にある」として、デモクラシイの声や、ニイチェ、ベルグソンらの仕事が花火のように輝き、消え行きつつある風潮を批判した。「封建時代の遺物の近代化に過ぎなかつた」明治維新の過去がようやく壊れ、「世界的」な新しい思潮に「駈け足」で追いつこうとしているのが現状である、「私達の時代の焦躁」はその「息苦しさ」から来ている、と彼は言う（「胸を開け」大九・一・一、『飯倉だより』）。この「不安な時代」を歩むために、まず「新鮮な空気」を胸に送ろう、とはいかにも藤村らしい言いまわしである。「心を起さうと思はゞまづ身を起せ」と、かつて彼はニイチェの言葉を借りたこともあるが、彼も新年を迎えて不安の時代に歩き出そうとしていた。

姉の死

三月一三日には姉の園子が死去した。姉は夫の高瀬薫が出奔以来、脳を患って、入退院を繰り返し、夫の帰宅後は小康状態にあったが、藤村のパリ滞在中に夫が亡くなってから病状が悪化、上京して根岸病院で療養後、死亡した。「ある女の生涯」（大一〇・七）の小山げんは、園子の晩年を伝えるが、彼女の「中に居る二人の人」から生ずる幻覚症状は、『夜明け前』の半蔵の晩年と重ねられる。藤村にとって、園子は父の気質を受けて兄弟中でもっとも敬愛する姉であり、長子として父の最期をもっともよく知る人物だった。父の教えを守り、家と夫に全身全霊を捧げた結果は、あまりにも無残である。「まこと」を尽して酬いられぬ姿は、『家』のお種にくわしく描かれている。

藤村旧蔵書に、英文のパスカル『パンセ』抄訳がある（tr. and ed. by G. B. Rawlings.）。その扉に"For the memory of my sister, 1920, H. S"と記されているから、これは明らかに園子の生涯へ捧げられた悼辞であり、『飯倉だより』収録の「パスカルの言葉」（初出、大九・五）はしがきに、「ある人のために、パスカルの言葉を抄録する」とあるのは、園子を指している。たとえば次の言葉。

時は悲しみと争いとを癒す。それは私達が変化するからだ。私達は最早同じ人ではなくなるのだ。傷つけたものも、傷つけられたものも、最早以前の同じ人々ではなくなるのだ。

姉の苦難の生涯を思い、魂よ安かれと祈る藤村の哀しみが伝わって来る。時が苦しみを癒すのを待つ姿勢は、彼自身のものでもあった。

芸術家の「実行」

『飯倉だより』には、「ルウヂンとバザロフ」も収められている。彼は前記「胸を開け」で、日本の文芸はロシアで言えばツルゲーネフの時代に当る、としているが、その『ルージン』と『父と子』の主人公を比較し、芸術家の「実行」を考えた文章である。彼によれば、前者は「実行のない理想家」であり、後者は「自己の信ずるところを貫かうとして感傷主義を排した現実家」のように見えるが、実は後者も「実行力に乏しい」と感じられると言う。藤村はこの二人がツルゲーネフのフランス生活から生まれ、作者の「実行を思ふ心」の苦しみが創造した、ロシア人の「類型」（典型の意）ではないかと推測する。それは同時に、藤村にとっても、「実行」が「すべての芸術家のいつかは負はなければならない重荷」である、という気持を高めるものであった。彼はフランスで感動した詩人ペギイの戦死や、トルストイの晩年の生活、さらに二葉亭の行動に、芸術を離れようとした芸術家の「実行」を見た。一見唐突には見えるが、彼がこの「焦躁な時代」に企てた「実行」が、雑誌「処女地」の発刊である。彼がすべての資金と場所（自宅）を提供し、彼以外は全員女性の手で編集・執筆された女性啓蒙誌である（大一一・四―一二・一、全一〇冊）。誌名はやはりツルゲーネフの小説『処女地』を借りた。

「実行」を思い立ってから、それが雑誌の形で実現するまで、彼は文学的にも、子供たちの進路にも、いちおうの区切りをつけていた。長男楠雄は大正八年から明治学院中学部に通学、手許に引き取った三男蓊助は大正一〇年から同じく明治学院中学部へ、次男鶏二は小石川春日町の川端画学校（川端玉章創立）に洋画研究生として通学、やがて蓊助もその後を追う。藤村自身も絵心があったが、西丸いさも小園と号して日本画家となっていた。島崎一門には絵画の才能に恵まれた人物が多い。楠雄は新たに農家として生きるべく、大正一一年八月に馬籠に帰った。

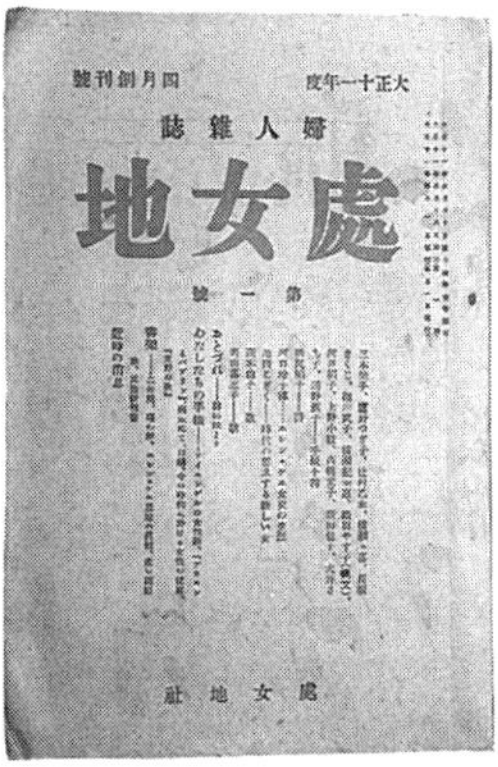

「処女地」創刊号（大正11年4月発行）（藤村記念館提供）

文学的には、大正九年、パリ通信をあらためて書き直した『エトランゼエ』の連載（「東京朝日新聞」大九・九・二五―一〇・一・二二)、「少年の読本《とくほん》」として、竹久夢二挿絵入りの『ふるさと』(大九・一二)の刊行、田山花袋・徳田秋声生誕五〇周年記念の『現代小説選集』を編纂、翌一〇年二月には、自身も生誕五〇周年を祝われた。大正一一年一月から『藤村全集』(全一二巻、同刊行会)が刊行されはじめ、これまでの業績の最初の集成となった。日本の近代文学を代表する位置に立ち、その「人生」に対する真面目さで一般読者から尊敬を受けていたことが、彼を「実行」に踏み切らせたのであろう。早逝した妻子四人を西丸四方によればその最初の印税五〇〇〇円が、「処女地」に投入されたという。早逝した妻子四人を馬籠の菩提寺、永昌寺に改葬し(大一二)、楠雄のために農地(大一二)、旧本陣跡の宅地(大一三)を購入するなど、経済的余裕も生じたが、彼自身は「簡素」な生活を守り、しばらく雑誌経営に力を注いだ。

「処女地」の特色

「処女地」の編集事務は、浦野(福西)蕉子、河口玲子(加藤静子)、鷹野つぎ、辻村乙未(正宗白鳥妹)らが中心となり、他に池田小菊、横瀬たき(夜雨《やう》夫人)ほか一五人の同人と多数の投書家が加わった。創刊号には同人女性たちの「手紙」や、河口玲子訳「エレン・ケエ女史の生涯」が掲載された。藤村は「処女地の創刊に就いて」を書き、以後「発行者のペエジ」その他のコラムで折々の発言を載せている。創刊号には無署名だが「来るべき時代の婦人のため」と趣旨を述べ、ロマン・ローランの「わたしたちの周囲にある空気は重い、窓を開けはなて、自由な空気をそゝぎ入れよ」という語句が引用されている。この雑誌には、女性の自由な感想のほか、女性を啓発する外国の文献を翻訳して紹介したが、「手紙」の中で興味深いのは、藤村が加藤朝鳥《ちょうちょう》『爪哇《ジャワ》の旅』から抜粋した「爪哇婦人カルチニの手紙」（大一一・七）である。それはやがて藤村が「愛」の困難を説くきっかけになるからである。

彼女はジャワの貴族の姫らしいが、煩瑣な掟に縛られ、外界への自由をまったく持たなかった。その桎梏の中で彼女は西洋の「新しい女」に憧れ、「生の争闘」をしなければならないと考えた。――加藤朝鳥（島根県出身、早稲田英文卒の評論家）は、ポーランド文学の紹介者として知られるが、大正時代「爪哇日報」主筆を務め、ジャワの女性問題にくわしかった。

「処女地」同人と誌友
前列右から加藤きぬ子，星野耀子，福西まつ，中列右から３人目辻村乙朱，５人目加藤静子，後列右から三木栄子，織田やす子（藤村記念館提供）

藤村の「愛」（初出大一二・六、『春を待ちつゝ』所収）は、帰朝した加藤から聞いたジャワ男性の女性に対する「愛」の四種を挙げているが、「一、崇拝するもの、二、子を生むもの、三、奴隷、四、同じもの」のうち、第三の「奴隷」に注目した点が、かつての藤村の家庭生活を思わせる。加藤の言う奴隷は身分上の奴隷だが、藤村はそれを「結婚制度の奴隷」に発展させ、「飽くことを知らない性の結合は一対の夫婦をも駆って互ひの奴隷と化するに至るであろう」と言うからである。『家』にはまさにそのような夫婦が描かれていた。藤村の見解では、一夫一婦の行きつくところは、「愛の争闘、男女の間の失望、家庭生活への倦怠」などから相互の「奴隷」関係を求めざるを得ず、第四の「自己と等しきもの」に至る過程では、イプセンの戯曲『ロスメルの家』のレベッカが言うように、結局は「ロスメル家の人生観」に自分を合わせる「大きな、あきらめの愛」が必要だという(田村俊子「彼女の生活」(大四)の主人公が到達するのも同じ「大きな愛」である)。近代人が「愛」の理想とする「霊肉の一致」にしても、トルストイはキリスト教の戒律に苦しみ、ホイットマンは独身で過ごした。「愛と結婚」を説いたエレン・ケイは結婚せず、母ともならなかった。矛盾に満ちた近代人の生活が、理想を実現するのは容易でない、と彼は結んでいる。問題提起に終わってはいるが、彼が実体験にもとづいて、「愛」の問題にあらためて直面したことは確かである。

なおカルチニは「生の争闘」の結果、一六歳で外界と接触することを許されたが、それはまだ制限つきであり、書物はオランダ語のもののみ、「自由と平等」は姉妹間の関係にすぎない。二〇歳の今、「本意でない結婚」が待ち受けている。まもなく彼は加藤静子に愛を抱くことになるのだが、それは後の項に譲って、ここではもう一つの「手紙」を紹介して置きたい。

当惑する藤村

投稿された手紙「覆面の婦人より」(大一一・一〇)は、要するに同性愛に悩む女教師の苦しみの記である。女学校時代のA先生を慕った「私」Bは、Aに「身も心も捧げつくして一体と」なったが、Cという異性が現われ、好感を持った。それはAを通じてCに伝えられたが失望に終り、Bは逆にCとAとの仲を疑い、それが事実であることを知った。AとBは同棲時代に入籍（養女？）しているが、Aは「神から許されない汚れた関係」を解消して「母子の愛」に清めようと決心し、二人は離れ離れになった。しかしBの執着心はますます募り、「神を憎らしい」とさえ思っている。「御著」（『新生』であろう）を読んだので、自分の「心の進路」はどうあるべきか、教えて欲しいと訴えるのである。ここでも「藤村生」は、「より高い性的道徳の立場はないものか奈何《どう》かを共に考へよう」と思うだけで返事は出せないでいる、と記している。形式的結婚が出来ない点では『新生』と共通点があり、藤村も困り果てたのであろう。「より高い性的道徳」をめざした『新生』は、実生活上では破綻状態であり、BがAとの「清い」関係に堪えられない以上、なまじな回答は出来なかった。

いわゆるS（sister）の関係は、特に女学校ではしばしば見られたようだ。宝塚少女歌劇団の養成会が設立されたのは大正二年、東京の帝国劇場公演は大正七年である。「男装の麗人」は女性ファンの心を捉えつつあった。小説では田村俊子「あきらめ」（明四四）に、「文部次官令嬢」が主人公に甘ったるい愛の手紙を出し、吉屋信子が大正五年から発表した『花物語』は女学生を熱狂させていた。ただし「覆面の女性」のようにあからさまに性的関係を訴えたものは見当たらず、藤村はあらためて「性」の複雑さを自覚しなければならなかった。

「処女地」の試みは第九号（大一一・一二）に「第一〇号で終刊」する旨を告げて、一年足らずで終わった。その説明によれば、エレン・ケイの『少数と多数』（河口玲子、第七号）やジョン・スチュアート・ミル『婦人の服従』（星野耀子＝肥塚和子、第二号より連載）などの女性論が、「必然的に時事問題の根本的な批判に触れないものはない」からで、これらは第九号から掲載されなくなった。当時は時事問題を論ずる雑誌出版には保証金が必要であり、そのための資金が足りず、同人たちの境遇も変化しつつあったためである。田中宇一郎『回想の島崎藤村』（昭三〇）の記憶では、保証金は千円ほどだったという。現在でも藤村の個人色が強い雑誌として、それほど大きく取り上げられることはないものの（復刻版はある）、「女性のめざめ」を考える上で、その問題提起には逸することが出来ない価値がある。

2　『嵐』と子供たち

「老」の微笑と青春回顧

「三人の訪問者」（大八・一）を発表したとき、藤村は四八歳である。現在なら働き盛りだが、当時は人生五〇年と称した時代である。「老」に向かっている彼も、その自覚を持った。三人とは先に触れた「冬」「貧」「老」である。「冬」が思いがけない姿を示したと同様に、「貧」も「老」も従来のイメージとまったく反対の姿を見せた。「貧」はこれまで感じていた「醜」ではなく「一種の幻術者」として、「世に所謂『富』なぞの考へるよりは、もっと遠い夢を見て居る」と言い、「老」は「萎縮」ではなく「微笑」を見せた。彼らは世俗的な観念の裏に、人生の豊かさが隠れていることを教えてくれた。『飯倉だより』の「老年」に、彼は「老年は私が達したいと思ふ理想境だ」と記した。

藤村が自分の文学的出発を回顧しはじめたのも、このころのことである。『飯倉だより』には「昨日、一昨日」「文学に志した頃」「自分の全集のはじめに書いた序の言葉」「北村透谷二十七回忌に」などの回顧を収録した。「北村透谷二十七回忌に」（大一〇・七）は数ある透谷追想の中でもっとも長文で、出会いから透谷の結婚、死に至るまでの戦いを振り返り、彼との交友がいかに自分の心に深く刻みつけられているかを記した。「戦ひの人としての透谷」、「戦ひ疲れた透谷」、「しかしその惨憺とした戦ひの跡には拾つても〳〵尽きないやうな光つた形見が残つた」という評価は、以後の透谷論の定説となった。

種子を蒔いた人

藤村が近代文学の「播種者《たねまき》」として思い出すのは二葉亭と透谷である。だが前者の生涯には「芸術と実行の分裂ともいふべき悲しみ」があり、「その空虚は近代に勃興した科学的文明が芸術の世界」にもたらしたものだという。これに対して透谷には二葉亭が感じたような虚しさを持たない「力」があったと述べている。透谷の「本質を見る力」を、藤村は自分の同時代で「最も高く見、遠く見た人の一人」だと絶讃する一方で、彼が「生命の内部に突き入らう」として「審美上の詮索」のみならず、「道徳の創造性にまで考察を向け」つつ、その「内観」が「主我的な瞑想に堕ちて行った」ことを惜しんでいる。その結果、透谷は卓抜な「生命観」で「新しい方向」を示しながら、「それが彼自身の統一力となるところまで行かなかつた」と言うのである。「内観」とは多分「内部生命論」などを指すのだろうが、そこで透谷の思索は、「宇宙の精神」と感応して「再造せられたる生命の眼」で見るとき、すべての存在に備わる「具躰的の形を顕はしたる極致」が現われると進んだものの、作品としては部分的に示されはしても（たとえば『蓬萊曲』、「我牢獄」）、「道徳」として完成されることはなかった。

だがそれならば藤村は、先輩透谷を継ぐ人間としてどう進んで行くのだろうか。藤村は透谷の跡を追いながら、「社会」との直接対決を避け、耐忍を重ねて着々と独自の道を探ったというのがほぼ定説である。いわば透谷の「玉砕」よりも息の長い「文学」の戦いを選んだわけである。

「文学者」としての藤村の「実行」とはどのような性質だったのだろうか。「処女地」の発行はその一つであり、『飯倉だより』『春を待ちつゝ』（大一四）などの感想集に収録された発言もその一種である。だが彼は透谷のように瞑想的な深い思索家ではないし、社会改革家でもない。表面的には、その発言は問題提起に終始して微温的に見えるかもしれないが、提起された問題自体は、時勢に即応した基本的な課題が多い。たとえば「十九世紀日本」の発想はすでにパリ滞在時に記されており、明治維新を区切りとして江戸と明治の断絶を考えるのではなく、世紀の考えを導入して、一九世紀の連続性を提起したことは、亀井勝一郎『島崎藤村論』が言うように新鮮であった。

また「四つの問題」（『春を待ちつゝ』）では、ブランデスのイプセン論に依って、宗教、新旧、階級、性の問題をイプセンがどう考えたのかを説明するが、「男女両性の問題」が「詩人としてのイプセンが追求の結果として当然到達すべき径路であった」と理解していることは注目されてよい。藤村は続けて、「一昨年の春以来私は病後（軽い脳溢血）のかたはらイプセンに関する数種の著述を読み、その結論に達した」と述べている。藤村によれば、「社会組織の最も深い根底を『性』にありと見た」イプセンは、『人形の家』のノラに「人の営む有機的な生活」「新しい道徳の萌さるべき母体」を見いだし、「性」を恋愛だけで捉えるのでなく、生活の根底に立って「社会」を劇化したのだと指摘している。この見解から言えば、彼は透谷の「意象が未完成のままで終つた」ことに鑑みて、辛抱強く機会を待ち、イプセンに学んで「詩人」としての「実行」を、作品を通じて社会に示そうとしたことになる。

言うまでもなく、『夜明け前』への道は、大正一四年には次第に開けはじめていた。「前世紀を探求する心」（『春を待ちつゝ』）で「十九世紀日本」の問題点をあらためて繰り返し、「今日の青年の激しい精神の動揺を思ふものは、もつとその由来するところを自分等の内部にたづね」るべきだと結んだとき、現代と幕末維新の混沌は重なったのである。

「嵐」の中で

短編集『嵐』（昭二）には九編の短編小説が収録され、「ある女の生涯」のようにすでに触れたものもあるが、やはりもっとも注意すべき作品は「嵐」（大一五・九）である。「餌を拾ふ雄鶏の役目と羽根をひろげて雛を隠す母鶏の役目を兼ね」た、父の子育ての記であると同時に、彼が子供たちとの間に伝わる血脈を確信し、故郷で農家になった長男太郎の新宅と、現在の、谷底にある古い借家との間に「虹のやうな橋」がかかったと感じる物語である。もちろん父は藤村、四人の子供はそれぞれ太郎、次郎、三郎、末子と変えてあるが、いずれも藤村と亡き冬子の子の事実にもとづいている。親子五人が飯倉で暮らすうちに、子供は成長し、父は徐々に衰えた。

長男楠雄を帰農させたのは大正一一年、その翌年正月から藤村は五〇日ほど病いに臥した。三男蓊助の『藤村私記』には、蓊助と追羽根《おいばね》で遊んでいる最中に倒れたとある。飯倉転居後、働きづめに働いたもろもろの仕事が、頑健な藤村を極度の疲労に追いこんでいたのだろう。幸い症状は軽かったが、同年九月一日には関東大震災に襲われた。次男鶏二と蓊助に守られて二晩の野宿生活を送った有様は、「飯倉だより（子に送る手紙）」（「東京朝日新聞」大一二・一〇・八—一二）にくわしい。作中の「父」は、弱かった太郎や、喧嘩ばかりしていた次郎と三郎が青年となり、自分を労わってくれるまでに成長したことに深い感慨を隠せない。彼らの子供時代、「父」は「家の内も、外も、嵐だ」と自分で自分に言い聞かせた。有名な言葉だが、「外の嵐」は米騒動や市電従業員のストライキなど、「早川賢」（大杉栄）にかぶれる三郎を除いて、それに関する世相の動きが具体的に記されることはない。「父」は「年もまだ若く心も柔い子供等の眼から、殺人、強盗、放火、男女の情死、官公吏の腐敗、その他胸も塞がるやうな記事で満たされた毎日の新聞を隠したかった」のである。

関東大震災にしても、藤村が郷里の長男に送った手紙形式の文章の内容は一切省かれ、早川賢を含めた三つの死骸が井戸の中から発見されたことだけが、「噂」として取り入れられている。これは「屋外」の光景をカットして、場面を「屋内」に限定した『家』と同様の手法であり、藤村としては、子供たちの変化の中に暗い世相が表われているつもりだったかもしれないが、手薄な感じは否めない。末子の洋服の件（父が西洋仕込みの知識で教えた）も、当時の女学生の風俗を示すよりも、末子が父の選ぶ洋服を嫌うことに、その成長の証しを見いだす方向に向かっている。その意味では、先の「父」

の自問自答も、「嵐」の中で子を守り、やっと育て上げた彼の吐息として作用している。

郷里に建てた新宅

震災をきっかけに彼らはこの危険な谷底の家を去ろうとし、二郎と三郎が家探しに廻るが、手頃な借家はどうしても見つからない。郷里の長男から新築の家の完成が間近いことを知らせて来たのはそのころである。彼は末子と長兄未亡人（秀雄は大正一三年死亡）に姪（西丸いさ）とその子まで加えた一行で帰郷し、新築の「四方木屋《よもぎや》」（緑屋）に泊った。彼は「晴れた日には近江の伊吹山まで見える」と子供のころ父に聞かされたが、「曽てその父の旧い家から望んだ山々を今は自分の子の新しい家から望んだ」。さらに帰京後には、「水に乏しいあの山の上で、遠い吾家の先祖の遺した古い井戸水が、太郎の家に活き返つてゐたこと」も思い出した。「過ぐる七年のきびしい嵐」に堪えて暮らして来た彼の心に、「この墓地のやうな」都会の家で「起き上る時」がやって来たのである。「『父は父、子は子』でなく、「『自分は自分、子供等は子供等』でもなく、ほんたうに『私達』への道が見えはじめた」。

「嵐」の批評

「子のために建てたあの永住の家と、旅にも等しい自分の仮の借家住居の間には、虹のやうな橋が掛つたやうに思はれて来た」という一節には、かねて疑問を呈する評もある。だが少年時代から他家で養われ、小諸、西大久保、パリ、高輪、風流館、飯倉と、下宿、借家住まいを続けて来た藤村には、この家は彼が不安定な文筆生活ではじめた建てた家であり、しかも没落した生家の土地を買い戻して建てた家である。そこに長男が住むことは「血につながる」先祖と子供たち、さらには「ふるさと」と結ばれた気持になったはずである。事実、この家に注いだ彼の情熱は並大抵ではない。楠雄宛書簡には、地元で懇意にした農家の青年・原一平を通じての土地買受け交渉に始まり、家の間取り、古い稲荷の買取りについて村への寄付金、用心箱（重要書類入れ）、鍵の始末に至るまで実に細かい。その費用は、婆やの給金も含めて、すべて彼が指示し負担した。子供たちはそれぞれの道をめざす。だが鶏二はしばらく楠雄を助けて半農半画家の生活をすることになり、蓊助も時々訪ねることになっている。作中の「父」も、たまには本を読みに帰って来たいと言う。そしてすぐ近くの菩提寺には、改葬した亡妻と亡児たちが眠っている、みんなの家なのである。

『藤村全集』別巻収録の雑誌「不同調」同人の「九月創作採点合評」（大一五・一〇）で、「嵐」は最高点を獲得している。もっとも、武者小路実篤や宇野浩二のように、藤村の態度に敬意を表しながら、「藤村の子に自分がなつたら仕合せだと思へる人はいくたり居るか。正直云ふと自分なんか願ひさげの方である」（実篤）、「一種の詠嘆調」「所謂暗示的といはれる島崎氏の描写」は「思はせぶりに堕する危険がある」（宇野）と評する作家もいるから、一概には言えない。「父」の子に対する誘導は、愛情と干渉の境目にあり、そのどちらに比重を置くかは読者に任されている。好みもあるし読む年齢によっても違うだろう。物分りがよく、子の「独立」を尊重するようでいて、結局は自分の示唆を受け入れさせる父は、私自身の好みではないが、馬齢を重ねるにつれ、このような父の気持も許容することができるようになったとだけ言い添えて置きたい。ともかく藤村にとっては、『夜明け前』の主要な舞台となる馬籠に、「虹」の橋がかかったわけである。

3　加藤静子との再婚

第二の青春

昭和三年一一月三日、藤村は「処女地」の編集に携わっていた加藤静子と再婚した。藤村五七歳、静子三三歳である。静子（明二九・一一・八―昭四八・四・一九）は、戸籍上は神田区（現・千代田区）猿楽町三丁目二番地の医師・加藤大一郎の妹として記載されている。兄は大震災後、母の実家がある埼玉県川越で明仁堂医院を開いていた。島崎静子編『藤村・妻への手紙』（昭四三）の注によれば、父は浦島堅吉（安政二―昭七）という医師で、「一二代続いた鍋島藩（長崎）の御殿医」だったが、ベルツに「西洋医学を学んだため」一時勘当されたという。「長崎」は佐賀鍋島藩の支藩、諫早《いさはや》藩。堅吉は東大医学部を卒業。東京で開業したころ静子らの母となる加藤幹《みき》と出会ったが、浦島家を継ぐ身として親が決めた相手もおり、形式的結婚ができなかったらしい（『島崎藤村事典』）。一時の勘当はむしろそれが原因ではなかったか。

静子と母の幹（伊東一夫・青木正美編『写真と書簡による島崎藤村伝』より）

藤村はこの「父」から診察を受け、「不思議な縁故からつながれるやうになつた浦島堅吉老人」と記している（「覚書」、『桃の雫』昭一一・六）。「父」は二人の挙式の時期に帰郷を予定していたが（出席辞退の意志か）、藤村は、間に合えば披露宴に出席して貰いたい意向を持っていた（島崎静子編『藤村・妻への手紙』）。母は少女時代に禅宗の尼僧に仕えて修行したこともあり、生活上の文化がしっかりと身についた人だった。藤村の静子宛書簡は、震災以前のものは猿楽町の自宅が延焼して失われたが、残った手紙と『ひとすじのみち』を参照すると、二人の関係の過程がおおよそ明らかになる。

求婚まで

幼いころから病弱だった静子は、津田英学塾（現・津田女子大学）を中退した直後に、同窓の伊吹信子に誘われるまま藤村を訪問した。以前に講演を聞いたことはあったが、直接に対面したのは大正一〇年三月九日が最初である。彼女は二カ月足らずで「その人以外に再び真に先生と仰ぐ人に決してめぐりあうことはない」と思った。「処女地」の編集主任格は、日本女子大出の福西まつ（結婚して徳光、大阪天王寺に住む）だった。彼女は早くから藤村が静子に惹かれていたことを察知していたようだが、その関係は、福西に代わって静子が多くの仕事をこなすようになって深まった。

静子に対して、彼は慎重に近づいた。彼には憂鬱できびしい暗さと微笑する温顔と二つの顔があったが、その奥に住む激情を抑制しつつ、段階的に自分の心を伝えて行った。最初は「机上の雑用」をする手伝いと読書指導をする師として、次には「最愛の友人」として、最後に人生を共にする妻として。藤村のあまりの好遇（プレゼント、静子の母の病気見舞、隅田川屋形船での月見）に、当初静子は戸惑ったようだが、大正一二年正月に藤村が病臥したときには父に診察して貰い、看護婦派遣を依頼するなど、彼の淋しい心を徐々に理解して行った。それは一二年六月に、藤村が信州松本郊外の山辺温泉に保養かたがた、静子の津田塾先輩、百瀬はる江が勤務する松本女子師範学校で講演（「『人形の家』を読みて」、『春を待ちつゝ』）をする際に、松本高等女学校に勤務していた伊吹信子から、静子を少し休養させてやって欲しいという願いがあり、彼女を同行したことで決定的となった。

『嵐』所収の「三人」（大一三・四）は、同窓の独身者三人が温泉宿で結婚や自分の針路について語り合う話である。桃子（百瀬）はリューマチで手が悪く湯治していたが、「親達の勧めを拒みかねて」郷里に帰る予定、得子（伊吹）も後任があれば退職したい口ぶりだった。身体の弱い実子（静子）だけは、信州の夏空を仰いで「制えがたい飛翔の思ひ」にいらいらしたが、彼女の胸にも「小さな芽」は宿っており、「この弱い自分の力に行けるところまで行かう」と決心して東京に帰る。藤村は「五味先生」として散歩している彼女にちらりと姿を見せるのみだが、『ひとすじのみち』では、そのとき彼は「わたしが死んだ時、純粋にかなしんでくれる人はあなたでしようね」と言ったという。

彼が静子に求婚したのは「三人」発表直後の四月二七日である。四月一四日の手紙で、静子は「近くゆけばゆく程、知る矛盾の多いその人にわたしはなんと、話かけたらよいのでせう」と記し、藤村は「手を貸して下さい。この病後の力なさをお救い下さい。私も今このまゝ旅の途中で倒れたくはありません」と懇願した（四月一六日）。「三人」に対する静子の「物たりない」という感想にも、「実子が桃子の迷ひを感知する心持」を補って下さい、会話も訂正すべき点があれば教えて下さい（四月二一日)、と驚くべき低姿勢である。そして二八日、「わたしたちのLifeを一つにするといふことに心から御賛成下さるでせうか。それともこのまゝの友情を——唯このまゝ続けたいと御考へでせうか」と、実質的に結婚を迫った。

結婚という言葉を使わず「Lifeを一つにする」とは、彼特有の「比喩」的言いまわし(秋江)で、見方によってはキザな言葉だが、藤村にすればこれはまさに言葉のとおり、俗世間的な意味ではなく、家庭生活も文学生活もともにする意思を表明したのであろう。静子もまた藤村に似て、「苦しい沈黙を守ります。自然の声の聞ゆる日まで」(四月三〇日)と期待を持たせながら、確答はできない胸中を「文学的」に返した。しばらくは「唯一の友」(静子)、「最愛の友」(藤村)と呼ぶ状態が続く。

「自然の声」

静子が思わずその心を開いたのは、同年の六月一八日と思われる。その日、例によって藤村の許に通った静子は、仕事を終えて藤村と芝公園に行った。二人はベンチに掛けて『ニイチェ書簡集』の話をした。ニイチェが妹に支えられて生きたこと、兄が妹を「いとおしみ」、妹は兄に「清らかな愛情」を寄せたことを語る藤村に、彼女は前後を忘れて「先生の妹にさせて下さい」と言ったという。折から天候が急変し、大樹の下で雨宿りしながら、藤村は、あなたはなぜもっと早く生まれて来なかったのか、あなたの成長を何年でも待っている、と雨に濡れながら一方的に語り、突然身をひるがえして走り去った。

翌早朝、昨日の藤村の「かなしそうな顔」を思い出した静子は、誰かが「あんなかなしそうな先生を救わなければならない」という衝動に駆られ、母には上野公園を歩いて来ると言って家を出た(当時彼女は池袋で母と暮らしていた）。大通りで花屋の戸が開きかけているのを見た彼女は、腕一杯の百合の花束を買い、飯倉方面への市電に飛び乗った。坂を駆け降り、家の前に立つと戸が開き、藤村が立っていた。彼女は黙って花束を押しつけ、また走って坂を登り、電車に飛び乗った。まるで青春映画のシーンのようだが、どうやら事実らしい。六月一九日に藤村は、自分の思いが「百合の花で酬ひられ」た喜びを記し、「奇蹟の中の奇蹟が行はれさうです」と書き送った。外見上、あるいは日常生活では、静かに思索し、容易に心を表わさない二人が、情熱を一気に迸らせ合った出来事だった。この日から二人は「人生の同伴者」として「幻住の棲處《すみか》」に向けて歩き始める。

藤村は静子に柳子の勉強を助けて貰い、夏休みには柳子を熱海の宿（静子の次兄の知り合いの宿）へ連れて行って貰った（大一三・八）。だが帰りは土砂崩れで陸路が危うく、藤村が熱海まで迎えに行き、三人で海路東京湾に帰り着いた（大震災で国府津・熱海間の軽便鉄道が壊滅し、熱海へ行くには早川口から船で往来するのが普通だった）。それを基にして書いたのが「熱海土産」（大一四・一、『嵐』所収）である。土用波のため出港が遅れ、東京港に着いたのは夜明け前だった。結末に注目すべき記述がある。

私の好きな夜明前の静かさは周囲を支配して居た。力が――曙近くなつて来るやうな力が、その時私の心にしみぐ〳〵と感じられた。

この「力」は、もちろん健康を回復し、静子とともに生の夜明けを待つ「力の甦り」だが、それは同時に、『夜明け前』に進み出ようとする力でもあった。なお『嵐』には、その他に、「嵐」の一部とも言える柳子（作中末子）の成長（初潮）を描いた「伸び支度」（大一四・一）もある。女性を意識した末子の変化が鮮やかである。現在の全集では『嵐』に収録されている「分配」（昭二・八）は、最初『定本版藤村文庫』第八篇に収録された。改造社の『現代日本文学全集』第一六篇「島崎藤村集」（昭二・三）で二万円の思わぬ大金を手にした藤村が、それを子供たち四人に公平に分配した心境が描かれている。その分配法は世間で話題になった。あるいは敬愛する二葉亭の「遺言状」（朝日新聞社の「涙金」を家族に平等に分配せよ）に倣ったものか。

山と海を結ぶ

すでにそれ以前から、藤村は着々と『夜明け前』への準備に怠りなかった。パリ渡航前に父の遺稿歌集『松が枝』を自費出版して父の心境を呼び戻していたが、郷土の資料を手に入れてから、その構想は本格化した。楠雄の新居を訪ねて馬籠に行ったときに（大一五・四）、彼は旧本陣の隣、旧脇本陣の大脇家や、同村の旧家・蜂屋家から「父に関する古い書類」を沢山手に入れた（静子宛書簡、大一五・五・二）。いわゆる「大黒屋日記」として知られる大脇信興《おおわきのぶおき》（作中、金兵衛）の日記や、宿役人蜂屋源十郎の『覚書』などである。それらは地理確認のため木曽を訪れた（昭三・九、同五・九）成果である。「昭和二年のはじめには、わたしはすでに『夜明け前』の腹案を立てゝはゐたが、まだ街道といふものを通して父の時代に突き入る十分な勇気が持てなかった」（「覚書」昭一一・一、二）と、藤村はその出発を回顧するが、「街道」が彼の脳裏に上ったのは、おそらく大正一五年のことである。

東京の日本近代文学館に「『夜明け前』ノート」と呼ばれる文献がある。元来一冊の「雑記帳」から藤村が抜粋したもので、その一は大正一五年三月三日から六日間、千葉の館山に滞在した記録だが、はるかに横浜を望み、開港当時の神奈川宿の大まかなスケッチと、異人屋敷、波止場などの地名が記されている。館山は静子がしばしば保養に来ていた土地で、藤村は三月三日に出発し館山海岸ホテルに投宿した。その間に、縁続きの「和田屋」にいた静子と二三度会ったようだが、前出「三人」を「共同」の創作にしたい意向を洩らした彼のことだから、『夜明け前』に関する横浜の主な箇所を説明したことは十分に考えられる。ノートのその二は、「神坂《みさか》へ十五年十月十四日」の日付で、楠雄新居に関するこまごました心得の注意があり、続いて「木曽の旅」として昭和三年四月一九日から五月二日まで、諏訪から木曽福島を経て、馬籠・落合近辺を調査したメモがある。この二つのノートを結ぶと、『夜明け前』の基本的ライン、「街道」によって「山」と「海」とをつなぐ構想が、かなり明瞭に見えて来る。

結婚

二人の結婚についても触れて置かなければならない。彼女は寒さに弱く、世間的な「Home life」に堪えられない身体を心配していたが、『藤村読本』の編集や馬籠永昌寺の桃林和尚の遺文、楠雄の「農事歴」（馬籠の自然の変化が分る）の筆写をはじめ、膨大な郵便物の整理、返事にいたるまで、もはや片腕と呼んでもいい同伴者だった。大正一四年六月に、彼が鶏二に送られて国府津で静養したときには、二週間ほど留守番も引き受けている。この聡明で有能な女性を結婚に踏み切らせるために、藤村は手を尽した。月給としては過分な金銭のほかに、保養の費用やさまざまな贈り物、最後には、別離後のこま子の件や、『家』における妻の「心の顔」さえ虚構であることを打ち明けた。『ひとすじのみち』は小説風の回想記だから、全面的に正しいかどうか不透明な部分もあるが、藤村以外にその秘密を知る人はいないのだから、おそらく事実なのだろう。こま子が最近、金さえくれればいい、と言ったことを告白し、「出発において濁ったものは、いかなる努力を重ねようとも……たとえ血のにじむような努力を重ねても決して澄んできません」と言ったという。『新生』の「愛」の世界の否定にほかならない。『家』の場合も「あれは一つの理想」「実は最後まで……」と告白したそうである。昭和三年の晩春のことである。

事態はそれから一挙に進み、静子が京都に旅行に出かけた留守に（伊吹信子が京都に移り、和辻哲郎方に同居していた。和辻夫人・照子は、津田塾の同窓生である）、藤村は加藤大一郎に手紙を書き、静子との結婚を求めた。母の電報で急遽帰宅した静子は、その趣旨を承諾し、二人は「普通の意味のhome」ではなくて「幻住」の境地をめざして歩き出した。この境地は彼がこま子に求めたものとかなり近いが、こま子が持ち得なかった同行者の資格を、身体が弱く普通の結婚も考えずに来た静子は、はからずも備えていたことになろう。以後、大一郎と会見した藤村は、挙式の日時・場所（星ケ岡茶寮）、簡素な形式、少数の親族のみの招待客という計画を思いどおりに運んだ。昭和三年一一月三日に挙式した二人は、まず飯倉の家で休息し、翌日から三浦三崎に新婚旅行に出発した。それは同時に、島崎家の祖先・永島氏（横須賀市公郷《くごう》村）を訪ねる旅でもあった。やがて青山半蔵が、世界と繋がり、眼下に砕ける波涛を実感することになる土地である。

4　『夜明け前』の街道

馬籠の中間性・二重性

「木曽路はすべて山の中である。……一筋の街道はこの深い森林地帯を貫いてゐた」という有名な書き出しは、この大作の性格をあらかじめ提示した感がある。この一節が『木曽路名所図会』三留野《みどの》の項を下敷にしていることは、北小路健『木曽路文献の旅』（昭四五）に指摘されたとおりだが、『夜明け前』と『名所図会』には、木曽路に対する明らかな姿勢の違いがある。『名所図会』は難所の多い「はなはだ危き道」として木曽路を紹介したが、藤村はその難所を改善、克服して、少しずつ「嶮岨な山坂」を歩きよくして来た人間の努力を重視し、「一筋の街道」を印象づけているからである。それは「細い一筋の道」を辿り続ける藤村自身の心でもあり、それに同伴する静子の「ひとすじのみち」でもあるようだ。

藤村は先述のように、木曽福島から馬籠までの街道を所三男《ところみつお》（徳川林政史研究所）の案内で歩く一方、弟子の田中宇一郎に木曽の地理風俗調査を依頼していた（田中『回想の島崎藤村』）。昭和二年の七月に、鶏二とともに山陰地方を旅した彼は、城崎、鳥取、松江、益田を廻り、雪舟の医光寺の庭では「遠い中世紀」がまだ生きていることを実感し、日本海の眺望には、それが大陸に開りていると同時に、その荒い波涛が大陸からの侵入を防ぐ楯になっていると思った。その旅行記「山陰土産」は「大阪朝日新聞」（昭二・七・三〇―九・一八）に連載され、『名家の旅』（同一〇・二〇）に収録された。こ

水無神社宮司時代の父・正樹
（右，明治10年頃）（藤村記念館提供）

の旅で学んだものは、父の時代が否定した「中世」の存在であり、かつて柳田から聞かされた「海の道」の役割である。それは先述館山や横須賀から見た太平洋とも重なって、作中、横浜に滞留する半蔵の師・宮川寛斎（馬島《まじま》靖庵《せいあん》）が眺める咸臨丸を運ぶ海路となるのだろう。

しばらく馬籠で半農半画家の生活をした鶏二は、昭和四年に修業のためフランスに留学した。蓊助はすでに家を出て演劇仲間と荒れた生活をしていたが、四年五月に日本プロレタリア美術家同盟の移動展に参加し、岩手県盛岡で警察に留置された。これを機に、彼もまた勝本清一郎に伴われてドイツに美術修業に行った。男の子の将来への道をいちおう開いてやった藤村は、同年一月に「『夜明け前』を出すについて」を「中央公論」に発表、四月に「序の章」を発表した。以後、毎年四回、一、四、七、一〇月号掲載の予定で執筆に専念した。第一部、第二部すべての完成は、昭和一〇年（一九三五）一〇月である。その間、さまざまな訂正を加え、新潮社『定本版藤村文庫』に収められた。本書はそれを収録した筑摩版『藤村全集』による。

『夜明け前』には作家としての藤村の全生涯、または全作品が流れ込んでいると言っても過言ではない。主人公青山半蔵の事跡は父の島崎正樹によるが、その性格や発言には、時間が逆流するかのように、『春』や『新生』『桜の実の熟する時』の岸本捨吉や、『破戒』『春』に取り入れられた透谷の「若い生命」、晩年には「ある女の生涯」のおげん（高瀬園子）の面影が甦っている。その細部については旧著『島崎藤村』で記したのでここでは繰り返さないが、「明日は、明日は……」と解放を求めて山中に悶える半蔵の「夢の多い」気性は、習作「村居謾筆」以来、『若菜集』を経て、藤村の主人公たちに一貫するものである。それから三〇年余を距てて、藤村はようやくその根源に到達した。

半蔵の苦しみ

半蔵の場合、彼の悩みを生んだのは、本陣庄屋の跡取り息子という位置と、山中の街道筋という相反する馬籠の宿の位置である。言うまでもなく、馬籠は東海道と並ぶ主要幹線の一つ、東山道「木曽十一宿」の西端にあり、閉鎖的な山中ながら、情報の伝達は早い。尊王攘夷、鎖国開国の争いが渦巻く中で、そこは京都と江戸の中間にあり、しかも尾張藩内にありながら尾張藩・木曽福島の代官山村氏の支配を受けていた。尾張徳川家は八代将軍の時代から何かと江戸と張り合い、幕末にも藩論が割れていた。その中で青山家の家職は「主として武家の奉公」であり、形式上は幕府側にある。父の吉左衛門は武士の横暴に呆れながらも実直にその「奉公」を勤めている。一方半蔵は向学心に燃え、平田派の国学に心酔して王政復古を夢見ているが、山中とて学問も思うに任せない。彼は「留山」に入った村人たちが本陣で裁かれるのを見て同情し、牛方事件では、自分が問屋側の位置にありながら「下層に黙って働いてゐるやうな牛方」が問屋に反抗したことに感銘した。現行の改版では削除されたが、平田派が「百姓の宗教」（初出一ノ三）だとすれば、村の特権的位置にいる彼の立場も、最終的には否定されなければならないことになる。後に批判されるように、彼の立場からすれば普通にはあり得ないほどの温情である。しかし『夜明け前』もまた小説である。北小路健が発掘した多数の資料を藤村が知っていれば、国学者半蔵の姿は多少修正されたかもしれない。だが彼のこの国や農民たちに対する「片思い」が、彼に歓喜と失望をもたらすことを思えば、これは動かすことができない設定だったはずである。彼の結婚相手は妻籠本陣の同姓寿平次の妹・お民であり、それ相応の格式で行われる。最初に生まれたのがお粂《くめ》である。

子供は可愛いかったが、彼は家に落ちつけず、「辺鄙な山の中の寂しさ不自由さ」に突き当たる度に、広い世界を見たいという願望に焦った。彼は母を早く亡くし、継母のおまんに従順に仕えた。その内攻的な心が「彼の内部に奥深く潜んで」、武士よりも「名もない百姓の方に向」った。継母のモデルは高遠藩士坂本天山の孫娘で桂子、賢く厳格な人だったという。これらの諸条件は、矛盾対立として幾重にも半蔵を取巻き、「若い生命」を延ばせない苦しみに悶えさせている。後に彼は念願叶って義兄寿平次とともに東山道（中仙道）を東へ進み、江戸では平田篤胤没後の門人として入門し、さらに横須賀では祖先の地を訪ねて、「全世界をめぐる生命の脈搏」のような波涛の響きを聞くことになるが、寿平次が「庄屋としては民意を代表するし、本陣問屋としては諸街道の交通事業に参加する」と言うような気は起らず、初の江戸行きで膨らんだ「夢」をさらに拡げて行くのである。

方法的特色

複雑にくねりながらも「一筋の街道」が貫くのを見る視点は、当然卑小な人間の動きを超えた高い地点になければならない。それは外部の動向を見渡し、時代の流れを作中に描くに不可欠の条件でもあった。

藤村は「黒船」来航を告げる早馬を筆頭に、和宮下降、各種大名行列、東山道軍通過などの事件をフルに活用し、半蔵が見ることの出来ない京都や江戸の大事件は、香蔵（モデルは中津川の問屋・間秀矩《はざまひでのり》）ら平田派の友人たちの書簡や、暮田正香《くれたまさか》（モデルは京都で足利三代の木像の首を斬って追われている平田一門の角田忠行）と直接の会話によってそれを補った。生糸を輸出する中津川商人の後見役として、横浜に赴いた宮川寛斎の目を通して、開港した横浜（神奈川）の盛況や、咸臨丸を浮かべて消える太平洋の姿を見せたのは、そのもっとも顕著な例である。

ここには彼の従来の小説の特徴だった、一族間の濃密な関係はない。正宗白鳥は『家』は面白く読んだが、「そこに見られる夫婦間の暗闘、親類同士の面倒な関係、さう云ったやうな現実味が、『夜明け前』には生き〳〵と書かれていない」（『作家論』）と評した。だがこの小説では、あくまでも「父とその時代」が主眼目である。そのために半蔵一族のごたごた、作中ただ一人夫婦の争いから「面倒」な問題を起こした異母妹お喜佐の離縁の顛末は、一旦「大黒屋日記抄」のお雪（由伎）の記事どおりに描かれながら、初版以後削除された。だがそれは平野謙が言う意味で、藤村が『新生』の頽廃した「血統」を「浄化」したからではない。西丸前掲書に従えば、由岐は父正樹のインセストの相手である。その限りで、藤村は『新生』の岸本に想像させた父の「過失」を無視することはできなかったはずである。由岐の異常な嫉妬心や夫の浮気性《しょう》が最初は記され、単行本で抹消された理由は、父の「過失」を棚上げし、その苦悩を、時代の嵐と誠実に向かい合う点に一本化したかったからに違いない。同様に友弥（作中、森夫）の出生の秘密や、園子（お粂）の婚約破綻の真相（北小路健『夜明け前探究――伊那路の文献』）が省かれたのも、それが半蔵の進む「一筋の道」とは方向が異なるからである。特に後者の場合は、「一切のものを根から覆すやうな時節の到来」（二ノ八）が破談を招いたという意味づけがなされている。彼女の自殺未遂は、「全く家に閉ぢ籠められて、すべての外界から絶縁されていた」女性が、「この国全体としての覚醒を促すやうなご一新」（二ノ九）の空気に反応し、祖母おまんの頭越しの取り決めに抗議したかに描かれた。『夜明け前』で藤村が必要としたのは、若い半蔵の「生命《いのち》」を外界へ伸びにくくする重石としての「家」であり、その機能でのみ『家』は『夜明け前』に連続している。

たとえば結婚の宴を簡素にしたいと言う半蔵に、本陣には本陣の慣例があると答える吉左衛門の言葉は、『家』の三吉・実の会話とほとんど同じであり、没落した生家の往時の姿を語る嫂の話に「聞き惚れる」三吉は、後に「古い家族の血統を重く考へる」（二ノ一四）半蔵に逆流するが、半蔵はまた父の吉左衛門からそれを受け継いだのである。だがさらに遡れば、青山家（島崎家）は海に面した三浦半島から木曽谷に入った一族であり、若い半蔵が山から海へと歩むのは、血筋の街道を進むことでもあった。

「交通」の意味

藤村が企図した「街道」は交通上の街道だけではない。それを想定した「交通」の変革が持ち来すもの」（昭七・四、『桃の雫』）で、彼は「交通」機関が人間の生活を変革する重大な要素であると述べ、次のように結んだ。

金銭は重要な交通機関ではなからうか。わたしは金銭の本質をさう考へるやうになつた。言語もまた重要な交通機関ではなからうか。わたしは言語の本質をさう考へるやうになつた。交通の持ち来す変革がこんなことをわたしに教へた。

現在ならば、電話やパソコンを筆頭とする通信機器もまた、「重要な交通機関」ということになろう。ここで「交通」とは、文字どおり人と人とを結ぶ媒体の意味である。半蔵はまず書物を通じて、古代復帰、王政復古をめざす思想に心動かされた。宮川寛斎は、横浜で見た貨幣経済、ことに外国との金銭レート、物品交換を半蔵に伝えた。彼は喜多村瑞見として作中に登場する栗本鋤雲にも出会い、「幕府のことは最早語るに足るものがない」という嘆きを聞いた。瑞見は「神奈川条約の実際の起草者なる」岩瀬肥後守忠震《ただなり》の事歴を語り、その有能ぶりを高く評価していた。

先に触れたように、鋤雲は青年藤村が漢学を習った師であり、彼はパリ時代にその『匏庵《ほりあん》十種』を愛読した。そこには兵庫（神戸）開港を迫る連合艦隊に応じざるを得ないと決断した首席外国奉行・山口駿河が責任を取って謹慎する姿がある。「匆忙岐蘇《きそ》道を兼行して江戸に還り門を杜《ふさぎ》て閉居す」という一文から、藤村は山口駿河が馬籠本陣に一泊し、半蔵に開国の近いことを語る場面を想像（創造）した。万感の想いですすり泣く、駿河の後ろ姿が印象的である。

半蔵の耳には安政の大獄はじめ、井伊大老暗殺、牛麦事件等々、さまざまな大事件が虚実とりまぜ入って来た。老齢のため隠居願いを出した父の名代として（まもなく職を継ぐ）、彼は家業に専念しなければならない身の上を嘆いた。特に和宮降嫁は、東山道を進んだため、準備に忙殺され、さらに、参勤交代廃止による助郷制度手直しのため、江戸へ嘆願にも行った。これらの時勢の変動が示すものは、山中の一庄屋にすぎない彼が、胸中ばかりでなく、実際にそれらと関わることもあったことである。藤村は「大黒屋日記」をフルに活用し、街道の噂や通行する大名、要人らの動きに目を凝らし、外部の動きと半蔵の心を結びつけようと思いを廻らしている。

喜多村瑞見ら幕府官僚への肩入れは、王政復古を願う彼の気持と一見相反するかに思われる。だがそれは彼らに開国を必然とする先見の明があるからで、「日本」という国を鎖国の閉塞状態から解放したいという思いは、山の中に閉ざされている半蔵と共通しているのである。

いわば第一部の構成は入子型であり、馬籠——日本——諸外国という同心円を示すために、実の父と直接関わらなかった大事件を作中に取り込むことは、この小説に不可欠の要素だった。言うまでもなく、半蔵および日本の「若い生命」は、自分一人の力で延びるわけではない。その成長には、それを刺激する外部の力が必要だった。その源が国学者の運動や黒船の来航である。すくなくとも前半において、黒船は鎖国を破る力として作用し、立ち塞がる岩を崩して「街道」を通すのである。

暮田正香が見る三国公使参内にしても、外国人が単に古都に入った事件ではなく、そこに「活き返るやうな生気をそゝぎ入れつゝ」ある様子を伝える目的があった（二ノ二）。「今の時代が求める」のは、「再び生きる」ことだという正香と同様の考えは、すでに宣長の言葉「復古は更生であり革新である」（一ノ一二）を信じていた半蔵を奮い立たせていた。ここには、パリの藤村が感じた「ルネッサンス」も含みこまれているようである。

だが父の病気平癒を祈って、弟子の勝重（落合宿の鈴木弘道がモデル）と一緒に御嶽に参籠した彼は、そこで天狗の面に「暗い中世」を感じた。「中世以来の異国の殻もまだ脱ぎ切らないうちに今また新しい黒船と戦はねばならない。」彼は「測りがたい神の心を畏れた」（一—七）。

王政復古

ここまでは第一部上巻を中心とした主な展開だが、この小説の基本的な構造を考えるために、ややくわしく説明した。下巻では大和五条の乱、蛤御門の変、水戸天狗党の乱と、攘夷派が相次いで敗れた。宮川寛斎門下の親友・中津川の景蔵（中津川本陣の市岡殿政がモデル）や香蔵が馬籠に集ったとき、景蔵は「尊皇と攘夷の間を切り離して考へる」べき時代が来たと述べ、それに対して半蔵は、西洋嫌いの高官が多い中で、なぜ幕府が開国に固執したかが不思議だと疑問を呈した。尊王攘夷は「一種の宗教に似たもので、成敗利害の外にある心持」から生まれた、というのが彼の理解である（一—一一）。そこには、過去の「あらゆるものが無駄でなかった」とする藤村の気持が滲み出ている。彼は日本の中にもあった「交通」への芽を強調したいのである。彼は宣長の『直毘《なほび》霊《みたま》』を熟読し、中世以来の政治や制度が「天皇《すめらみこと》の大御心《おほみこころ》を心とせずして己々《おのおの》がさかしら心を心とする」と学んだ。半蔵が夢見るのは、武家が支配する漢意《からごころ》の道ではなく、「道といふ言挙げさへも更にない自然《おのづから》ながらの古の道」（二—一三）である。攘夷派の沈静で尊皇派の国学者たちの動きは活溌になった。半蔵が江戸で訪ねた平田鉄胤《かねたね》は京都に移り、景蔵も京に向かった。

だが職務に追われ、病んだ父を抱える半蔵には、家を空ける余裕はなかった。天明の飢饉に匹敵する食糧困難が村を襲い、彼は木曽福島の代官所へ往復して、「領民の難儀」を訴え、「宿駅救助」を嘆願し、率先して倉を開き、村民に朝粥を振舞わなければならなかった。これらに描かれた半蔵は、民を思い国を憂うる、あまりに立派な庄屋ぶりである。彼が計数に弱い点はその自認するところであり、問屋の九太夫が神葬祭をめぐって、半蔵が父の後継者として応わしいかどうかを疑ったことは、まだ第一部上巻では簡単に出て来るだけである。「どこまでも下から行かう」、「下から見る眼」は、たびたび繰り返される。助郷《すけごう》問題を中心に、田村栄太郎「『夜明け前』の史的考察」(昭六)の批判が生れた所以である。

「史的考察」からの批判

田村は伝馬助郷制度に関して、交通史専門家の立場から作者の無知や曲解を指摘し、「問屋は搾取を不正とする時は、一日も務まる仕事ではない」と痛烈に批判した。また「参勤交代はなくなつても街道はなくなりませんよ」と言う半蔵に対して、「彼は生活に無頓着なのか」と呆れている。諸制度に関する事実はその指摘どおりであり、後者の疑問が生ずることももっともである。だが藤村は、「田村栄太郎氏が『夜明け前』の史的考察に接して」(昭六)で史的事実の教示には感謝しつつ、なぜ半蔵が生活に無頓着なのかは、「これから写し出さうと思つてゐるもの」だから長い目で見て欲しいと述べた。それが描かれるのは主として第二部に入ってからである。

なお藤村没後、講座派の歴史学者・服部之総《しそう》が「青山半蔵」(『文学評論』昭二九・一)で、藤村は「生涯を通じて政治的なものに開眼することがなかった」と述べ、それが半蔵を誤解した原因だとしている。その結果、半蔵を平田派としては異例の、人民の側に立つ人物として作り上げた、というわけである。もっとも、その後の研究、「『夜明け前』と幕末草莽《そうもう》の国学思想」（芳賀登と後藤総一郎の対談。「ピエロタ」昭四六・八）では、民間信仰のような土着的な伝統に「己れの忠誠対象を見出し」たことが「草莽の国学者」のバネになっていった（後藤）、「高木神《こうぼくしん》」の信仰が平田学にはあり、それにつながる「農本主義的なものの考え方」が、「正樹《まさき》」（半蔵）にはある（芳賀）、と主張されている。藤村が楠雄に「農事暦」を書かせたのは、そのつながりであるという。

半蔵が実務の才に乏しく、本陣問屋として不適格だとする意見は、「大黒屋日記」の書き手をモデルとする伏見屋金兵衛から流された。彼は脇本陣として父吉左衛門の右腕であり、造り酒屋、質屋を経営し、村切っての金持でもある。彼の養子・伊之助は、養父の代と同じく、半蔵の補佐役だった。この噂を聞いた父夫婦は、半蔵の前途に心を痛めたが、父は「学問」をさせたことを悔いながら、「若い者」の方針に口は出すまいとした（一―八）。

この間に先に挙げた大事件を経て時勢は変転し、最後の将軍徳川慶喜は、「敵としての自分の前に進んで来るものよりも、もつと大きなもの、前に頭を下げ」、大政奉還を上奏した。「えゝ、ぢやないか」の噺しとともに「何かしら行儀正しいものを打ち壊すやうな野蛮に響く力」を持つ踊りの流行、空から降る伊勢のお札《ふだ》。その「底」の方にある「気味の悪い静けさ」を感じる半蔵に、突然「王政復古」実現の知らせが来るところで第一部は終わる。慶応三年一二月のことで、『桜の実の熟する時』の岸本同様、半蔵が「踏みしめる草鞋の先は雪浴けの道に燃えて、歩き廻れば歩き廻るほど新しい歓びが湧いた」。彼は先に王瀧の宿で読んだ篤胤の遺著『静の岩屋』を思い出し、「一切は神の心であらうでござる」と胸中で繰り返したのである。

5 「交通」の犠牲者

「交通」の勢力

先師篤胤は、「外国の事物が日本に集まつて来るのは、即ち神の心」であり、「異国の借物」を捨て丶「本然《ほんねん》の日本に帰れ」と教えているが、「無暗にそれを排斥せよ」と教えてはいない（一―七）。半蔵はそれを信奉して明治新政府の採長補短の方針を遂行しようとした。「五箇条の御誓文」に表われる明治天皇のお言葉ほど、彼にとって力強い柱はなかった。

事実、第二部冒頭の外国人渡来の歴史は、第一部序の章の黒船騒ぎと呼応し、外国人がいかなる目的で渡来したか、わが国がそれにどう対応したかを記している。黒船騒動の時のペリーとは違い、米英の公使、ハリスとパークスは、「交易による世界一統」の理念を掲げていた。ハリスは交易とは商品の売買だけでなく、「新規発明の儀など互に通じ」合うものであり、交易が盛んになったのは蒸気船の発明によるものだとも述べている。これらの史料による長々しい説明は、小説的叙述を阻害するものとして批判されることが多いが、第二部が「現実社会の動脈」と言うべき「交通組織」の変革にともなって「革新潮流の渦」に巻きこまれる半蔵を描くことを思えば、ハリスの「口上書」（二―一）は、以後の作中世界を予告する導入部であった。

小説完成直後の青野季吉との対談（「夜明け前を中心として」「新潮」昭一〇・一二）で、藤村は、主人公の生涯だけを主にして、あとは背景だと考えなくてもいいかと思って来た旨の発言をしているが、内と外とをほぼ均等に見る必然性を生み、その両者を貫いた通路こそ「街道」に象徴される「交通」の問題だった。

ハリスが言うように、それが「世界中一族に相成候やうつかまつりたき」人類の願望の表われだとしたら、「交通機関」が結ぶのは空間の横軸だけではない。それは縦に時間の壁を越え、過去に遡り、未来へ伸びて行くことになる。その意味では、この「夢」は現在のグローバリズムや、ＳＦ小説の世界の先駆けでもあった。藤村にこの識識を与えたのは、「国民と思想」に代表される透谷の考えである（関良一『考証と試論・島崎藤村』昭五九）。そこで透谷は「一国民の心性上の活動を支配する者」として、「過去の勢力」「想像の勢力」とともに「交通の勢力」を挙げ、次のように述べた。

今や思想に対する世界は日一日より狭くなり行かんとす。東より西に動く潮あり、西より東に流る丶潮あり、潮水は天然なり、人功を以て之を支へんとするは、癡人の夢に類するものなり。東西南北は、思想の側《サイヅ》のみ、思想の城郭にあらざるなり、思想の究極は円環なり。（中略）此際に於て、能く過去の勢力を無みせず、創造的勢力と交通の勢力とを鉄鞭の下に駆使するものあらば、吾人は之を尤も感謝すべき国民的大思想家なりと言はんと欲す。

「一種の自動機関」としてのこの世界において、「交通の勢力」は思想の「円環」を求めて動く天為の潮流であり、誰もそれを妨げることができない。それが「自存、自知、自動」（「明治文学管見」）を本質とする人間の必然的動きだからである。この考えが半蔵の「若い生命」と一致することは説明の要もあるまい。

彼は実際の東山道を歩いて海を見た。さらには文字の道を信じて宣長や篤胤と対面し、「古の大御《おほみ》世《よ》」（『直毘霊』）を旅した。「何と言つても言葉の鍵を握つたことはあの大人《うし》（宣長）の強み」で、それが「健全な国民性」を古代に発見させたのだと彼は理解している。だから彼にとっての「御一新」は、当然神武への「復古」にほかならず、「下々にある万民」の心が天皇と結びつく、「草叢の中から起こるべきものだった。だが情報が伝わらぬことに苛立つ彼の前に、「一晩寝て、眼が覚めて見たら」実現していた「王政復古」は、彼が思い描いた調和的なものとはほど遠かった。「統一の曙光」として彼が期待した幕府追討の東山道軍は、「噛み合い」押し合い、「洪水のやうに溢れて」彼の眼前を通過して行った。その混沌たる姿もまた、旧態を変革しようとする「交通の勢力」の半面であった。

木曽山林事件

江戸は東京に名を換えて新しい都になり、父吉左衛門は旧い体制に殉ずるかのように死んだ。だが半蔵は「一切の封建的なもの」を破壊するかぎり、身近な交通制度をはじめ、「改革に継ぐ改革」に率先して協力した。本陣の名も問屋制度もなくなり、庄屋は名主となり「戸長」となった。しかし彼がまず見たのは、「偽官軍」事件（相良惣蔵の赤報隊事件）の処分に示された冷酷さや、木曽山林の扱いに表われた旧幕府時代以上の圧政であった。特に後者は木曽の民にとって死活問題なので、半蔵は必死に奔走した。――享保時代以前、天領では、桧などの禁止木を除く多少の伐採を許す入会権が認められていた。享保以後、尾張藩管轄となってからも、「明山《あきやま》」には入ることができた。だが財政基盤に苦しむ新政府は、桧のある山林をすべて官有とし、そこに村民の立入りを厳禁した。藤村の父正樹は三三カ村の「村吏」と合同で、木曽福島の筑摩県支庁へしばしば嘆願に行ったが、叱責され戸長を免ぜられた。明治五年五月のことである。この事実にもとづいて、作中では半蔵が帰途の寝覚めの床で、「御一新がこんなことでい、のか」（二ノ八）と嘆く有名な呟きを洩す。なおこの事件を父に代わって長年奔走し、宮内省からやっと木曽の民への救恤金を引き出したのが、次兄の広助である。

裏切られる半蔵

一方、半蔵は官からばかりでなく、村民たちからも苦汁を飲まされた。生活に苦しむ農民たちは、政府の甘い言葉に耳を貸さず、直接一揆に走った。彼が京都や伊勢（宮川寛斎の墓参）に行き、留守中の出来事である。彼は出入りの百姓に今は百姓も町人も、全員が一致して新政府に協力する時だと言い聞かせ、一揆に加わった者を聞き出そうとしたが、「粗野で愚鈍」ではあるが、併し朴直な兼吉は、「誰もお前さまに本当のことを言ふものがあらすか」（二ノ五）と答えただけだった。藤村が田村の批判に対して留保した返答は、半蔵が子飼いの百姓からも裏切られる失望を描くことにあったに違いない。やがて青山家の経済は苦しくなり、先祖伝来の土地や山林が人手に渡った。継母のおまんにその失態を叱責される半蔵が、自分の「夢」を追う実生活上の無能力者に陥ったことは明らかである。

さらに、封建の壁を外から突き破った黒船も、別の側面を見せはじめた。半蔵の認識では、黒船が持ちこんだものは、「耶蘇教」「格物究理の洋学」「交易による世界一統」の三点である。維新前、英国公使のパークスは、「節制しない中に自然と節制があ」り、「交易は常に氾濫に至ら」ない、と述べた。だが西洋は濁流のように国内に侵入して来た。当初国学者を重用した政府は、神祇官を神祇省と格下げし、さらに教部省に変更した（明五）。神道が仏教と同じ管轄に入ったわけである。国学者の憤懣はやる方なかった。明治五年はさまざまな大改革が断行された年だが、半蔵（正樹）にとって大打撃だったのは改暦である。彼はそれが「万国共通」の名目で、古来の風土、生活習慣を根底から揺るがす悪法と感じ、立春を元日とする「皇国暦」を建言したが、問題にもされなかった。

思わざる「近つ世」

彼が教部省の「御雇《おやとい》」として上京したのは明治七年である。彼がそこで見たのは「復古」ではなく、「浅く普及して来た洋学の洪水」であった。彼はこの「文明開化」が、「わが国の根本」たる神道を破壊するのではないかと疑った。だが「大思想家」ならぬ彼は、その勢いを止めることもできず、「誠実」であるだけに、頑固な守旧家と変ぜざるを得ない。「夢の多い人」と評される彼は、内からも外からも追いつめられ、なお「復古」の夢に固執して献扇事件を起こすに至る。明治天皇の行列に、国を憂うる和歌を記した扇子を投じ、留置されたのである。幸いに「憂国の過慮」と判断され罰金刑で済んだが、抑えに抑えて来た激情が、突然迸り出るのは、藤村の主人公たちにしばしば見られるところである。ここでも彼は岸本捨吉の原型を父の生涯に見たように思われる。

以後の半蔵は隠居して、飛騨高山（岐阜県）の水無《みなし》神社で四年あまりを神に仕え、帰村したことになっている。明治一二年から一九年の死まで、彼にはさらに苛酷な運命が待っていた。失意の彼はわが子と村の子供たちの教育に慰められたが、天皇の巡幸にも外へ出ることを許されず、生来の憂鬱な気性を一層深めた。青山家は没落し、旧本陣を人に貸すこととなった。彼は「静の屋」と名づけた隠宅に住むことになったが、やがて大酒を嗜みはじめ突然狂気に捉われた。「彼の中に住む二人の人は入れ替り立ち替り動いて出て来るやうになった」（明治一七年には親族会議の結果、小使金月一円、飲酒一日五勺という誓約書も提出させられた）。そのころから「俺には敵がある」という念が彼から離れなかった。「暗い中世の墓場から飛び出して大衆の中に隠れてゐる幽霊こそかれの敵だ。明治維新の大きな破壊の中からあらはれて来た仮装者の多くは、彼に取つては百鬼夜行の行列を見るごとさものであつた」（二―一四）。

自分にはまだ「夢」が足らないと考え、生涯をかけて「何一つ本当に摑むことも出来ない自分の愚かさ拙なさ」を省みた彼は、菩提寺に放火し、狂人として座敷牢に閉じこめられて終わる。放火自体は仏教を廃絶させようとする「志」の実行とも見えるが、菩提寺の松雲和尚が言うように、「一切は勢い」であり、彼はそれに逆って圧倒された。彼が「若い生命」を延ばした内外二つの「交通の勢い」は、合流して得体の知れぬ濁流となり、過剰な夢を抱く彼を溺れさせたのである。

『夜明け前』の評価

瀬沼茂樹や渋川驍（『島崎藤村』）の批評に代表されるように、第二部では主人公と「背景」の関係に「大きな間隙」があるとする論に賛同する論者は多い。

だがその「間隙」を内外の「交通」問題が埋めていると考えれば、障壁が存在した幕末と維新後に、叙述上の変化が生じるのは、むしろ当然であろう。鎖国や関所、身分制の壁が立ち塞がっていた第一部では、半蔵の心と「交通」の勢いは方向をともにしているから、その点に限っては彼と外界との間に違和感はない。だが第二部で、彼の意に反して政府が西洋化の方針を取りはじめると、それらはすべて彼を孤立させる事件となり、彼に突き刺さる。加賀乙彦『日本の長篇小説』（昭三九）が言うように、「集団の提示と、集団からの離脱」である。そして彼を破滅させる「幻滅」の悲哀とあくなき「夢」への執念が浮かび上がることになる。藤村が青野に言ったように、「主人公」と「背景」とは、はっきり区別しなければならないことはない。『夜明け前』は従来の切り取り方とは違う基準で執筆された小説なのである。

「明治政府の最初の連合躰は、寧ろ破壊的の連合組織にして、破壊すべき目的の狭くなりゆくと共に、建設すべき事業に於て、相撞着するところなき能はず」（「明治文学管見」）と透谷は言ったが、半蔵はこの変化につれて夢と幻滅を味わった人間ではあっても、その双方の「事件」に直接行動したわけではない。彼の時勢批判はつねに内攻した心理の中で行われ、外に表れるときは献扇事件や菩提寺放火のように、「狂気」と見られる形を取る。唯一運動したと言えるのは山林事件だが、代表と目されて戸長を免ぜられると、そのまま引き下ってしまう。これは彼がモデルの島崎正樹の事実から飛躍することを許されぬ、この小説の宿命である。

作中には描かれなかったが、正樹は信仰の自由許可に際して、キリスト教だけは対象外であると発言し（山田貞光「島崎正樹および吉村忠道関係資料について」）、「一見シテ皇国ノ人タルコトヲ認メ」得るように、「衣冠服色」を定めて貴賤の別を明らかにせよと建白した人物である（北小路前掲書）。この種の極端な意見を作中に採用できない以上（「皇国暦」の場合は、農事に適した面がある）、藤村は父の鎮魂のために、半蔵を、激動する時代をひたすら「誠実」に生きた「交通」の犠牲者として描く道を選んだ。だが彼の背後には、有名無名、無数の犠牲者がいる。彼らが半蔵の心を通過することによって、彼はその時代を生きた人物となる。その結果、小説は次第にドラマチックな展開を失う代わりに、個々の人生を呑みこんだ巨大な「交通」の勢いを浮かび上がらせることに成功した。それを作中の言葉で「大きな自然《おのづから》」（一―一二）、または篠田一士《はじめ》『作品について』（昭四六）に従って、「生《なま》の歴史的記述と半蔵の生涯を物語る部分との切点に表われる底知れぬ深部」と呼んでもいい。帰国直後の藤村が南禅寺で感じた「深さ」は、このような形で作中に生かされた。

その時になつて見ると、旧庄屋として、また旧本陣庄屋としての半蔵が生涯もすべて後方《うしろ》になつた。（中略）ひとり彼の生涯が終りを告げたばかりでなく、維新以来の明治の舞台もその十九年あたりまでを一つの過渡期として大きく廻りかけてゐた。人々は進歩を孕んだ昨日の保守に疲れ、保守を孕んだ昨日の進歩にも疲れた。新しい日本を求める心は漸く多くの若者の胸に兆して来たが、しかし封建時代を葬ることばかりを知つて、まだまことの維新の成就する日を望むことも出来ないやうな不幸な薄暗さがあたりを支配してゐた。その間にあって、東山道工事中の鉄道幹線建設に対する政府の方針はにはかに東海道に改められ、私設鉄道の計画も各地に興り、時間と距離を短縮する交通の変革は、あたかも押し寄せて来る世紀の洪水のやうに各自の生活に浸らうとしてゐた。

（二―終章）

序の章の「一筋の街道」と呼応するみごとな終章である。半蔵の死とともに時代はふたたび廻り、かつて山中ながら街道によって外部に通じていた馬籠宿は、鉄道工事の変更で「世紀の洪水」から取り残され、深い眠りに沈んだのである。

それにしても、このような作中の世界は、現代の私たちの状況と何とよく似ていることだろう。グローバリズムや環太平洋経済協力機構（T・P・P）が「世界一統」や「交易」を迫る黒船とすれば、大災害や不景気に苦しむ国民は、ただ右往左往する当時の民草であり、政治の混乱もまた同様である。一世紀半以前の時代から始まるこの小説の悲劇を繰り返さないためにも、かつ「世紀の洪水」に呑みこまれないためにも、『夜明け前』はあらためて読み返される必要がある。

第十章　「巡礼」の旅――晩年

1　南北アメリカからパリへ

『夜明け前』完成祝賀会

『夜明け前』は昭和一〇年（一九三五）に完結し、翌年一月、朝日文化賞を受けた。それに先立つ完成祝賀会（昭一〇・一一・二〇）席上の藤村の挨拶は、広津和郎の筆によって広く知られている（「藤村覚え書」）。多くの讃辞に包まれた彼は、「どなたもほんたうの事は言って下さらない」と切り出し、満座を粛然とさせたという。続けて彼は、自分は人に近づきたいのだが、窮屈な感じを与えるためかあまり近づいて貰えない、自分は「鋼鉄のような」人間ではなく、ここまでやっと辿り着いたのだ。パリ渡航の際、見送りに来た柳田国男が、こんなに沢山の人が集まるのは洋行と葬式の時だと言ったが、今日は「わたしに対する文壇の告別式」だと思うと、異例の発言をした。それに対して広津は、まず「深い感動」を受け、次いで「倫理的に抵抗すべからざる」言葉に迫いつめられる感じを払いのけようとした、と記している。

藤村は言葉に命を懸ける同じ文学者の席だからこそ、世俗的な賞讃より本当の批判を聞きたかったのかもしれない。早くから他家で育てられた彼は言動を慎しみ、容易に本心を明かさないところがあった。だが『新生』の告白を経て、彼はむしろ世俗的な交際よりも、静子とともに籠って執筆に専念しようとしていた。「幻住」への旅である。彼は文学者として「本当」の言葉に生きようとし、列席した文学者にもそれを求めていたようだ。広津が感動したのはその前半部分であり、圧迫されて追い払おうとしたのはその後半部であろう。彼が文字どおり敬遠される理由の一つである。

この小説の執筆中、彼の身辺は、ごく親しい人々で固められ、郷里の知人さえ近づきにくくなっていた。昭和五年五月、死の床にある花袋にこの世を辞する心境を尋ねたのも、冷徹なリアリストと言うより「本当のこと」を親友に期待したのであろう。だが『夜明け前』の完成は、世俗を離れようとする彼を世俗に引き戻した。

この祝賀会の六日後、日本ペン倶楽部が創立され、その第一回総会で、藤村は会長に推された。「実行」を思う文学者として、やむを得ない使命を感じて受諾したのであろう。大倉組社長の大倉喜七郎からは麴町区下六番町一七番地（現・千代田区）の土地を贈られ、はじめて自分の家を建てることになったが、彼はあまり関心を示さなかった。

南北アメリカの旅

昭和一一年（一九三六）には二・二六事件が起こり、世情は騒然としていたが、彼が直接に言及した様子はない。折から第一四回国際ペンクラブ大会が南米ブエノス・アイレスで開催されることになっており、六五歳の彼は静子および副会長で親友の有島生馬とともに、七月一三日に東京を出発した。家の新築の件は和辻哲郎夫妻に一任した。和辻との縁は、先述したように和辻夫人と伊吹信子、それに静子夫人も津田塾の同窓だった縁による。昭和七年には、静子同伴で京都を訪問、和辻と交遊した。和辻の代表的著作『風土』（昭四—一〇）は、『夜明け前』と同時併行で連載されていたから、その自然環境と人間生活との関係は、藤村に大きな影響を及ぼしたはずである。

神戸を出帆した藤村は、シンガポールで二葉亭の墓に詣で、九月にアルゼンチンに着いた。『夜明け前』完結の年には四女柳子を信州（南佐久郡臼田町）の素封家・井手五郎に嫁がせ、出発前には、次男鶏二の結婚も決まった。三男蓊助はドイツから帰国後も素行が治まらず、謹慎させていたがそれも解除した。慌しい旅立ちではあったが、家庭的には後顧の憂いもなかった。先のフランス渡航とは違い、旅馴れた有島と、妻が同行しているので船中の不安もなかった。

戦争の影

だが忍びよる戦争の暗い影は、前途に暗雲を漂わせていた。神戸（昭一一・七・一六）——アルゼンチン——ブラジル——アメリカ合衆国——パリ・マルセイユ——神戸（昭一二・一・二四）の旅程で、約半年間の長旅である。その感想は紀行『巡礼』（初出「改造」昭一二・五——一五・一、単行本、昭一五・二）にまとめられている。

神戸発のリオ・デ・ジャネイロ丸には、ブラジル、パラグヮイへの移民八五〇余名（子供は三〇〇人）が同船していた。この前年に第一回芥川賞を受けた石川達三「蒼氓《そうぼう》」は南米移民の重苦しい姿を描いていたが、藤村もその実体を知ろうと勉めた。船中では積極的に移民に話しかけ、上陸後はまずブラジルへ行きその草分けの淋しい最期や、名もない農民の「汗と努力」が、日本人進出に果した役割を知った。日本人小学校を参観して、外国における教育には何よりも「言葉」が重要だとの思いを新たにした。記者の質問に対して、彼は二世たちに日本語を教えることが日伯文化交流の媒《なかだ》ちになるだろうと述べた。すでに国際連盟を脱退し、日中関係も緊迫する中で、「一方では文化的に諸外国と手を握ろうとすることそれ自身困難」という認識は彼にもあった。だが彼はこの航海の途中、ケープタウンの東洋人蔑視にもかかわらず、日本人のみが白人同等の権利を獲得していた様子に感激し、「東洋と西洋」を繋ぐ「高い運命」を信じてもいたのである。

芸術による相互理解

ブエノス・アイレスの国際ペンクラブ大会（九月五―一五日）は四十カ国の代表が集まる盛会だったが、スペイン内乱のさなかとて、ラテン系民族、特にフランスとイタリア代表との対立が絶えなかった。藤村はその争いが大会の主旨に負くことを各代表に説こうとして有島に「諫止」されたが、彼が発言したかったのは、芸術世界における「歐羅巴中心」の是正と、芸術による各国の相互理解の必要だったと思われる。

アルゼンチン滞在中、彼は当地の文化大学で「近代日本における文学発達の経路」と題して、江戸期の俳諧の成長、国学者の古典探究、明治の言文一致の発達を基軸に講演した。俳諧に関する話はことに歓迎され、彼はその「世界性」に意を強くした。また同日夜には、日本大使館のレセプションで、持参した雪舟の「山水長巻」と「山水四季」の複製を展示し、「最も日本的なもの」の講演を行なった。

雪舟がいかに中国大陸の影響を受けていようとも、その「芸術がもつあの率直さ、すなほさ、清らかさから与へらる、印象には日本的なるものが強く残る」と彼は力説した。簡単なスケッチのようにみえながら、「そこには味はつても味はつても尽きない深さがあり、内に燃える火があり、単なる描写の及ばない境地に達してゐて、一気に物の生命に入つて行く力に溢れてゐる」という解説は、彼自身が望む芸術の至境である。東西によって「物の表現」は異なろうとも、「純粋なもの」を尊ぶ人間の心は変らない、とする彼は、芸術によって、人種、国家の差異を超えたいと念願していた。一九日間のアルゼンチン滞在を終え、彼はブラジルを経てアメリカに向かった。

力の国アメリカ

アメリカ合衆国は、彼が明治学院以来、その文化の恩恵を受けた国である。折から反日感情の強い時期ではあったが、彼はその感謝の念を忘れ得なかった。ニューヨークでまず目にしたのは、「層々相重なる石の一大交響曲」とも言うべき高層ビルの群れである。それ以前の装飾沢山の様式を払い捨て、内容・機能を重視した建築に、彼は「力」と同時に違和感を覚えた。日本の低い屋根が心を落ちつかせるのに対して、この活動の地ではそんな必要はない。「亜米利加は偉大である。しかし何事にかけても世界一であるとするやうな国自慢をしなくなる日が来たら、更に偉大な感じがするだろう」と彼は記している。

ボストン美術館では、主任を務めた岡倉天心の志を偲び、幾多の困難を越えて、発展を遂げて来た「芸術それ自身の活力」を思った。それは「世界がより密接なる関係に引きつけられ、東洋と西洋が相互に了解を求めつゝある時代」（天心『東洋の理想』宮原芳彰訳）の確信となった。ハーバード大学では亡命ロシア人・エリセーエフから、「一にも能率、二にも能率」で、趣味を満足させることができない不満を聞いた。

ボストンからデトロイトまでは飛行機に乗り、五時間（当時汽車で一昼夜）で到着、そのスピードに感嘆したが、その単調な速さには極く僅かしか進み得ない身体感覚に違和感を持った。デトロイトでは一時間に八〇台の自動車を生産する分業のシステムに驚いた。飛行機と車、機械化される「交通の変革」がもたらす生活全般の変化が、人をどこへ連れて行くのか、彼はその危惧を隠さない。

だが彼はビルや機械の片隅で萌え出でた若草のような、抒情詩の姿も見落してはいない。ロバート・フロスト、ポール・エングルらのアメリカを素材にした詩風である。便宜を図ってくれた斎藤博駐米大使の好意を謝し、やがては世界を覆うであろうアメリカの力を感じながら、彼と静子はニューヨークからフランスに向かった。長く同行した有島はイタリアに行くので、ここで別れた。

フランスの黄昏

ここからはまさに夫婦二人でお互いの身を案じつつ旅する「巡礼」である。彼は自分の人生を変えたパリをもう一度確かめ、それを妻にも見せたかったのであろう。マルセイユ行きの好便がなかったので、夫妻はハンブルグ行きのドイツ船でシェルブール港に着いた。一一月二六日、パリはすでに冬支度である。オデオン近くに宿を取り、藤村はサン・ジェルマン通りはじめ昔馴染の大通りを案内したが、二〇年の歳月は街の表情を変え、彼は失望を感じずにいられなかった。商店は休憩時間が長くなり、書店にはめぼしい新刊詩集も見当たらなかった。「仏蘭西は病みつ、ある」と感じた彼は、早々にパリを引き上げ、マルセイユから帰国の途に向かった。「黄昏」のフランスで唯一の収穫は、マルセイユのロンシャン美術館で、シャバンヌの壁画「東方の門」を鑑賞したことである。その港の光景には、さまざまな国の人々が力強く働く様子が描かれていた。それを土産として、夫妻は一二月一八日に日本郵船の榛名丸で帰途に就いた。神戸着は年明けの一二年一月二四日である。一旦帝国ホテルに宿泊したのち、完成していた新居に夫妻は移った。

この旅で彼が認識したのは、「世界的」が欧米的と同義であるようなひずみを何としても是正しなければならない、そのためには「内にはもつて生れたものを延ばし、外は諸外国の侮りを防がなければならない」ということに尽きる。これは青山半蔵の継承であり、遡れば藤村が青年時代から繰り返してきた「若い生命」の伸張の拡大版である。しかしこの拡大路線は、かなり楽観的で先き行き不透明である。ケープタウンで日本人が白人と同等に扱われたことを誇らしく思う彼は、差別されていた黒人をどう思ったのだろうか。被差別人種をまとめて先進列強に対抗する「高い運命」を信じるのはいいとしても、その具体策は「芸術」の国境を越えた相互理解以外に何も示されていない。

平時にはそれも可能であろう。だが『巡礼』が刊行された昭和　五年（一九四〇）、日中戦争は泥沼化し、対米関係は一触即発の状況にあった。その時期に東西融合の調停役として「日本の高い運命」を説くことは、シベリア出兵や満州国建国などの国策の流れを肯定することにもなりかねない。彼が侵犯に積極的に賛成したと言うのではない。だが芸術家としての彼が岡倉天心の「アジアは一つ」に共鳴したことは、彼がいかに政治を切り離そうとしても、結果として時流に流されたと考えざるを得ない。大東亜共栄圏という美しいスローガンの裏にある激しい侵略を彼は一またぎに越え、「文化」による世界交流を夢見たことになる。『夜明け前』の青山半蔵は夢破れた名もなき「街道の犠牲者」である。従って彼の夢は美しく読者の心に留まる。『夜明け前』が執筆、刊行されたのは、共産党大弾圧（昭三・三・一五）から、村山知義、高見順らが相次いで転向した時期と重なる。その時勢の中で節を曲げず、「まこと」を貫いて逆境のまま没した一庄屋の運命が、感動を誘うのである。

しかし藤村は違う。彼は日本ペン倶楽部会長として、世界へ出て行った。その発言は重い。彼が歩いた「一筋の細道」は、知らず知らず、日本が進もうとしていた覇道と連結して行った。

2　一筋の道を歩き続けて

『東方の門』への疑問

「東方の門」（昭一八・一―一〇、「中央公論」）はマルセイユで見たシャバンヌの壁画に題を借りて、主として神奈川県大磯の別宅で執筆された。藤村は帰国後、下六番町の新居に移ったが、『巡礼』連載中に萎縮腎を病み、連載は大幅に遅れた。帰国後も仙台の八木山に建てられた（現在は青葉城址に移転）藤村詩碑落成式に臨むなど精力的な活動が祟ったのであろう。以前、静子の父に紹介された湯河原の伊東屋に静養に行く機会が多くなった。昭和一六年正月に大磯と湯河原に赴いたとき、大磯町の別荘地、町屋園が気に入り、その一軒を借り、一七年八月に東小磯八八番地の家を購入してからは、そこに住むことが多かった。純日本風の平屋である。夫婦にとっては、執筆と休息のための静寂だけが必要であった。東京との連絡は主に静子が当たった。『東方の門』序の章を書き始めたのは、一七年、彼が七一歳の秋である。同一二月に「東方の門を出すに就いて」を発表したが、この文章には少々分りにくい点がある。「これが小説と言へるかどうか、それすら分らない。すべては試みである」はそのとおりだろうが、「実はこの作、戦後にと思って、その心支度をしながら明日を待つつもりであつたが、（中略）いさゝか自分でも感ずるところあつて、かく戦時の空気の中でこの稿を起すことにした」の部分である。「戦後」とは日本の勝利なのか、敗北なのか。

「東方の門・マルセイユ」（シャバンヌ画，マルセイユ市ロンシャン美術館蔵）（藤村記念館提供）

執筆は「昭和十七年、秋深き日、静の草屋にて」である。滞仏中、彼は同宿のフランス人医師から、君たちの国は日露戦争に勝ったが、君たちは自分の民族を守るために戦ったことがあるのか、と尋ねられて沈黙したことがある。彼は「大東亜戦争」が日本民族を守る戦いだと信じていたのだろうか。もしそうだとすれば、日本軍が「進軍」した地域の他民族はどうなるのだろう？

彼はまた、「雑記帳」のメモに、ラジオ放送で「海軍は政治に関与せず」と語る声が力強く聞えた、と書き付けているが、その意味では、前掲服部が言うように、彼は「政治」に開眼したことがないことになる。

静の草屋は大磯の別宅の号だが、昭和一七年晩秋と言えば、当初南洋諸島を次々に攻略した日本軍は米軍の反転攻勢を受け、守勢、後退を余儀なくされていた。転機と言われるミッドウェイ海戦は六月七日、ガダルカナル島への米軍上陸は八月七日であり、翌一八年二月一日には同島撤退、同四月一八日には、連合艦隊司令長官山本五十六《いそろく》が戦死している。その意味では、この作は日本の敗戦を予測していたのだろうか、または苦戦の中で、最終的な勝利を信じて「腰骨の力」を発揮せよと呼びかけているのか、あるいは「大本営発表」を鵜呑みにして、日本軍の優勢を信じていたのか、そのいずれとも受け取れるのである。藤村の死は一八年(一九四三)八月二二日だから、ペン倶楽部会長として外国通であり、日本文学報国会名誉会員として大会で「聖寿万歳」の音頭を取った(昭一八)彼ならば、一般人よりは多少「事実」に近い情報を得られたようにも思われるが、真相は分らない。

「第二の春」の構想

発表された部分は僅かに三章(第三章は未完)であり、「雑記帳」に残る「第二の春」構想の骨格、「十七八世紀の清新なる近代の出発と十九世を経てその二十世紀的帰着点――大東亜戦争」というメモ(「雑記帳ろ」)からは雄大なスケールは想像し得ても、その結末は想像を逞しくするしかない。残された限りで言えば、この作は幕末の対外交渉、シーボルトの事蹟あたりから始まり、馬籠の松雲和尚(桃林和尚)が青山半蔵の死後、七〇にして全国回国の旅に出、その目を通じて日清戦争後の状況を描き、和尚が東京で泊った芝口の旅館の亭主夫婦から、東京の変遷を聞くところで中絶している。ただ亭主の多吉によれば、日清戦争を境にして新しい世代の芽が育ち始め、「破壊も保存も創造の願ひも、殆んど一緒にやって来た」明治維新から、「真の開化」の光が見え始めた、という。藤村は『夜明け前』同様、和助の名で登場する。

経済界では東美濃出身の巣山千十郎（花王石鹼創始者・長瀬富郎）のように、ただの金儲けではなく信用第一、消費者のための物作りを考える人物が出て来る。青山半蔵ら旧世代には、「中世の否定」があって、現代が古代と直結していた。だが松雲が聞いたのは「過去にこの国のものの性格を形造った腰骨の強さ」が動揺混乱の中から発しはじめた声だった。それは以前に藤村が山陰旅行で聞いた声でもあった。諸外国の侵入に屈しなかった精神である。この精神を示唆したのは、おそらくは岡倉天心の著作であろう。

日本をして現代ヨーロッパ文明のうちで日本が必要とする要素のみを、さまざまの源から選び取らせた判断の円熟さは、日本はこれを東洋文化の本能的な折衷主義に負うているのである。日清戦争は、東方の海上に於けるわが国の優位を明らかにし、しかもわれわれを相互の友愛に於ていっそう密接に近づけたものであったが、この戦争は、一世紀半にわたって自己を発現しようとつとめていた新しい国民的活機の自然の結果であった。

（宮原芳彰訳『東洋の理想』）

なるほど日本人は新旧生活の急転に応ずる必要上から、数多くの古き日本の指標を一掃してしまった。しかしながらわれわれは幾多の変革を迎えながらも、一貫して古来の理想を忘れ去ることはなかった。(中略) 日本人はくり返し寄せてくる外来思想に洗われながら、つねに自己に忠実でありえた。この民族的資質があったればこそ、最近の西欧思潮の大襲来に遭っても、われわれは自己の本性を見失わずにすんだのである。

(斎藤美洲訳『日本の目醒め』)

登場予定者

天心ほど極端ではないにせよ、藤村との一致は疑えない。ただ藤村はそれに「中世」の「腰骨の力」をつけ加えた。天心も、透谷を筆頭とする「文学界」の友人たちも、先覚者として尊敬する二葉亭や緑雨も登場が予定されているが、中でも目を惹くのは、フランス文学者・吉江喬松《たかまつ》(号、孤雁) の名がメモにしばしば出て来ることである。彼は信州の松本中学で中沢臨川の後輩、藤村の愛読書・モーパッサンの『水の上』(大二) の訳者であり、メーテルランクの訳者として知られる。その紹介の功によって、レジオン・ドヌール勲章を授けられてもいる。彼が没したのは昭和一五年、藤村が南米で招致し、世界ペンクラブ大会を東京で開催することになっていたのも同じ年であった。藤村は吉江や自分の例をもって東西調和を示したかったのかもしれないが、この大会は状勢の変化にともない、開催不能を打電しなければならなかった (昭一四)。「第二の春」のメモが書きはじめられたのは、まさにその一五年 (紀元二千六百年) なのである。この年には湯河原で、兵士が心に刻むべき「戦陣訓」の校閲もした。彼の「まこと」の称揚や古代から続く「我が国の文化」の特質は、国民に道徳の根幹を叩きこもうとした『国体の本義』(文部省編、昭一二) とも大きく重なっている。つまりこの時点で書かれたノートは日本の国運隆盛を信じていたことになる。だが実際に執筆を始めたとき、彼はその構想をそのまま押し通すことの不可能を察知していたはずである。一方では芸術による相互理解、一方では当時の国策が指示する「国体」との重なり。この大きな矛盾はどう解決されるのか、彼はそれを示すことなく死去した。

終焉

静子や有島生馬の回想(私家版『東方の門』跋文)によれば、彼は『東方の門』第三章執筆中、昭和一八年(一九四三)八月二一日に脳溢血の発作で倒れ、昏睡状態となった。短時間意識が回復したとき、「涼しい風だね」と呟いたそうだが、その言葉を最後に翌二二日永眠した。享年七二歳。遺体は大磯の地福寺に埋葬され、二六日、東京の青山斎場で本葬が行われた。戒名は文樹院静屋藤村居士である。一〇月には馬籠の永昌寺に遺髪と遺爪を分骨した。「涼しい風」を感じたとき、藤村はまぼろしの道を行く見果てぬ夢の中にいたのかもしれない。

藤一也『島崎藤村「東方の門」』(平一二)のように、その「全体小説」的構想を評価する論者もいないではないが、作品の方向性を考えない訳には行かない。ましてこれは和助(藤村)が一つの軸となるはずの小説である。きびしい言い方をすれば、文学者としての彼が『東方の門』を完成できなかったことは、結果的に幸いだった。青年時代から自己の「芽」を伸ばそうと一筋の道を歩き続けた彼の道のりは険しいものだったが、粘り強い意志と努力によって、明治維新を照らし返す『夜明け前』を完成した生涯は、いくつかの錯誤、蹉跌を越えて、彼がついに出発時にめざした「詩神」の影に近づいたことを示すものであろう。

参照した主要文献

回想を除き、第二次大戦後の単行本に限った。

全体を通じて（刊行時代順）

伊藤信吉『島崎藤村』昭二二・一、和田堀書店
平野　謙『島崎藤村』昭二二・八、筑摩書房（五月書房版、昭三二・一一）
山崎　斌『藤村の歩める道』改定版、昭二四・六、第二書房
瀬沼茂樹『島崎藤村——その作品と生涯』昭二八・一、塙書房（角川文庫、昭三四）
同『評伝島崎藤村』昭三四・七、実業之日本社
同編『近代文学鑑賞講座』6、『島崎藤村』昭三三・九、角川書店
亀井勝一郎『島崎藤村論』昭二八・一、新潮社（新潮文庫、昭三一・一）
猪野謙二『島崎藤村』昭二九・一二、要書房（有信堂版、昭三八・八）
渋川　驍『島崎藤村』昭三九・一〇、筑摩書房
和田謹吾『島崎藤村』昭四一・三、明治書院
同『島崎藤村』平五・一〇、翰林書房
三好行雄『島崎藤村論』昭四一・四、至文堂

西丸四方『島崎藤村の秘密』昭四一・六、有信堂
島崎蓊助『藤村私記』昭四二・八、河出書房
島崎静子編『藤村・妻への手紙』昭四三・七、岩波書店
同著『ひとすじのみち――藤村とともに』昭四四・六、明治書院
伊東一夫『島崎藤村研究――近代文学研究方法の諸問題』昭四四・三、明治書院
同『藤村をめぐる女性たち』平一〇・一一、国書刊行会
同編『島崎藤村事典』昭四七・一〇（新訂版、昭五七・四）
同編『島崎藤村――課題と展望』昭五四・一一、明治書院
『島崎藤村』（日本文学研究資料叢書）、昭四六・二、有精堂、『同Ⅱ』昭五八・六
瀬沼茂樹・三好行雄・島崎蓊助編『藤村全集』別巻、昭四六・五、筑摩書房
田中富次郎『島崎藤村Ⅰ――青春の軌跡』昭五二・三、『同Ⅱ――「破戒」・その前後』昭五二・一一、『同Ⅲ
――作品の二重構造』昭五三・一、桜楓社
『シンポジウム日本文学15　島崎藤村』昭五二・八、学生社
剣持武彦編『比較文学研究叢書・島崎藤村』朝日出版社、昭五三・一一
吉村善夫『藤村の精神』昭五四・九、筑摩書房
鈴木昭一『島崎藤村論』昭五四・一〇、桜楓社
勝本清一郎『近代文学ノート2』、みすず書房、昭五四・一一
『近代文学研究叢書51』昭五五・一一、昭和女子大学近代文化研究所
十川信介『島崎藤村』昭五五・一一、筑摩書房
同編『鑑賞日本現代文学④　島崎藤村』昭五七・一〇、角川書店

『一冊の講座・島崎藤村』昭五八・一、有精堂出版
関　良一『考証と試論・島崎藤村』昭五九・一二、教育出版センター
笹淵友一『小説家島崎藤村』平二・一、明治書院
藪《やぶ》　禎子《ていこ》『透谷・藤村・一葉』平三・七、明治書院
滝藤《たきとう》満義『島崎藤村——小説の方法』平三・一〇、明治書院
『群像・日本の作家4　島崎藤村』平四・二、小学館
『藤村記念館記念講演集』平六・三、藤村記念郷
高橋昌子『島崎藤村——遠いまなざし』平六・五、和泉書院
同『藤村の近代と国学』平一九・九、双文社出版
渡辺広士『島崎藤村を読み直す』平六・六、創樹社
平岡敏夫・剣持武彦編『島崎藤村・文明批評と詩と小説と』平八・一〇、双文社出版
下山嬢子《しもやまじょうこ》『島崎藤村』平九・一〇、宝文館出版
水本精一郎『島崎藤村研究——詩の世界』、『同　小説の世界』平成二二・一二、近代文藝社

藤村と関係する論考（藤村の生涯との関連順）

菊池重三郎『馬籠——藤村先生のふるさと』昭二二・一一、東京出版
佐々木禅了他『藤村記念館五十年史』平九・一一、藤村記念郷
『明治学院百年史』昭五二・一〇、明治学院
『井深梶之助とその時代』第二巻、昭四五、同刊行学員会編、明治学院
青山なお・野辺地清江・松原智美編『女学雑誌諸索引』昭四五・一二、慶応通信

及川和男『明治女学校生徒・佐藤輔子の日記』平一五・一二、藤村記念館
矢野峰人『「文学界」と西洋文学』昭二六・五、門書房
笹淵友一『「文学界」とその時代』上下、昭三四・一、三五・三、明治書院
同『浪漫主義文学の誕生』昭三三、一、明治書院
平岡敏夫『北村透谷研究』正続、昭四二・六、昭四六・七、有精堂
『東北学院創立七十年史』昭三四・七
北川　透『北村透谷試論Ⅲ〈蝶の行方〉』昭五二・一二、冬樹社
川合道雄『武士のなったキリスト者 押川方義　管見（明治編）』平三・二、近代文藝社
藤　一也『島崎藤村『若菜集』の世界』昭五六・二、万葉堂出版
林　勇『島崎藤村・追憶の小諸義塾』昭五二・一二、冬至書房新社
森本貞子『冬の家・島崎藤村夫人冬子』昭六二・九、文藝春秋
大沢洋三『赤壁の家・藤村をめぐる佐久の豪農神津猛の生涯』昭五三・四、信濃路
東《ひがし》　栄蔵『「破戒」の評価と部落問題』昭五二・九、明治図書出版
同『藤村の『破戒』のモデル・大江磯吉とその生涯』平一二・一、信濃毎日新聞社
吉田精一『自然主義の研究』上下、昭三〇、一一、三三・一、東京堂
中村光夫『風俗小説論』昭二五・六、河出書房
相馬庸郎《つねお》『日本自然主義論』昭四五・一、八木書店
同『日本自然主義再考』昭五六・一二、八木書店
伊藤整『日本文壇史』（主として第四―第一一、第一五、第一八巻）昭二八・一一―五〇・八、講談社
河盛好蔵『藤村のパリ』平九・五、新潮社

田中宇一郎『回想の島崎藤村』昭三〇・九、四季新書社
篠田一士《はじめ》『伝統と文学』昭三九・六、筑摩書房
同『作品について』昭四六・一一、筑摩書房
北小路健『木曽路文献の旅・『夜明け前』探究』正続、昭四五・七、四六・五、芸艸堂《うんそうどう》
同『『夜明け前』探究・伊那路の文献』昭四九・八、明治書院
臼井吉見『田螺《たにし》のつぶやき』昭五〇・一一、文藝春秋
加賀乙彦『日本の長篇小説』昭五一・一一、筑摩書房
鈴木昭一『『夜明け前』研究』昭六二・一〇、桜楓社
青木正美『知られざる晩年の島崎藤村』平一〇・九、国書刊行会
藤　一也『島崎藤村「東方の門」』平一一・一〇、沖積舎

注釈

山田晃注釈『日本近代文学大系　島崎藤村Ⅰ』昭四六・一一、角川書店
和田謹吾注釈『同　島崎藤村Ⅱ』昭四五・八、角川書店
剣持武彦・関良一注釈『同　藤村詩集』昭四六・一二、角川書店

戦前の回想記

田山花袋『東京の三十年』大六・六、博文館
戸川秋骨『凡人崇拝』大一五・二、アルス
相馬黒光『黙移』昭一一・六、女性時代社

馬場孤蝶『明治文壇回顧』昭一一・七、協和書院
星野天知『黙歩七十年』昭一三・一〇、聖文閣（稿本は日本近代文学館編『星野天知』平一一・七、博文館新社）
増田五良『明治廿六年創刊雑誌「文学界」記伝』昭一四・一二、聖文閣（復刻版、昭四九・四、国書刊行会）
平田禿木『禿木遺響文学界前後』昭一八・九、四方木書店

写真集・図録・地誌など

『日本文学アルバム1　島崎藤村』昭二九・八、筑摩書房
『新潮日本文学アルバム4　島崎藤村』昭五九・八、新潮社
明治学院百年史委員会編『目で見る明治学院一〇〇年』昭五二・一一
『図録・島崎藤村』平一二・二、藤村記念館
『島崎藤村展・言葉につながるふるさと』平一四・三、仙台文学館
川副国基『島崎藤村』（写真作家伝叢書）昭四〇・一、明治書院
伊東一夫・青木正美編『写真と書簡による島崎藤村伝』平一〇・八、国書刊行会
『東京案内』明四〇・四、東京市役所（復刻版、昭四九・三、明治文献）
『東京府豊多摩郡誌』大五・七、東京府豊多摩郡役所（復刻版、昭五三・二、名著出版）
『本郷区史』昭一二・二、本郷区役所
『浅草区史』上下、大三・二、東京市浅草区役所（復刻版、昭四三・一〇、宗高書房）

＊『鑑賞日本現代文学』所収紅野謙介編の目録と架蔵本により作製

あとがき

藤村と正面で向かい合ったのは久しぶりである。旧著『島崎藤村』（昭五五）を出して以来、ほぼ三十年にもなる。旧著は幸いに多少の好評を得ることができたが、実はそのころ、講談社の中島和夫氏から、藤村の評伝を書いて見ないか、というお勧めをいただいたことがある。氏は毎月一回、決まった時刻に研究室に来訪され、作家たちの逸話を聞かせて帰られた。今思えば、それは原稿催促かたがた、「文学者」というものを教えて下さったのかもしれないが（やがて氏は『文学者における人間の研究』を刊行された）、若造の私には、来訪の意図がよく分らなかった。

もちろん何も書かなかったわけではない。何度も書きかけたが、いつもやわらかく押し返される感じがあって、四、五十枚で挫折し、完成にはほど遠かった。藤村の実生活と作品にある、大きな振幅を捉えきれなかったのである。中島氏の退職とともにこの話は立ち消えになったが、今回は東京の負債を京都で返すような気持で書き始めた。

ミネルヴァ書房から「評伝選」のお話があったのも十年以上前のことで、勤務先を退職してから少しずつ書き溜め、直しては書き、書いては直して、何とか脱稿した。枚数制限もあったが、恩師の中村光夫先生が、思い切って細部を削り、『二葉亭四迷伝』を完成されたことを思い出し、草稿に大幅な手を加えた。藤村および彼の作中人物が持つ二面性、表に現われる慇懃と、裏に隠れた強情とが、その内容は人さまざまとしても、結局はすべての人間が持つ両面だと思い定めることとした。

彼はつねに「口が重」く「黙しがち」であると称しつつ、むしろそれゆえに「言ふぞよき」と宣言した人物である。彼の曖昧な屈服と、衝動的とも言える大胆な飛躍の生涯を読み取っていただければ幸いである。彼の人物や作品の評価が分裂するのも、表裏に貼りついた両面が、時として不統一で、矛盾する断面を見せるからであろう。彼の生涯はほとんどすべてが作品化されているので、「評伝」としては、できるだけそのギャップを考えてみることにした。その結果、作品と実生活の叙述に重複する部分もあるが、これは本書の性格上、やむを得ないこととして、ご了承頂きたい。

言うまでもなく、藤村に関する研究・評論は膨大な数に上《のぼ》る。本書で引用した論については本文中に記したが、言及できなかった文献の著者に対しても、心からお礼を申し上げる。本書はその集積の上に、ほんの少し顔を出した氷山の一角にすぎない。

またこの機会を与えて下さったミネルヴァ書房と、時代遅れの手書き原稿を整理していただいた担当の岩崎奈菜さんにも、厚くお礼を申し上げたい。

二〇一二年五月、緑葉の季節に

十川信介

島崎藤村略年譜

和暦	西暦	齢	関係事項	一般事項
明治 五	一八七二	1	3・25（自記年譜では旧暦二月一七日）、筑摩県第八大区五小区馬籠村（現・岐阜県中津川市馬籠）に父正樹、母縫《ぬい》の四男三女の末子として生まれる。春樹と命名。島崎家は木曽街道馬籠宿の本陣、問屋、庄屋を兼ねた名家。正樹はその一七代にあたり、本名重寛（新年に改名）、平田篤胤に心酔する国学者で、この年、庄屋廃止にともなって名主兼戸長に就任した。	4月神祇省が教部省となり国学者失望。教部省三条の教憲発令。9月学制を頒布。義務教育制の実施。12・9太陰暦を廃して太陽暦を採用（陰暦明治五年一二月三日をもって明治六年一月一日とした）。
六	一八七三	2	5月正樹が山林問題との関わりで、戸長を罷免され、筑摩県第百二十七小校（教義学校）学事係に任ぜられた。12月正樹、仏葬を廃し、神葬祭に改めた。	1月徴兵令発布。2月全国キリスト教禁制の高札を撤廃。7月地租改正条例布告。11月「明六社」結成。
七	一八七四	3	6月長兄秀雄が戸主となる。正樹が上京して教部省雇員となる。9月長姉園子、木曽福島の高瀬薫と結	1月「民選議院設立建白書」提出。2月佐賀の乱。3月「明六

			婚。高瀬家は奇応丸の製造販売で知られた薬種問屋。10月次兄広助、母方の妻籠の島崎家に養嗣子として入籍。11月正樹、飛騨国（岐阜県）大野郡一宮村の水無神社宮司兼中講義を拝命。赴任に先立ち神田橋門外で明治天皇の行列に直訴、西洋化の弊害を憂うる和歌を献じ、翌年一月罰金刑を受ける。	雑誌」創刊。
八	一八七五	4	9月正樹が隠居し、長兄秀雄が家督を相続。10・1高瀬慎《ちか》夫（姉園子長男）出生。	6月新聞紙条例。11月新島襄、京都に同志社英学校を創立。
一〇	一八七七	6		2月西南戦争勃発（9月終結）。4月東京大学開設。9月東京一致神学校（明治学院前身）創立。
一一	一八七八	7	1月正樹が職を辞して帰宅し近隣子弟の教育に従事。春樹、神坂学校入学。正樹より『勧学篇』『千字文』『論語』などを学ぶ。	1月日本基督教伝道会社設立。7月三新法（郡区町村編成法、府県会規則、地方税規則）公布。
一二	一八七九	8	秀雄、神坂村（馬籠・湯舟沢）戸長となり、5月城所駒江（松江と改名）と結婚。	4月植木枝盛『民権自由論』。9月学制を廃し、教育令制定。
一四	一八八一	10	9月修学のため、秀雄に連れられ三兄友弥とともに上京。京橋区鎗屋町（現・中央区銀座四丁目）に住んでいた高瀬薫夫婦に預けられ、泰明学校に転入（友弥はまもなく退学、奉公に出る）。	10月自由党結成。

一五	一八八二	11	高瀬家が木曽福島へ帰郷し、その後に住んだ高瀬薫の母の一族、力丸元長に預けられた。	1月軍人勅諭を公布。2月玄洋社結成。3月立憲改進党結成。8月外山正一ら『新体詩抄』。10月中江兆民訳『ルソー民約訳解』。
一六	一八八三	12	秋頃、高瀬家と同郷の吉村忠道方（当時代言人、銀座四丁目四番地）に移る。	11月鹿鳴館開館。
一七	一八八四	13	海軍省官吏石井其吉について英語を学び、パーレーの『万国史』『ナショナル読本』を読む。4月父正樹が春樹の洋学かぶれを案じて上京。これが最後の対面となった。	10月自由党解散。秩父事件。植村正久『真理一斑』。
一八	一八八五	14		2月硯友社結成。6月坪内逍遥『当世書生気質』。7月「女学雑誌」創刊。8月森鷗外ドイツに留学。9月逍遥『小説神髄』。10月明治女学校創立。
一九	一八八六	15	吉村忠道の伯父武居用拙について『詩経』『左伝』を読み、英学者島田奚疑《けいぎ》について英語を学ぶ。芝の三田学校に入学。9月神田淡路町の共立学校に転入学、木村熊二よりアーヴィング『スケッチブック』	3月帝国大学令公布。6月明治学院創立。12月日本基督教婦人矯風会創立。

			などを学んだ。11・29菩提寺放火で発狂したとみなされ、座敷牢に幽閉されていた正樹が故郷で病没。この年、吉村家の移転に伴い、（現・中央区）日本橋浜町三丁目一（大川端）に移る。	
二〇	一八八七	16	9月府下荏原郡白金村（現・港区芝白金台一丁目）にミッション・スクール明治学院新校舎開校。普通学部本科に入学、キリスト教的な新しい世界に触れる。	2月徳富蘇峰、民友社創立。「国民之友」創刊。6月二葉亭四迷『浮雲』第一編。11月山田美妙「武蔵野」。
二一	一八八八	17	6・17高輪台町教会牧師木村熊二より洗礼を受けた。9月戸川明三（秋骨）が編入、同級となった。	4月市制および町村制公布。5月新撰讃美歌。7月ツルゲーネフ・二葉亭四迷訳「あひゞき」。10月文芸誌「都の花」創刊。
二二	一八八九	18	1月馬場勝弥（孤蝶）が同級に編入。この頃、同窓の中島久万吉、和田英作らの回覧雑誌「すみれ草」（「ヴァイオレット」）に政治青年風の文章を寄稿。9月第一高等中学校の入学試験に失敗（?）。この年、吉村家は日本橋浜町二丁目一一（不動新道）に転居。	2月大日本帝国憲法発布。4月北村透谷『楚囚之詩』。8月森鷗外他訳『於母影』。9月幸田露伴『風流仏』。
二三	一八九〇	19	7月明治学院開催の第二回キリスト教夏期学校に戸川秋骨らと参加。植村正久、大西祝らの講演に感激	1月鷗外「舞姫」。2月「国民新聞」創刊。3月植村正久「日

			した。この頃から享楽的な生活を一変してかたくなに沈黙を守り、図書館で西洋文学を耽読した。	本評論」『福音週報』創刊。5月府県制、郡制公布。7月第一回総選挙。10月教育勅語宣布。美妙「日本韻文論」。11月第一回帝国議会。
二四	一八九一	20	6・27明治学院普通部本科卒業。吉村忠道が横浜伊勢佐木町に開いた雑貨店マカラズヤを手伝うが、仕事に身が入らず、文学への志望が強まった。九月頃から巌本善治の「女学雑誌」の翻訳の仕事を手伝う。11・24継祖母・桂子の葬儀のため帰郷。次兄広助は東邦協会に入り、この頃渡清・渡韓。	1月内村鑑三不敬事件。2月植村正久「不敬罪と基督教」によって「福音週報」発行停止。5月北村透谷『蓬萊曲』。大津事件。10月濃尾地方大地震。「早稲田文学」創刊。
二五	一八九二	21	1月「フランセス・ウイラードを訪《とう》の記」「人生に寄す」などの文章を「女学雑誌」に発表し始めた。2月北村透谷の「厭世詩家と女性」に感動。5月巌本善治の紹介で透谷と会見、彼に倣って劇詩を志す。この頃、栗本鋤雲や田辺蓮舟に中国文学を学ぶ。7月箱根の第四回キリスト教夏季学校に参加、湯浅半月、フルベッキらの講演を聴いた。9月麹町区(現・千代田区)下六番町の明治女学校の英語教師となった。星野天知、平田禿木らと知り合う。	2月透谷「厭世詩家と女性」。3月尾崎紅葉「三人妻」、内田不知庵『文学一斑』。11月ドストエフスキー・不知庵訳『罪と罰』(巻之一)。この年、逍遙と鷗外の没理想論盛ん。

二六	一八九三	22	1月許婚のある教え子佐藤輔子（明治女学校四年生）への愛に苦しみ、明治女学校を退き、教会を離脱、2・1関西漂泊の旅に出る。神戸で広瀬恒子と知り合い、高知に孤蝶を訪ねた後、4月吉野の西行庵で天知と再会。五月末から石山寺門前の茶丈で自炊生活をはじめ、刀鍛冶堀井来助を知る。7月下旬、東海道鈴川で透谷、秋骨、禿木の出迎えを受け、箱根で疲れを癒す。さらに鎌倉や東北の一関に放浪を重ねたが前途の方針を見出せず、10月初め帰京、吉村家に戻った。この間、1・31星野天知、北村透谷、馬場孤蝶、平田禿木、戸川秋骨らとともに「文学界」を創刊。創刊号の劇詩「悲曲琵琶法師」をはじめ、旅先から多くの文章を送った。11月秀雄一家上京。下谷区（現・台東区）三輪町八九に住み、友弥、藤村も同居。	2月透谷「人生に相渉るとは何の謂ぞ」。人生相渉論争起こる。5月透谷「内部生命論」。6月―10月正岡子規「獺祭書屋主人俳話」を連載。8月文部省「君が代」など祝日、大祭日儀式唱歌を制定。11月木村熊二が小諸義塾を創立、小諸城址大手門に仮校舎。12月透谷、自殺をはかり失敗。
二七	一八九四	23	1月劇詩「草枕」を「文学界」に発表。2月「野末ものがたり」を藤村の雅号で「文学界」に発表。4月再び明治女学校の教師となる。5・16透谷、芝公園の自宅で自殺。大きな衝撃を受ける。同月末秀雄が水道鉄管事件に連座し、未決監に収容される。夏	8月日清戦争開戦。9月宮崎湖処子『ウオルズウオルス』。10月国木田独歩「愛弟通信」。ドレフュス事件。この年、軍歌、戦争文学盛ん。

			頃、ルソーの『告白』、ドストエフスキーの『罪と罰』を読み、啓発される。10月『透谷集』（文学界雑誌社）を編纂。この年、樋口一葉、上田敏（柳村）を知る。	
二八	一八九五	24	2月母が乳癌のため入院。3月「村居謾筆」、5月「聊か思ひを述べて今日の批評家に望む」を「文学界」に発表。長兄秀雄の留守宅を本郷区（現　文京区）湯島新花町二四に移す。8月札幌の鹿討豊太郎に嫁いでいた佐藤輔子が札幌病院で死亡。9月郷里馬籠の大火で旧宅が焼失した。12月「韻文に就て」を「太陽」に発表。明治女学校を辞任。	1月「太陽」「文芸倶楽部」「帝国文学」創刊。樋口一葉「たけくらべ」。4月日清講和条約調印・三国干渉。9月一葉「にごりえ」。10月秋声会結成。この年、観念小説・悲惨小説が流行した。
二九	一八九六	25	2・5明治女学校焼失。8月生活のため地方赴任を決意し、留守宅を本郷区（現・文京区）森川町に移す。9月初旬、東北学院の作文教師として仙台に赴任。一時は画家・布施淡と同居し、後には旅館三浦家で暮らした。「草影虫語」以下『若菜集』に収められる詩篇を続々と「文学界」に発表。10・25母コレラのために死去。遺骨を持って帰郷、埋葬。この年、田山花袋、柳田国男、土井晩翠、高山樗牛、佐藤紅緑らと知る。	1月「めさまし草」創刊。6月三陸地方大津波。7月与謝野鉄幹『東西南北』。「新小説」復刊。「新声」創刊。

三〇	一八九七	26	6月東北学院を退職、吉村樹《しげる》（忠道長男）と千葉県小久保（現・富津市小久保）に行き、はじめての口語体小説「うたゝね」（11月「新小説」に発表）を書く。8・29第一詩集『若菜集』を春陽堂より刊行。秋に本郷区湯島新花町九三に秀雄一家と転居（秀雄はこの年出獄）。12月小説「うたゝね」が「めさまし草」の「雲中語」で酷評され、小説への志望が頓挫した。	1月「ホトトギス」創刊。尾崎紅葉「金色夜叉」。3月貨幣法公布。足尾銅山鉱毒事件。4月独歩、花袋他『抒情詩』。徳冨蘆花『トルストイ』。5月「日本主義」創刊。この年、「社会小説」論起こる。
三一	一八九八	27	1月「文学界」五八号で終刊、「告別の辞」を書く。詩の韻律研究のため東京音楽学校選科に入学、助教授橘糸重にピアノを習う。6月第二詩集『一葉舟』を春陽堂より刊行。7月吉村樹と木曽福島の高瀬家を訪問、一夏を過し『夏草』の詩篇を執筆した。12月第三詩集『夏草』を春陽堂より刊行。この年、蒲原有明、高安月郊、斎藤緑雨を知る。	2月―3月正岡子規「歌よみに与ふる書」。7月「国民之友」終刊。11月徳冨蘆花「不如帰」。
三二	一八九九	28	4月生活を一新すべく木村熊二主宰の小諸義塾の教師となり、小諸町（現・小諸市）に赴任、英語・国語を教えた。5・3明治女学校の教え子、函館の網問屋・秦慶治の三女冬子と結婚。小諸馬場裏に新居を構えた。7月洋画家三宅克己が小諸に住み、同僚	1月「中央公論」（「反省雑誌」改題）創刊。3月義和団事件。4月土井晩翠『天地有情』。5月横山源之助『日本之下層社会』。7月治外法権撤廃。8月

			として藤村の自然を見る目に影響を与えた。この頃から『落梅集』所収の詩が次々に生まれた。	菊池幽芳「己が罪」。11月東京新詩社結成。薄田泣菫『暮笛集』。この頃より「家庭小説」流行。
三三	一九〇〇	29	5・3長女みどり誕生、8月随筆「雲」を「天地人」に発表。この頃より定型詩に盛り切れぬ「想」を自覚。三宅克己に倣って写生を行い、ものを客観的に写す方法を研究して散文への道を模索。『千曲川のスケッチ』の素稿は、この間に書かれた。	1月「太平洋」創刊。2月泉鏡花「高野聖」。4月「明星」創刊。5月北清事変。8月蘆花『自然と人生』。9月夏目漱石英国に留学（三六年一月まで）。
三四	一九〇一	30	8月第四詩集『落梅集』を春陽堂より刊行。11月丸山晩霞が欧米から故郷小諸禰津村に帰り、小諸義塾で画を教えた（三宅の後任）。	3月独歩『武蔵野』。8月樗牛「美的生活を論ず」。与謝野晶子『みだれ髪』。12月上田敏『みをつくし』。
三五	一九〇二	31	3・31次女孝子誕生。10月星野大知と『透谷全集』を共編。11月「旧主人」を「新小説」に、「藁草履」を「明星」に発表。前者は風俗壊乱の理由で発売禁止。年末、小山内薫が訪問。	1月日英同盟協約。蒲原有明『草わかば』。小杉天外『はやり唄』。5月子規「病牀六尺」。花袋「重右衛門の最後」。6月「芸文」（鷗外・上田敏）創刊。9月永井荷風『地獄の花』。12月教科書疑獄事件。

三六	一九〇三	32	5月藤村操が、華厳の滝に投身自殺、衝撃を受けた。6月「老嬢」を「太陽」に発表。11月『罪と罰』、『ニイチェ文集』を読了。この年、有島生馬、青木繁ら来訪。	2月小杉天外「魔風恋風」。4月教科書制度成立。8月有島武郎米国留学。東京市電開通。9月永井荷風渡米（のちフランスへ）。10月尾崎紅葉没。硯友社の勢い弱まる。11月平民社結成。
三七	一九〇四	33	1月「水彩画家」を「新小説」に発表。田山花袋が来訪。丸山晩霞とともに『破戒』執筆準備のため飯山に赴く。2月日露戦争勃発。花袋の従軍に大きな刺激を受け「人生の従軍記者」の決意をかためる。4・9三女縫子誕生。7月函館の岳父秦慶治を訪ね、『破戒』出版の資金援助を依頼。9月合本『藤村詩集』を春陽堂から刊行。この頃、秀雄が金塊引き揚げ事業で詐欺事件に問われ、再び入獄。	2月日露戦争開戦。花袋「露骨なる描写」。5月「新潮」創刊。8月日韓協約調印。木下尚江「良人の自白」。9月晶子「君死に給ふこと勿れ」。
三八	一九〇五	34	4月小諸義塾を退職し、単身上京。豊多摩郡（現・新宿区）西大久保四〇五に家を借り、4・29一家で上京。背水の陣で『破戒』執筆に従事した。5・6三女縫子、急性脳膜炎で死亡。7月柳田国男の土曜会（後、龍土会）に出席。10・20長男楠雄誕生。11月『破戒』脱稿。この年、国木田独歩を知る。	1月花袋『第二軍従征日記』。漱石「吾輩は猫である」。3月小栗風葉「青春」。4月トルストイ・内田魯庵訳『復活』。5月石川啄木『あこがれ』。泣菫『二十五絃』。7月有明『春鳥

				集』。独歩『独歩集』。9月日露講和条約調印。日比谷焼討ち事件。10月上田敏『海潮音』。
三九	一九〇六	35	3月『破戒』を「緑蔭叢書第壹篇」として自費出版し、上田屋書店より発売。好評を博し、4月再版。4・7次女孝子、急性消化不良で死亡。6・12長女みどり、結核性脳膜炎で死亡。『破戒』のために家族を犠牲にしたという噂が立つ。7月伊井蓉峰一座が、小山内薫脚本『破戒』を上演。10月初め浅草新片町一（現・台東区柳橋一丁目）に転居。	1月堺利彦ら日本社会党結成。伊藤左千夫『野菊の墓』。「早稲田文学」復刊。2月文芸協会設立。鉄道国有法公布。3月「文章世界」創刊。6月岩野泡鳴『神秘的半獣主義』。「趣味」創刊。10月四迷『其面影』。この年、自然主義論議始まる。
四〇	一九〇七	36	1月第一短篇集『緑葉集』を春陽堂から刊行。6月『春』執筆のため、箱根、湘南地方へ調査旅行。西園寺公望の文士招待会に出席。「並木」を「文芸倶楽部」に発表。8月函館大火、妻の実家ほぼ全焼。9・8次男鶏二誕生。この頃、「並木」や「水彩画家」をめぐって、馬場孤蝶、戸川秋骨、丸山晩霞らが文章を発表、モデル問題が起こる。京橋区新佃島（現・中央区）の海水館に籠り、『春』の執筆を始めた。この年、秀雄、単身台湾に赴く。	1月「平民新聞」創刊。2月足尾銅山暴動事件。柳田国男ら「イプセン会」を組織。3月小学校令改正（義務教育六年）。9月川路柳虹、口語自由詩「塵溜」。花袋「蒲団」。12月泡鳴「新体詩の作法」。

四一	一九〇八	37	4・7「東京朝日新聞」に『春』の連載を始める（八月一九日まで、一三五回）。この頃、高瀬慎夫・操夫婦が近所の諏訪町に住み、慎夫は株屋の店員となったが失敗し、後に名古屋で再起をはかる。10月「緑蔭叢書第弐篇」として『春』を自費出版。12・17三男蓊助誕生。	1月蒲原有明『有明集』。正宗白鳥「何処へ」。長谷川天渓「現実暴露の悲哀」。花袋「一兵卒」。10月青年の怠惰を戒める戊申詔書宣布。徳田秋声「新世帯」。泡鳴『新自然主義』。12月「パンの会」結成。
四二	一九〇九	38	8月秀雄長女いさ、西丸哲三と結婚。9月第一感想集『新片町より』を左久良書房より刊行。10月『家』の執筆調査を兼ね、両親の墓碑建立のため諏訪から木曽福島を経て帰郷。11月小山内薫の自由劇場第一回試演イプセン「ジョン・ガブリエル・ボルクマン」（鷗外訳）に顧問として協力。12月第二短篇集『藤村集』を博文館から刊行。この年、多数の短篇を発表。	1月「スバル」創刊。3月北原白秋『邪宗門』。荷風『ふらんす物語』。5月新聞紙法公布。9月三木露風『廃園』。10月花袋『田舎教師』。「屋上庭園」創刊。11月「東京朝日新聞」に「文芸欄」設置。
四三	一九一〇	39	1・1『家』を「読売新聞」に発表（五月四日まで、一一二回）。5・31名古屋で結核療養中の高瀬慎夫を見舞う。6・9高瀬慎夫死去。8・6四女柳子誕生。同日、妻冬子、産後の出血にて死去。楠雄、鶏二を手許におき、蓊助は姉高瀬園子に、柳子は茨城	4月「白樺」創刊。5月「三田文学」創刊。6月幸徳秋水逮捕さる。魚住折蘆「自然主義は窮せしや」。長塚節「土」。8月韓国併合。11月谷崎潤一郎「刺

			県大津（現・北茨城市）の知人にあずけた。この前後から、次兄広助の長女久子、ついで次女こま子が手伝いに来た。11月西園寺公望主催の雨声会に出席。	青」。12月堺利彦ら売文社設立。啄木『一握の砂』。
四四	一九一一	40	1月『家』の続篇「犠牲」を「中央公論」に発表（一、四月に分載）。3・12三兄友弥死亡。6月「千曲川のスケッチ」を「中学世界」に連載開始（大正元年八月まで、一二回）。8・29～11・30「十人並」を「時事新報」に連載。10月帝国劇場の自由劇場第五回試演ハウプトマン「寂しき人々」（鷗外訳）に協力。11・25「緑蔭叢書第参篇」として『家』上下を自費出版（刊行の際に終章を加筆）、この年、短篇多数。	1月大逆事件判決。幸徳秋水ら処刑。ニーチェ・生田長江訳『ツアラトウストラ』。西田幾多郎『善の研究』。2月武郎「或る女のグリンプス」。武者小路実篤『お目出たき人』。9月「車前草」「青鞜」創刊。文芸協会研究所第一回試演、イプセン・抱月訳「人形の家」初演。10月辛亥革命。11月「朱欒《ザンボア》」創刊。12月東京市電ストライキ。
大正 元 四五	一九一二	41	4月第三短篇集『食後』を博文館から刊行。5月「ある婦人に与ふる手紙」（後「幼き日」さらに「生ひ立ちの記」と改題）を「婦人画報」に連載（大正二年四月まで）。6月広助の長女久子、田中文郎と結婚。こま子は引き続き家事の手伝いをした。11月父正樹の遺稿集『松が枝』を自費出版。12・10	4月厨川白村『近代文学十講』。6月啄木『悲しき玩具』。7・29明治天皇崩御。大正と改元。9月乃木大将夫妻殉死。「奇蹟」創刊。10月鷗外「興津弥五右衛門の遺書」。ヒュウザン会第一

二

一九一三

42

『藤村詩集』（改訂版）を春陽堂、12・15『千曲川のスケッチ』を佐久良書房より刊行。

1月『朝飯』を春陽堂から刊行。「桜の実」（後の『桜の実の熟する時』）を「文章世界」に発表（二月まで）。月末、台湾から落魄して帰った高瀬薫を木曽福島に送り届け、姉園子を見舞う。2月書き下ろし『眼鏡』を実業之日本社より刊行。3月いわゆる「新生事件」の処理のため渡仏を決意。文壇の送別会を受け、留守宅を芝区二本榎西町三（現・港区）に移して3・25新橋発。神戸に滞在後、4・13フランス船エルネスト・シモン号で出航。広助には船中からこま子との関係を告白し、善後策を依頼した。4月第四短篇集『微風』（「緑蔭叢書第四篇」）、第二感想集『後の新片町より』を新潮社から刊行。5・20マルセイユ着。リヨンを経てパリに向かう。有島生馬の紹介で、パリ五区ポール・ロワイヤル街八六のマダム・シモネエ宅に止宿。6月外遊中の小山内薫が訪れた。8月「巴里の旅窓にて」を「東京朝日新聞」に連載開始（以後、「仏蘭西だより」として、大正四年末まで一二四回）。こま子が男児を生み、

回展。

1月ゲーテ・鷗外訳『ファウスト』第一部。白秋『桐の花』。鷗外「阿部一族」。3月蘆花『み、ずのたはこと』。4月荷風訳『珊瑚集』。7月文芸協会解散。鈴木三重吉「桑の実」。9月「生活と芸術」創刊。10月斎藤茂吉『赤光』。和辻哲郎『ニイチェ研究』。シモンズ・泡鳴訳『表象派の文学運動』。12月「スバル」終刊。この年、東北・北海道大凶作。

三	一九一四	43	子供はただちに養子に出された。11月萱野二十一（郡虎彦）、小杉未醒、山本鼎らが藤村の下宿を訪問。滞在中の芸術家や学者との交流が始まり「巴里村の村長」役をつとめる。 5月「桜の実」を「桜の実の熟する時」と改題し、「文章世界」に連載開始（前篇。翌四年四月まで、五回）。7月第一次世界大戦勃発、パリに危険が迫った。8月画家の正宗得三郎らと、中仏オートヴィエンヌ県リモージュ市バビロン道四一のマダム・マテラン方（シモネエの姉の家）に避難。11月危機を免れたパリに帰る。11・27義兄高瀬薫が木曽福島で死去。	1月シーメンス事件。「我等」「へちまの花」創刊。3月東京駅完成。4月漱石「心」。阿部次郎『三太郎の日記』。8月ヨーロッパで第一次世界大戦が勃発。日本、ドイツに宣戦布告、11月青島を占領。10月高村光太郎『道程』。
四	一九一五	44	1月『平和の巴里』を佐久良書房より刊行。6月頃経済的理由もあって帰国の心が動きはじめたが、東京で中沢臨川、田山花袋、有島生馬らが結成した「藤村会」から送金が予定されたため帰国を一時延期。この頃、栗本鋤雲の『暁窓追録』を愛読し、その異文化に接する態度に敬服する。12月『戦争と巴里』を新潮社から刊行。	1月日本、中国に二一カ条の要求。秋声「あらくれ」。4月「ARS」創刊。5月日華条約調印。11月大正天皇即位式。芥川龍之介「羅生門」。
五	一九一六	45	3月セレクト・ホテルに移る。水上瀧太郎、小泉信	1月吉野作造「民本主義論」。

			三らが同宿。4・29パリを出発、ロンドン経由、日本郵船の熱田丸で帰国の途につく。喜望峰をまわり、7・4神戸に上陸。7・8帰京。9・5「故国に帰りて」を「東京朝日新聞」に発表（一一月一九日まで）、やがて『海へ』にまとめられるフランス紀行を書きはじめる。早稲田大学講師となり「フロオベル以後」を講義。10月柳橋柳光亭にて藤村帰朝歓迎会が開かれた。11月次兄広助一家は本郷区（現・文京区）根津宮永町に移った。	鷗外「渋江抽斎」「高瀬舟」。2月龍之介「鼻」。5月漱石「明暗」。6月萩原朔太郎・室生犀星「感情」創刊。9月「トルストイ研究」創刊。宮本百合子「貧しき人々の群」。河上肇「貧乏物語」。12月倉田百三「出家とその弟子」。漱石没。
六	一九一七	46	1月慶應大学でフランス文学を講義。2月姉園子、根岸病院に入院。4月『幼きものに』を実業之日本社より刊行。6月子供たちを連れ、芝区（現・港区）西久保桜川町二の高等下宿風柳館に移る。姪こま子との関係が復活していた。ローマ字詩集『TÔSON SISYU』を研究社より刊行。11月「桜の実の熟する時」後篇を「文章世界」に連載開始（翌七年六月まで）。	1月花袋『一兵卒の銃殺』。菊池寛「父帰る」。2月朔太郎『月に吠える』。3月ロシア二月革命。5月「思潮」創刊。6月佐藤春夫「病める薔薇」。7月武郎「カインの末裔」。10月志賀直哉「和解」。
七	一九一八	47	3月柳子を手許に引き取る。4・5次兄広助妻あさ、死去。5・1『新生』第一部を「東京朝日新聞」に連載開始（一〇月五日まで、一三五回）。それに憤	1月「民衆」創刊。3月武郎「生れ出づる悩み」。4月『尋常小学校国語読本』。7月「新

			慨した広助から義絶された。7月紀行『海へ』を実業之日本社より刊行。同月創刊の「赤い鳥」顧問となり、「二人の兄弟」を発表。秋、こま子は台湾台北の長兄秀雄のもとに送られた。10月麻布区飯倉片町三三（現・港区麻布台三丁目）に転居。	しき村」創刊。8月シベリア出兵宣言。米騒動起こる。9月春夫『田園の憂鬱』。河上肇『社会問題管見』。11月第一次世界大戦終わる。
八	一九一九	48	1月『桜の実の熟する時』、『新生』第一巻を春陽堂より刊行。4月長男楠雄、明治学院中学部に入学。4・27「東京朝日新聞」に『新生』第二部の連載開始（一〇月二三日まで、一四一回）。9月長兄秀雄が台湾から帰って、青山五丁目（現・港区）の女婿西丸哲三方に住む。こま子は後に羽仁もと子の自由学園で働くことになった。12月『新生』第二巻を春陽堂より刊行。	1月堀口大学『月光とピエロ』。2月大山郁夫・長谷川如是閑ら「我等」創刊。4月「改造」創刊。5月和辻哲郎『古寺巡礼』。6月ベルサイユ条約。10月武者小路実篤「友情」。11月「人間」創刊。この頃、「大正デモクラシー」が盛んに唱えられた。
九	一九二〇	49	3・13姉高瀬園子、東京根岸病院で死去。次男鶏二、小石川春日町の川端画学校に通学。「斎藤先生」（後「貧しい理学士」と改題）を「太陽」に発表。9・25「東京朝日新聞」に「エトランゼエ」連載開始（翌年一月一二日まで、八二回）。11月田山花袋、徳田秋声生誕五〇周年記念に『現代小説選集』（新潮社）を編纂。12月童話集『ふるさと』を実業之日本	1月―5月賀川豊彦「死線を越えて」。1月国際連盟発足。2月トルストイ協会設立。3月経済恐慌始まる。5月日本最初のメーデー。6月武郎『惜みなく愛は奪ふ』。6月菊池寛「真珠夫人」。9月水上瀧太郎『貝殻

			社より刊行。	追放』。12月日本社会主義同盟結成。「文章世界」終刊。
一〇	一九二一	50	2月藤村生誕五〇年祝賀会が上野精養軒で開かれ、『現代詩人選集』が新潮社から記念出版された。3月加藤静子が初めて藤村宅を訪問。木曽福島から三男蓊助を引きとる。蓊助は明治学院中学部に入学。「仏蘭西紀行」（「エトランゼエ」続篇）を「新小説」に連載開始（翌年四月まで）。6月文部省国語調査会委員を委嘱された。7月「ある女の生涯」を「新潮」に発表。11月東京朝日新聞社で藤村生誕五〇年記念講演会が開かれた。	1月直哉「暗夜行路」前篇。2月「種蒔く人」創刊。小川未明「赤い蠟燭と人魚」。3月倉田百三『愛と認識との出発』。6月日夏耿之介『黒衣聖母』。7月春夫『殉情詩集』。小説家協会設立。10月「思想」「日本詩人」創刊。11月ワシントン軍縮会議。武郎訳『ホヰットマン詩集』。12月平戸廉吉「日本未来派宣言運動」。この年、プロレタリア文学論起こる。
一一	一九二二	51	1月『藤村全集』全一二巻を藤村全集刊行会より刊行（一二月まで）。3月『改編透谷全集』を春陽堂から刊行。4月全集の印税で女性雑誌「処女地」を創刊（翌年一月、一〇号で終刊）。同人に鷹野つぎ、加藤静子らがいた。8月冬子一三回忌を兼ね、馬籠に帰り、長男楠雄を帰農させ妻子の遺骨を永昌寺に	1月武郎「宣言一つ」。3月全国水平社創立。4月日本農民組合結成。「週刊朝日」「サンデー毎日」創刊。7月日本共産党結成。武郎、北海道の農場を小作人に開放。鷗外没。12月ソビエ

			改葬した。9月蓊助、川端画学校に学ぶ。第二感想集『飯倉だより』をアルスから、『エトランゼエ』を春陽堂より刊行。12月馬籠に山林を購入。	ト社会主義共和国連邦成立。
一二	一九二三	52	1月軽い脳溢血のため病臥。2月馬籠に田地を購入。6月加藤静子をともなって山辺温泉に旅行。10月震災記「飯倉だより（子に送る手紙）」を「東京朝日新聞」に連載（八日―一二日）。	1月「文藝春秋」「赤と黒」創刊。朔太郎『青猫』。長与善郎「青銅の基督」。上田敏『上田敏詩集』。5月横光利一「日輪」。6月第一次共産党検挙始まる。武郎軽井沢で心中。9・1関東大震災。大杉栄、伊藤野枝および朝鮮人多数虐殺さる。
一三	一九二四	53	1月童話集『をさなものがたり』を研究社より刊行。2・14長兄秀雄、台湾で病死。この頃、馬籠本陣跡の宅地を買い入れた。4月「三人」を「改造」に、「太陽」を「日光」創刊号に発表。月末、加藤静子に求婚。8月熱海に滞在していた加藤静子と柳子を迎えに行き、船で帰京。9月『仏蘭西だより』上下を新潮社から刊行。	3月谷崎潤一郎「痴人の愛」。4月宮沢賢治『春と修羅』。日本フェビアン協会設立。6月「文芸戦線」創刊。築地小劇場開場。7月白井喬二「富士に立つ影」。10月利一「頭ならびに腹」。「文芸時代」創刊。
一四	一九二五	54	1月「伸び支度」を「新潮」に、「熱海土産」を「女性」に、「春を待ちつゝ」を『東京朝日新聞』に	1月梶井基次郎「檸檬《レモン》」。3月東京放送局試験放送開始。4月

			発表。3月第四感想集『春を待ちつゝ』をアルスより刊行。5月『現代小説全集・島崎藤村集』を新潮社より刊行。11月楠雄の家（緑屋）がほぼ完成。	治安維持法公布。「銅羅」創刊。5月普通選挙法公布。9月堀口大学訳『月下の一群』。12月日本プロレタリア文芸連盟結成。
大正一五 昭和　元	一九二六	55	2月『藤村読本』全六巻を研究社から刊行。4月柳子をつれて馬籠の緑屋を訪問。5月鶏二が、半農半画家として馬籠に赴く。9月「嵐」を「改造」に発表。12月「食堂」を「福岡日日新聞」に連載開始。	1月文芸家協会結成。共同印刷ストライキ。川端康成「伊豆の踊子」。「大衆文芸」創刊。3月労働農民党結成。4月「驢馬」創刊。10月日本農民党結成。葉山嘉樹『海に生くる人々』。11月改造社、『現代日本文学全集』全六三巻刊行開始。円本時代始まる。12・25大正天皇崩御。昭和と改元。日本プロレタリア芸術連盟、社会民衆党、日本労農党結成。
二	一九二七	56	1月第五短篇集『嵐』を新潮社より、『藤村いろは歌留多』を実業之日本社より刊行。3月『島崎藤村集』（『現代日本文学全集』第一六篇）を改造社より刊行。いわゆる円本で、思わぬ多額の収入を子供た	1月日本水平社結成。前衛座演劇研究所創立。2月第一次山東出兵。3月金融恐慌始まる。龍之介「河童」。5月大仏次郎

			ちに均等に分配した。7月鶏二とともに、山陰地方に旅行。『北村透谷集』『藤村詩抄』を岩波文庫として刊行。小諸懐古園に藤村詩碑が建った。「山陰土産」を「大阪朝日新聞」に連載（同月三〇日から九月一八日まで）。この頃、田中宇一郎に幕末・維新の木曽街道、東京の歴史・風俗などの調査を依頼した。11月徐祖生訳『新生』が北京新書局より刊行された。	「赤穂浪士」。6月労農芸術家連盟結成。日本プロレタリア芸術連盟分裂。春陽堂、『明治大正文学全集』五〇巻刊行開始。7月岩波文庫刊行。芥川龍之介自殺。「プロレタリヤ芸術」創刊。10月「農民」創刊。中野重治「芸術に関する走り書的覚え書」。12月浅草—上野間に最初の地下鉄走る。
三	一九二八	57	4月『島崎藤村篇』（『明治大正文学全集』第二四巻）を春陽堂より刊行。五月にかけて木曽を旅し、いわゆる「大黒屋日記」を発見、『夜明け前』の準備が整う。10・22次兄広助、渋谷で病没（11・4郷里妻籠で本葬）。11・3加藤静子と結婚して三浦三崎に旅行。横須賀公郷村（現・横須賀市公郷町）に島崎氏の祖、永島氏を訪ねる。	2月第一回普通選挙。3月共産党員大検挙（三・一五事件）。全日本無産者芸術連盟（ナップ）結成。5月「戦旗」創刊。6月治安維持法改正。6月—11月いわゆる「芸術大衆化論争」。7月「女人芸術」創刊。山本有三「波」。9月「詩と詩論」創刊。10月林芙美子「秋が来たんだ——放浪記」。

四	一九二九	58	3月鶏二、フランスに留学。4月『夜明け前』序の章を「中央公論」に発表。以後、年四回のわりで連載。5月蓊助が日本プロレタリア美術家同盟の地方移動展に参加、盛岡署に留置された。9月蓊助、勝本清一郎とともにシベリア経由でドイツに留学。『夜明け前』の調査のため帰郷。	1月日本プロレタリア美術家同盟結成。2月日本プロレタリア作家同盟結成。3月築地小劇場分裂。4月「近代生活」創刊。5月小林多喜二「蟹工船」。「文学時代」創刊。6月徳永直「太陽のない街」。8月宮本顕二「『敗北』の文学」。9月小林秀雄「様々なる意匠」。10月世界大恐慌始まる。「文学」（第一書房）創刊。
五	一九三〇	59	5・13田山花袋病没。9月静子らとともに馬籠を訪れる。10月第五感想集『市井にありて』を岩波書店より刊行。『夜明け前』の連載を続ける。	1月金解禁実施。ロンドン軍縮会議。2月長谷川伸「瞼の母」。3月新興芸術派倶楽部結成。10月直木三十五「南国太平記」。12月三好達治『測量船』。
六	一九三一	60	4月長男楠雄、末木房子と結婚。8月鶏二、フランスより帰国、九月の二科会で新進画家として認められる。この年、モスクワ国立出版局がN・フェリドマン女史訳『破戒』を刊行。『夜明け前』の連載を	6月坂口安吾「風博士」。9月満州事変勃発。10月荷風「つゆのあとさき」。11月ナップ解散。『中野重治詩集』。

			続ける。	
七	一九三二	61	1月『夜明け前』第一部完結、新潮社より刊行。4月『夜明け前』第二部を「中央公論」に連載開始。6月静子をともない、京都若王子に和辻哲郎を訪ねた。	1月上海事変。3月満州国建国。「コギト」創刊。4月伊藤整『新心理主義文学』。5月五・一五事件。12月飯田蛇笏『山廬集』。
八	一九三三	62	2月蓊助、帰国。小田原の北村透谷碑除幕式に出席。『夜明け前』の連載を続ける。	1月「文芸首都」創刊。2月小林多喜二虐殺さる。3月日本、国際連盟脱退。6月丹那トンネル開通。7月利一「上海」。
九	一九三四	63	『夜明け前』の連載を続ける。	1月「童話童謡」創刊。文芸懇話会結成。9月亀井勝一郎『転形期の文学』。
一〇	一九三五	64	9月柳子、佐久郡臼田町（現・長野県南佐久郡臼田町）の井出五郎と結婚。10月『夜明け前』の第二部完結。11月『夜明け前』第一部、第二部を定本版「藤村文庫」第一篇、第二篇として新潮社より刊行。従来の著作を整理し、以下引き続き「藤村文庫」第三―第一〇篇として刊行。同月、日本ペン倶楽部結成、会長に就任。	1月康成「夕景色の鏡」（「雪国」初篇）。2月天皇機関説問題、国体明徴問題起こる。坪内逍遙没。3月「日本浪曼派」創刊。4月石川達三「蒼氓」（第一回芥川賞）。利一「純粋小説論」。5月秀雄「私小説論」。7

一一	一九三六	65	1月『夜明け前』が昭和一〇年度「朝日文化賞」を受けた。3月村山知義脚色、久保栄演出で新協劇団が『夜明け前』を上演。6月第六感想集『桃の雫』を岩波書店より刊行。7月飯倉片町の家を引き払う。7・13第一四回国際ペン倶楽部大会出席のため、静子同伴、副会長の有島生馬とともに東京を出発、神戸からアルゼンチンへ向う。9・3ブエノス・アイレス着。帰途アメリカ、フランスをまわり、マルセイユでシャバンヌの壁画「東方の門」を見る。	月徳田秋声「仮装人物」。10月吉川英治「宮本武蔵」。2月二・二六事件。3月「人民文庫」創刊。5月高見順「描写のうしろに寝ていられない」。6月太宰治『晩年』。10月保田與重郎「日本の橋」。12月堀辰雄「風立ちぬ」。
一二	一九三七	66	1・24神戸着。麹町区（現・千代田区）下六番町一七の新居に移る。5月「巡礼」を「改造」に連載開始（10月萎縮腎を病み、中断）。6月四〇年ぶりに仙台訪問。八木山の藤村詩碑落成に臨む。帝国芸術院創設にあたり、会員に推されたが、「一著作者の立場」を貫きたいとして辞退。	1月山本有三「路傍の石」。2月文化勲章制定。4月利一「旅愁」。荷風「濹東綺譚」。5月鱒二『厄除け詩集』。立原道造『萱草に寄す』。6月帝国芸術院創設。7月日中戦争勃発。新日本文化の会結成。11月日独伊防共協定調印。
一三	一九三八	67	1月病床で新年を迎える。保養中、定本版「藤村文	1月杉本良吉・岡田嘉子ソ連へ

			庫」の編纂にあたる。8月・12月湯河原に静養。	亡命。4月国家総動員法公布。中原中也『在りし日の歌』。7月「文芸文化」創刊。日本ペンクラブ、国際ペンクラブを脱退。8月東亜文化協議会設立。火野葦平「麦と兵隊」。11月斎藤茂吉『万葉秀歌』。12月草野心平『蛙』。
一四	一九三九	68	2月改稿『破戒』(「藤村文庫」第一〇篇)を新潮社より刊行。4月「巡礼」の続稿を「改造」に連載し始めた(翌年一月完結)。7月日本ペン倶楽部、国際ペンクラブを脱退。10月塩原に静養。	1月釈迢空『死者の書』。3月「荒地」創刊。4月重治「歌の別れ」。岡本かの子『生々流転』。5月ノモンハン事件。7月国民徴用令公布。9月第二次世界大戦勃発。
一五	一九四〇	69	2月『巡礼』を岩波書店より刊行。12月帝国芸術院会員となる。	1月「文化組織」創刊。2月津田左右吉筆禍事件のため著書発禁。3月伊東静雄『夏花』。4月織田作之助「夫婦善哉」。10月大政翼賛会結成。11月紀元二千六百年式典挙行。

一六	一九四一	70	1月大磯、湯河原に赴く。2月神奈川県大磯町東小磯の町屋園を借り、東京との往復生活を始めた。4月来日の周作人をペン倶楽部会長として接待。	4月日ソ中立条約締結。6月秋声「縮図」。8月高村光太郎『智恵子抄』。三木清『人生論ノート』。9月三島由紀夫「花ざかりの森」。12・8太平洋戦争勃発。
一七	一九四二	71	6月日本文学報国会名誉会員となる。8月大磯の町屋園の土地家屋を購入。秋より上京、「東方の門」序の章に着手。11・3第一回大東亜文学者会議に出席、「万歳三唱」の音頭をとる。12月「『東方の門』を出すに就いて」を「中央公論」に発表。	1月芹沢光治良「巴里に死す」。2月中島敦『古譚』。3月坂口安吾「日本文化私観」。5月日本文学報国会結成。6月ミッドウェー沖海戦。10月座談会「近代の超克」。
一八	一九四三	72	1月「東方の門」を「中央公論」に発表（四月、第一章、九月、第二章、一〇月、第三章未完のまま掲載）。8・21大磯の自宅で第三章執筆中、脳溢血の発作で倒れ昏睡、8・22永眠。8・26東京青山斎場で本葬。10月馬籠永昌寺に遺髪・遺爪を分葬。法名文樹院静屋藤村居士。	1月谷崎潤一郎「細雪」。山本周五郎「日本婦道記」。2月ガダルカナル島撤退。4月武田泰淳「司馬遷」。5月アッツ島守備隊全滅。7月中島敦「李陵」。12月第一回学徒出陣。

竹越與三郎　西田　毅
内藤湖南・桑原隲蔵　礪波　護
岩村　透　今橋映子
西田幾多郎　大橋良介
金沢庄三郎　石川遼子
上田　敏　及川　茂
柳田国男　鶴見太郎
厨川白村　張　競
大川周明　山内昌之
西田直二郎　林　淳
折口信夫　斎藤英喜
九鬼周造　粕谷一希
辰野　隆　金沢公子
シュタイン　瀧井一博
＊西　周　清水多吉
＊福澤諭吉　平山　洋
福地桜痴　山田俊治
田口卯吉　鈴木栄樹
＊陸　羯南　松田宏一郎
黒岩涙香　奥　武則
宮武外骨　山口昌男
＊吉野作造　田澤晴子
野間清治　佐藤卓己
山川　均　米原　謙
岩波茂雄　十重田裕一
＊北　一輝　岡本幸治
中野正剛　吉田則昭
満川亀太郎　福家崇洋
杉　亨二　速水　融
＊北里柴三郎　福田眞人
田辺朔郎　秋元せき
＊南方熊楠　飯倉照平
寺田寅彦　金森　修
石原　純　金子　務
J・コンドル　鈴木博之
辰野金吾　河上真理・清水重敦
＊七代目小川治兵衛　尼崎博正
ブルーノ・タウト　北村昌史

現代

昭和天皇　御厨　貴
高松宮宣仁親王　後藤致人
＊李方子　小田部雄次
吉田　茂　中西　寛
マッカーサー　柴山　太
石橋湛山　増田　弘
重光　葵　武田知己
市川房枝　村井良太
＊池田勇人　藤井信幸
高野　実　篠田　徹
和田博雄　庄司俊作
朴正熙　木村　幹
竹下　登　真渕　勝
＊松永安左エ門　橘川武郎
鮎川義介　井口治夫
＊出光佐三　橘川武郎
松下幸之助　米倉誠一郎
渋沢敬三　井上　潤
＊本田宗一郎　伊丹敬之
井深　大　武田　徹
佐治敬三　小玉　武
幸田家の人々　金井景子
＊正宗白鳥　大嶋　仁
大佛次郎　福島行一
＊川端康成　大久保喬樹
＊薩摩治郎八　小林　茂
松本清張　杉原志啓
安部公房　成田龍一
＊三島由紀夫　島内景二
R・H・ブライス　菅原克也
金素雲　林　容澤
柳　宗悦　熊倉功夫
バーナード・リーチ　鈴木禎宏
イサム・ノグチ　酒井忠康
川端龍子　岡部昌幸
藤田嗣治　林　洋子
＊井上有一　海上雅臣
＊手塚治虫　竹内オサム
山田耕筰　後藤暢子
古賀政男　藍川由美
＊吉田　正　金子　勇
武満　徹　船山　隆
＊力道山　岡村正史
＊西田天香　宮田昌明
安倍能成　中根隆行
サンソム夫妻　平川祐弘・牧野陽子
和辻哲郎　小坂国継
矢代幸雄　稲賀繁美
石田幹之助　岡本さえ
＊平泉　澄　若井敏明
安岡正篤　片山杜秀
島田謹二　小林信行
前嶋信次　杉田英明
保田與重郎　谷崎昭男
＊福田恆存　川久保剛
井筒俊彦　安藤礼二
佐々木惣一　松尾尊兊
＊瀧川幸辰　伊藤孝夫
矢内原忠雄　等松春夫
福本和夫　伊藤　晃
＊フランク・ロイド・ライト　大久保美春
大宅壮一　有馬　学
今西錦司　山極寿一

＊は既刊
二〇一二年八月現在

*古賀謹一郎　小野寺龍太
*栗本鋤雲　小野寺龍太
塚本明毅　塚本　学
*月　性　海原　徹
*吉田松陰　海原　徹
*高杉晋作　海原　徹
ペリー　遠藤泰生
オールコック　佐野真由子
アーネスト・サトウ　奈良岡聰智
緒方洪庵　米田該典
冷泉為恭　中部義隆

近代

*明治天皇　伊藤之雄
*大正天皇　F・R・ディキンソン
*昭憲皇太后・貞明皇后　小田部雄次
大久保利通　三谷太一郎
山県有朋　鳥海　靖
木戸孝允　落合弘樹
井上　馨　伊藤之雄
*松方正義　室山義正
北垣国道　小林丈広

板垣退助　小川原正道
長与専斎　笠原英彦
大隈重信　五百旗頭薫
伊藤博文　坂本一登
井上　毅　大石　眞
井上　勝　老川慶喜
*桂　太郎　小林道彦
渡辺洪基　瀧井一博
*乃木希典　佐々木英昭
林　董　君塚直隆
*児玉源太郎　小林道彦
*高宗・閔妃　木村　幹
山本権兵衛　室山義正
高橋是清　鈴木俊夫
小村寿太郎　簑原俊洋
*犬養　毅　小林惟司
加藤高明　櫻井良樹
加藤友三郎・寛治　麻田貞雄
牧野伸顕　小宮一夫
田中義一　黒沢文貴
内田康哉　高橋勝浩
石井菊次郎　廣部　泉
平沼騏一郎　堀田慎一郎
宇垣一成　北岡伸一
宮崎滔天　榎本泰子
*浜口雄幸　川田　稔

幣原喜重郎　西田敏宏
関　一　玉井金五
水野広徳　片山慶隆
広田弘毅　井上寿一
安重根　上垣外憲一
*グルー　廣部　泉
*永田鉄山　森　靖夫
東條英機　牛村　圭
今村　均　前田雅之
蔣介石　劉　岸偉
石原莞爾　山室信一
木戸幸一　波多野澄雄
*岩崎弥太郎　武田晴人
伊藤忠兵衛　末永國紀
五代友厚　田付茉莉子
大倉喜八郎　村上勝彦
*安田善次郎　由井常彦
渋沢栄一　武田晴人
山辺丈夫　宮本又郎
武藤山治　阿部武司・桑原哲也
西原亀三　森川正則
小林一三　橋爪紳也
大倉恒吉　石川健次郎
大原孫三郎　猪木武徳
*河竹黙阿弥　今尾哲也
イザベラ・バード　加納孝代

*林　忠正　木々康子
森　鷗外　小堀桂一郎
二葉亭四迷　ヨコタ村上孝之
夏目漱石　佐々木英昭
巖谷小波　千葉信胤
樋口一葉　佐伯順子
*島崎藤村　十川信介
泉　鏡花　東郷克美
有島武郎　亀井俊介
永井荷風　川本三郎
北原白秋　平石典子
菊池　寛　山本芳明
宮澤賢治　千葉一幹
正岡子規　夏石番矢
高浜虚子　坪内稔典
与謝野晶子　佐伯順子
*種田山頭火　村上　護
*斎藤茂吉　品田悦一
*高村光太郎　湯原かの子
萩原朔太郎　エリス俊子
*原阿佐緒　秋山佐和子
*狩野芳崖・高橋由一　古田　亮
竹内栖鳳　北澤憲昭
黒田清輝　高階秀爾

中村不折　石川九楊
横山大観　高階秀爾
*橋本関雪　西原大輔
小出楢重　芳賀　徹
土田麦僊　天野一夫
岸田劉生　北澤憲昭
松旭斎天勝　川添　裕
中山みき　鎌田東二
佐田介石　谷川　穣
ニコライ　中村健之介
出口なお・王仁三郎　川村邦光
島地黙雷　阪本是丸
*新島　襄　太田雄三
木下広次　冨岡　勝
嘉納治五郎　クリストファー・スピルマン
津田梅子　田中智子
*澤柳政太郎　新田義之
河口慧海　高山龍三
山室軍平　室田保夫
大谷光瑞　白須淨眞
*久米邦武　高田誠二
フェノロサ　伊藤　豊
三宅雪嶺　長妻三佐雄
*岡倉天心　木下長宏
志賀重昂　中野目徹
徳富蘇峰　杉原志啓

法然 今堀太逸
慈円 大隅和雄
明恵 西山　厚
親鸞 末木文美士
恵信尼・覚信尼 西口順子
覚如 今井雅晴
道元 船岡　誠
叡尊 細川涼一
*忍性 松尾剛次
*日蓮 佐藤弘夫
一遍 蒲池勢至
夢窓疎石 田中博美
*宗峰妙超 竹貫元勝

南北朝・室町

後醍醐天皇 上横手雅敬
護良親王 新井孝重
赤松氏五代 渡邊大門
*北畠親房 岡野友彦
楠正成 兵藤裕己
*新田義貞 山本隆志
光厳天皇 深津睦夫
足利尊氏 市沢　哲
佐々木道誉 下坂　守
円観・文観 田中貴子
足利義詮 早島大祐
足利義満 川嶋將生
足利義持 吉田賢司
足利義教 横井　清
大内義弘 平瀬直樹
伏見宮貞成親王 松薗　斉
山名宗全 山本隆志
日野富子 脇田晴子
世阿弥 西野春雄
雪舟等楊 河合正朝
宗祇 鶴崎裕雄
*満済 森　茂暁
一休宗純 原田正俊
蓮如 岡村喜史

戦国・織豊

北条早雲 家永遵嗣
毛利元就 岸田裕之
毛利輝元 光成準治
*今川義元 小和田哲男
*武田信玄 笹本正治
*武田勝頼 笹本正治
*真田氏三代 笹本正治
三好長慶 天野忠幸
*宇喜多直家・秀家 渡邊大門
*上杉謙信 矢田俊文
島津義久・義弘 福島金治
吉田兼倶 西山　克
山科言継 松薗　斉
*雪村周継 赤澤英二
織田信長 三鬼清一郎
豊臣秀吉 藤井讓治
*北政所おね 田端泰子
*淀殿 福田千鶴
前田利家 東四柳史明
*黒田如水 小和田哲男
蒲生氏郷 藤田達生
*細川ガラシャ 田端泰子
伊達政宗 伊藤喜良
*支倉常長 田中英道
ルイス・フロイス エンゲルベルト・ヨリッセン
*長谷川等伯 宮島新一
顕如 神田千里

江戸

徳川家康 笠谷和比古
徳川家光 野村　玄
徳川吉宗 横田冬彦
*後水尾天皇 久保貴子
光格天皇 藤田　覚
崇伝 杣田善雄
春日局 福田千鶴
*池田光政 倉地克直
シャクシャイン 岩崎奈緒子
*田沼意次 藤田　覚
*二宮尊徳 小林惟司
末次平蔵 岡美穂子
*高田屋嘉兵衛 生田美智子
林羅山 鈴木健一
吉野太夫 渡辺憲司
中江藤樹 辻本雅史
山崎闇斎 澤井啓一
山鹿素行 前田　勉
*北村季吟 島内景二
貝原益軒 辻本雅史
松尾芭蕉 楠元六男
*ケンペル B・M・ボダルト＝ベイリー
荻生徂徠 柴田　純
*雨森芳洲 上田正昭
石田梅岩 高野秀晴
前野良沢 松田　清
平賀源内 石上　敏
本居宣長 田尻祐一郎
杉田玄白 吉田　忠
上田秋成 佐藤深雪
木村蒹葭堂 有坂道子
*大田南畝 沓掛良彦
菅江真澄 赤坂憲雄
*鶴屋南北 諏訪春雄
良寛 阿部龍一
*山東京伝 佐藤至子
*滝沢馬琴 高田　衛
平田篤胤 山下久夫
シーボルト 宮坂正英
本阿弥光悦 岡　佳子
小堀遠州 中村利則
狩野探幽・山雪 山下善也
尾形光琳・乾山 河野元昭
*二代目市川團十郎 田口章子
与謝蕪村 佐々木丞平
伊藤若冲 狩野博幸
鈴木春信 小林　忠
円山応挙 佐々木正子
*佐竹曙山 成瀬不二雄
葛飾北斎 岸　文和
酒井抱一 玉蟲敏子
孝明天皇 青山忠正
*和宮 辻ミチ子
徳川慶喜 大庭邦彦
島津斉彬 原口　泉

ミネルヴァ日本評伝選

企画推薦
梅原　猛
ドナルド・キーン
佐伯彰一
角田文衞

監修委員
上横手雅敬
芳賀　徹

編集委員
石川九楊
伊藤之雄
猪木武徳
今谷　明
今橋映子
熊倉功夫
佐伯順子
坂本多加雄
武田佐知子
竹西寛子
西口順子
兵藤裕己
御厨　貴

上代

*俾弥呼　古田武彦
日本武尊　西宮秀紀
仁徳天皇　若井敏明
雄略天皇　吉村武彦
*蘇我氏四代　遠山美都男
推古天皇　義江明子
聖徳太子　仁藤敦史
斉明天皇　武田佐知子
小野妹子・毛人　大橋信弥
*額田王　梶川信行
弘文天皇　遠山美都男
天武天皇　新川登亀男
持統天皇　丸山裕美子
阿倍比羅夫　熊田亮介
柿本人麻呂　古橋信孝
*元明天皇・元正天皇　渡部育子
聖武天皇　本郷真紹
光明皇后　寺崎保広
孝謙天皇　勝浦令子
藤原不比等　荒木敏夫
吉備真備　今津勝紀
*藤原仲麻呂　木本好信
道　鏡　吉川真司
大伴家持　和田　萃
行　基　吉田靖雄

平安

*桓武天皇　井上満郎
嵯峨天皇　西別府元日
宇多天皇　古藤真平
醍醐天皇　石上英一
村上天皇　京樂真帆子
花山天皇　上島　享
*三条天皇　倉本一宏
藤原薬子　中野渡俊治
小野小町　錦　仁
藤原良房・基経　瀧浪貞子
菅原道真　竹居明男
*紀貫之　神田龍身
源高明　所　功
*安倍晴明　斎藤英喜
藤原実資　橋本義則
*藤原道長　朧谷　寿
藤原伊周・隆家　倉本一宏
藤原定子　山本淳子
清少納言　後藤祥子
紫式部　竹西寛子
和泉式部　ツベタナ・クリステワ
大江匡房　小峯和明
阿弖流為　樋口知志
坂上田村麻呂　熊谷公男
*源満仲・頼光　元木泰雄
平将門　西山良平
藤原純友　寺内　浩
空　海　頼富本宏
最　澄　吉田一彦
*空　也　石井義長
奝　然　上川通夫
*源　信　小原　仁
後白河天皇　美川　圭
式子内親王　奥野陽子
建礼門院　生形貴重
藤原秀衡　入間田宣夫
平時子・時忠　元木泰雄
平維盛　根井　浄
守覚法親王　阿部泰郎
藤原隆信・信実　山本陽子

鎌倉

源頼朝　川合　康
*源義経　近藤好和
源実朝　神田龍身
後鳥羽天皇　五味文彦
九条兼実　村井康彦
九条道家　上横手雅敬
北条時政　野口　実
熊谷直実　佐伯真一
*北条政子　関　幸彦
北条義時　岡田清一
曾我十郎・五郎　杉橋隆夫
北条時宗　近藤成一
安達泰盛　山陰加春夫
平頼綱　細川重男
竹崎季長　堀本一繁
西　行　光田和伸
藤原定家　赤瀬信吾
*京極為兼　今谷　明
*兼　好　島内裕子
重　源　横内裕人
*運　慶　根立研介
快　慶　井上一稔

刊行のことば

歴史を動かすものは人間であり、興趣に富んだ人間の動きを通じて、世の移り変わりを考えるのは、歴史に接する醍醐味である。

しかし過去の歴史学を顧みるとき、人間不在という批判さえ見られたように、歴史における人間のすがたが、必ずしも十分に描かれてきたとはいえない。二十一世紀を迎えた今、歴史の中の人物像を蘇生させようとの要請はいよいよ強く、またそのための条件もしだいに熟してきている。

この「ミネルヴァ日本評伝選」は、正確な史実に基づいて書かれるのはいうまでもないが、単に経歴の羅列にとどまらず、歴史を動かしてきたすぐれた個性をいきいきとよみがえらせたいと考える。そのためには、対象とした人物とじっくりと対話し、ときにはきびしく対決していくことも必要になるだろう。

今日の歴史学が直面している困難の一つに、研究の過度の細分化、瑣末化が挙げられる。それは緻密さを求めるが故に陥った弊害といえるが、その結果として、歴史の大きな見通しが失われ、歴史学を通しての社会への働きかけの途が閉ざされ、人々の歴史への関心を弱める危険性がある。今こそ歴史が何のためにあるのかという、基本的な課題に応える必要があろう。評伝という興味ある方法を通じて、解決の手がかりを見出せないだろうかというのも、この企画の一つのねらいである。

狭義の歴史学の研究者だけでなく、多くの分野ですぐれた業績をあげている著者たちを迎えて、従来見られなかった規模の大きな人物史の叢書として、「ミネルヴァ日本評伝選」の刊行を開始したい。

平成十五年（二〇〇三）九月

ミネルヴァ書房

《著者紹介》

十川信介（とがわ・しんすけ）

1936年　北海道生まれ。
1960年　京都大学文学部国文科卒業。
1966年　京都大学大学院博士課程修了。
京都府立大学助教授，学習院大学教授を経て，
現　在　学習院大学名誉教授，日本近代文学館副理事長。
著　書　『二葉亭四迷論』筑摩書房，1971年。
『島崎藤村』筑摩書房，1980年。
『「ドラマ」・「他界」——明治二十年代の文学状況』筑摩書房，1987年。
『明治文学——ことばの位相』岩波書店，2004年。
『近代日本文学案内』岩波書店，2008年，など多数。

ミネルヴァ日本評伝選

島《しま》崎《ざき》藤《とう》村《そん》

——「一筋の街道」を進む——

2012年 8 月10日　初版第 1 刷発行　〈検印省略〉

定価はカバーに
表示しています

著　者　十　川　信　介
発行者　杉　田　啓　三
印刷者　江　戸　宏　介

発行所　株式会社　ミネルヴァ書房

607-8494 京都市山科区日ノ岡堤谷町 1
電話（075）581-5191（代表）
振替口座 01020-0-8076番

共同印刷工業・新生製本

ISBN978-4-623-06389-5

Printed in Japan

人名索引

あ 行

か　行

さ　行

た　行

な　行

は　行

ま　行

や　行

ら　行

わ　行

作品索引

さ　行

た　行

な　行

は　行

ま　行